EVEREST
2062

ESERLERİ

1. *Güneşe Dön Yüzünü* (Öykü)
2. *Bir Tatlı Huzur* (Biyografi)
3. *Foto Sabah Resimleri* (Öykü)
4. *Adı: Aylin* (Biyografik Roman)
5. *Geniş Zamanlar* (Öykü)
6. *Sevdalinka* (Roman)
7. *Füreya* (Biyografik Roman)
8. *Köprü* (Roman)
9. *İçimde Kızıl Bir Gül Gibi* (Deneme)
10. *Babama* (Şiir)
11. *Nefes Nefese* (Roman)
12. *Kardelenler* (Araştırma)
13. *Gece Sesleri* (Roman)
14. *Bir Gün* (Roman)
15. *Bir Varmış Bir Yokmuş* (Öykü)
16. *Veda* (Anı-Roman), *Veda* (Çizgi Roman)
17. *Sit Nene'nin Masalları* (Çocuk Kitabı)
18. *Umut* (Anı-Roman)
19. *Taş Duvar Açık Pencere* (Derleme)
20. *Türkan-Tek ve Tek Başına* (Anı-Roman)
21. *Hayat-Dürbünümde Kırk Sene* (Anı-Roman)
22. *Hüzün-Dürbünümde Kırk Sene* (Anı-Roman)
23. *Gizli Anların Yolcusu* (Roman)
24. *Saklı Şiirler* (Şiir)
25. *Sessiz Öyküler* (Öykü Derlemesi)
26. *Bora'nın Kitabı* (Roman)
27. *Dönüş* (Roman)
28. *Hayal* (Anı-Roman)
29. *Handan* (Roman)
30. *Tutsak Güneş* (Roman)
31. *Kanadı Kırık Kuşlar* (Roman)
32. *Kördüğüm* (Roman)
33. *Son* (Roman)
34. *Her Yerde Kan Var* (Roman)
35. *Hazan* (Anı-Roman)

Hazan

§

Yayın No **2062**
Türkçe Edebiyat **864**

Hazan
Ayşe Kulin

Kapak Tasarımı: Füsun Turcan Elmasoğlu
Kapaktaki Fotoğraf: Ercan Arslan
Kitaptaki Çizimler: Irvin Mandel
Sayfa Tasarımı: Muzaffer Aysu

1. Basım: Temmuz 2021

ISBN 978-605-185-632-2
Sertifika No: 43949

Baskı ve Cilt: Melisa Matbaacılık
Matbaa Sertifika No: 45099
Çiftehavuzlar Yolu Acar Sanayi Sitesi No: 8
Bayrampaşa/İstanbul
Tel: (0212) 674 97 23 Faks: (0212) 674 97 29

EVEREST YAYINLARI
Ticarethane Sokak No: 15 Cağaloğlu/İSTANBUL
Tel: (0212) 513 34 20-21 Faks: (0212) 512 33 76
e-posta: info@everestyayinlari.com
www.everestyayinlari.com
www.twitter.com/everestkitap
www.facebook.com/everestyayinlari
www.instagram.com/everestyayinlari

Everest, Alfa Yayınları'nın tescilli markasıdır.

Çizimleriyle kitabıma ruh katan
sevgili Irvin Mandel'e
en içten teşekkürlerimle.

Ayşe Kulin

HASRET

Ne gördün ey âmâ?
Ne kadar az imiş dünya ve ben ne kadar az imişim orada!

Adonis

BIZ BIR SANDALYEYE SIĞARIZ, SORUN YOK KIZIM...

SAYIKLAMALAR

24 Şubat 2020

Bulutların ötesinde bir yerdeyim, dünyaya uzak.

Kocaman gri bir kuşum, hiç kanat çırpmadan süzülüyorum gökyüzünde.

Ne tuhaf, bir yanımda güneş doğuyor, diğer yanımda İstanbul minarelerinin ardını yine pembe ve kızılın tonlarına boyamış, batmakta aynı güneş.

Bu tuhaf duruma pek de şaşmayarak şehrimin en sevdiğim zamanına doğru kanat çırpmak, o kızıllıkta erimek istiyorum ama... a o da ne! Kanatlarımın biri yok! Hızla düşmeye başladım denize doğru!

Kim kırdı kanadımı tam da keyifle uçmaktayken?

"Ayşe Hanım uyanın... Ayşe Hanım... ameliyatınız bitti."

Zorlukla araladım gözlerimi. Ah nerede o bir an önceki ferahlık! Dört yanı perdelerle çevrili daracık bir yerdeydim şimdi.

"İyi misiniz? Sancınız var mı?"

Sancım var mı?

Olmaz olur mu, az önce uçarken sağ kanadımı kırmadım mı ben?

"Kolum acıyor," dedim, "sağ kolum çok acıyor."

"Ama siz ameliyatı sol kalçanızdan geçirdiniz."

"Sol kalçam acımıyor. Sağ kolum acıyor."

Mavi giysili hemşirenin yüzünde bir an için delinin tekine çattık ifadesi belirip kayboldu, sağ tarafıma geçip kolumu çıkardı örtünün altından, şefkatli bir tınıyla, "Kolunuzda hiçbir şey yok, bakın, siz de görün," dedi.

Gerçekten de kolumda hiçbir şey yoktu ya da belki vardı da ben göremiyordum çünkü sol koluma ağrı kesici ve antibiyotik karışımı bir serum takılıydı ve ben ilaçların etkisiyle sersem gibiydim. Sağ kolum ise gerçekten acıyordu ama ben hâlâ rüyamın etkisinde olabilirim diye ısrar etmedim.

"Çok üşüyorum," dedim sadece.

"Birazdan odanıza götüreceğiz sizi, merak etmeyin, odanız buradan çok daha sıcak."

Kolumu üzerimdeki mavi örtünün altına sokup alçım, sargım veya sondam var mı diye yokladım vücudumu. Yaşasın! Ne alçım vardı ne sargım ne de sondam!

Aa, ama çıplağım ben! Çırılçıplağım!

"Üzerimde hiçbir şey yok," dedim telaşla, "o yüzden üşüyorum herhalde."

"Birazdan, odanıza çıkarmadan önce hastane giysinizi giydireceğiz, merak etmeyin," dedi hemşire yüzünde sevecen bir gülümsemeyle.

Hastaneden çıkıp evime gideceğim güne kadar bedenimin sahibi doktorlar, hemşireler ve hastabakıcılar! Onlar ne derlerse öyle olacak, bunu biliyorum, önce babam yıllar sonra da annem için az zaman geçirmedim ben hastane odalarında. Ve işte beş yıldır tam da bu yüzden erteliyordum bu ameliyatı.

Daha önceden hiç tanımadığın adamların ve kadınların çevrelediği bir ameliyat masasının üzerinde çırılçıplak, en mahrem yerlerim, tüm organlarımla, bilincim kapalı, hatta belki ruhum dahi tamamen onlara teslim, sıfır irade ile yatmak fikri beni çok rahatsız ettiği için.

Az önceki rüyama dönmek ve yine göklerde süzülmek için sımsıkı yumdum gözlerimi ama birileri ikide bir perdeyi aralayıp içeri süzülerek tansiyonumu, ateşimi, kanımdaki oksijen miktarını ölçtüğü için bir türlü dalamıyordum. Son gelişlerinde elektrik süpürgesini andıran bir alet getirip aletin hortumlarını yatağın her iki tarafından örtümün altına soktular ve yatağımın içine üfürülen sıcak hava sayesinde ben nihayet ısındım, üzerimdeki mavi örtü dalgalı bir deniz gibi kabarıp alçalırken titremem durdu, gevşedim, dalıp gitmişim.

Biri dikiliyor olmalı yine başucumda ki, burnumda çok tanıdık bir leylak kokusu tütüyor buram buram. Zar zor araladım gözkapaklarımı.

Aman Tanrım! Anneannem gelmiş!

Hep yaptığı gibi yine bir bardak süt uzatmasa bana, ona benzeyen biri diyeceğim ama elinde bir bardak süt var.

"Anneanne, Allah aşkına çek şu bardağı burnumun ucundan," demek istiyorum, sesim çıkmıyor.

"Haydi iç, iyi gelir, titremen geçer. Zaten bu kadar sıska olmasan böyle üşümezdin," diyor. Hayret, sesim çıkmadığı halde duymuş beni; "İnat etme, bitiriver şunu, ballı süt iyi gelir," diyerek ısrarla uzatmaya devam ediyor bardağı.

Anneannemin yerküremizde varoluş nedeninin yegâne torunu olan bana illa kilo aldırtmak olduğunu düşündüğüm çok olmuştu, hayatım boyunca. Çocukluğumda eğer anneannem Ankara'ya bizi ziyarete gelmişse veya yaz aylarında ben Ada'da onunla kalmaktaysam, içinde üç beş kaşık toz şeker veya bal eritilmiş iki koca bardak sütü ve bir bütün francalayı, gün içinde bitirmeden yatamazdım. Francalanın ne olduğunu genç kuşaklar bilmez, 1940'lı savaş yıllarında rafine unla yapıldığı için lüks sayılan beyaz ekmeklerin adıydı.

Anneannem kocasını çok genç yaşta kaybetmiş, ikinci darbeyi de ertesi yıl evlenen kızının, kocasının görevi dolayısıyla Ankara'ya yerleşmesiyle yemişti. Kendini yapayalnız hissettiği bir dönemde, ben doğunca tüm sevgi ve ilgisini tek evladının tek çocuğu olan bana yöneltmiş.

Annemle babam bana kardeş yapmadıklarından, o yoğun ilgi, sıska bir çocuk olan benim beslenmem üzerinde yoğunlaşarak üstümde kaldı. Bugün sıcacık duygularla yâd ettiğim, sevgisine şükrettiğim anneannemin bana düşkünlüğü özellikle çocukluktan genç kızlığa geçtiğim dönemde, beni değirmen taşı gibi un ufak etmişti.

Anneannem benim doğumumdan itibaren hayatını öyle tasarlamıştı ki, her yılını dakika aksatmadan aynı döngü içinde yaşardı. Sonbaharı ve kış aylarını, eylül ortalarından mayıs başına kadar kendi anne ve babasıyla Teşvikiye'deki Narmanlı Apartmanı'nda geçirir, mayıs başında yataklı trenle Ankara'ya bizim yanımıza gelir, bir ay sonra okullar kapanınca beni alır, yine yataklı trenle İstanbul'a dönerdi.

İstanbul'a varınca Haydarpaşa'dan vapura biner, dosdoğru dedemin Ada'daki konağına giderdik ve anneannemin tren yolculuğu sırasında aksattığı *torun şişmanlatma operasyonu*, eve varışımızın ilk on dakikasında yeniden devreye girerdi.

Ben yaz boyunca anneannemin en üst kattaki geniş odasında onunla birlikte yatardım. Başucumda uykuya dalmadan ve uyanır uyanmaz içmem için hep bir bardak ballı süt bulunurdu. Gün boyunca içirdiği üzüm, domates, vişne suları da cabasıydı! Öğlen ve akşam sofralarında ise yine sırf ben kilo alayım diye mi, yoksa bizimkiler Çinlilerden türemişlerdi de farkında mı değillerdi bilemeyeceğim, çeşitli yemeklerin yanı sıra her gün illa pirinç pilavı ve hoşaf olurdu.

Anneannem pilavımı son tanesine kadar yedirirdi bana.

On bir yaşındaydım galiba, "İte kaka yedirip içirdiğin bunca gıdaya rağmen bak hâlâ sıskayım, yakamı bırak artık," diyerek isyan etmiştim.

"Bırakamam," demişti, "onca göz nuru akıtarak ellerimle diktiğim giysilerin hepsi üzerinden dökuluyor, sıska olduğun için hiçbirini hakkıyla taşıyamıyorsun! En az üç kilo aldırtacağım sana."

O zaman sen de giysilerimi benim bedenime göre bir boy küçük kes ve dik, öyle değil mi! Ama hayır, çocukluğum boyunca anneannem kumaşları inatla hep hayalindeki o gürbüz çocuk için biçti. Her fırsatta beni tartıya çıkarıp kilomu, duvarlara yapıştırıp terzi mezurasıyla boyumu ölçtü, liseye geçene kadar gırtlağımdan aşağı taze sıkılmış meyve suları, şekerli sütler akıttı ve ben onu hayal kırıklığına uğratarak, hamileliklerimin dışında, ne elli dört kilonun üzerine çıkabildim ne de boyum bir metre altmış altı santimi aşabildi.

Umudunu kesmeyen anneannem dördüncü lohusalığımda bile süt yapar bahanesiyle şişmanlamam ve hatta uzamam için bana hâlâ bol şekerli lohusa şerbetleri içirtiyordu zorla.

Kırklı yaşlarımı sürerken de akşama doğru çalıştığım yeri arar, o gün neler yiyip içtiğimi, doyup doymadığımı araştırırdı ki, eğer açsam evime kapıcısıyla yemek yollatsın.

Elinden ancak ilk oğlum Mete'yi dünyaya getirince kurtulabilmiştim çünkü bana olan düşkünlüğünün bir kısmını ona yönlendirmişti. Anneannem Mete'yi sütle değil, şamfıstığıyla beslemeyi seçtiği için benden şanslı çıktı oğlum.

Torununun torununu görenlerin cennete gideceğine inanan anneannem, inanmayacaksınız ama Mete'nin ilk çocuğunu kollarına alana kadar tutundu hayata. İsviçre'de doğan minik kız, dört aylıkken Türk ailesiyle tanışmaya İstanbul'a geldiğinde, anneannem torununun torununu öpüp kokladıktan, bağrına bastıktan birkaç gün sonra vefat etti.

Nüfus kâğıdına göre doksan yedi yaşındaydı ama kız kardeşleri Cumhuriyet'in ilanı sonrası nüfus kâğıtlarının değişmesi sırasında, eski nüfusunun üzerinde oynayarak kendini dört beş yaş küçülttüğünün dedikodusunu yaparlardı. Öyle veya değil, bir Çerkez'e yakışır kıvamda, uzun ve sağlıklı bir ömürdü onun ki.

Tuttuğunu koparan bu becerikli anneannem, şimdi hastanenin girilmesi yasak bölümüne kadar gelmiş, yine bir bardak sütle dikiliyordu başucumda.

"İçmeyeceğim anneanne," dedim, "hem senin buraya girmen yasak."

"Bana yasak işlemiyor, istediğim yere girer çıkarım ben," dedi anneannem.

Tanımadığım bir başka sesin, "Sayıklıyor," diye fısıldadığını duydum, "ateşi mi çıktı acaba, koş dereceyi al da gel."

Telaşlı ayak sesleri... gözlerimi araladım, bir başka hemşire üzerime eğilmiş ateşimi ölçüyordu.

"Dalmışsınız, rüya görüyordunuz galiba... Neyse, ateşiniz sonunda 36 dereceye yükseldi, sizi artık odanıza götürebiliriz."

Gözlerim başucumda anneannemi aradı, ağzıma çocukluğumun ballı süt tadını çalıp yok olmuştu anneannem ama leylak kolonyasının kokusu hâlâ tütüyordu burnumda.

"Kolum çok acıyor," dedim ben, belki bu yeni gelen hemşire bana inanır diye.

"Serum takılı ya, ondandır."

"O kolum değil, sağ kolum acıyor. Bileğimin iç tarafı."

Bir koluma bir de yüzüme öyle bir baktı ki, bir daha acımdan ölsem gıkımı çıkarmayacağım.

"Ayşe Hanım, herhalde ameliyat esnasında bir rüya gördünüz, hâlâ tesiri altındasınız. Kolunuz sapasağlam! Bakın işte siz de görün."

Birlikte inceledik kolumu, gerçekten de ne iğne izi vardı ne şişlik.

Ama acıyordu işte ve kimse bana inanmadığı için kalbim de kolumla birlikte acıyordu, anneannem de ta ötelerden başucumda belirdiğine göre, demek ki ben gidiciydim.

Bir insanın yetmiş sekiz yaşında zorlu bir ameliyat sonucunda ölmesinin şaşılacak bir yanı yoktu da, benim için, pek kötü bir zamanlama olacaktı.

Aylarca tarih kitaplarının içine düşüp Osmanlı'nın on dokuzuncu yüzyılın ikinci yarısındaki halleri üzerine tez yazabilir kıvama geldikten sonra, son kitabım *Her Yerde Kan Var*'ın İzmir Kitap Fuarı'ndaki imza gününe dahi katılamadan dünyamızdan çekip gitmek içime hiç sinmiyordu.

Belki de bu kitabı yazmak için aylardır ölümle bu kadar içlidışlı olmanın uğursuzluğu yansıdı bana diye düşündüm ya da belki Abdülaziz'in şaibeli ölümünün intikamını almak için onca kişiyi katleden bacanağı Çerkez Hasan'ın laneti çökmüştü üzerime!

Anneannem yine haklı çıkmıştı işte!

Ölüm yaşamın bir parçası değilmiş gibi yanında asla ölümden söz ettirmezdi. Bayramlarda, rahmetli büyüklerimize mezar ziyaretlerimizi yaparken anneannemin mezarlık için giydiği elbise ve ayakkabıları özeldi. Hatta sadece mezar ziyaretlerine ayrılmış kışlık ve yazlık ayakkabılarıyla giysileri vardı. Mezar ziyareti sonrasında bu giysiler üzerinden hemen çıkarılıp havalandırılır, bir sonraki bayram ziyaretine kadar kılıflarına kaldırılırdı. Dahası vardı, herhangi bir cenazeden dönenlerin onun evine girmeden önce mutlaka bir başka kapıya uğraması gerekiyordu. Ya bir dükkân ya da konu komşuda nefeslenir, sonra giderdik yanına.

Ölümle arasına koyduğu bunca mesafeye rağmen o da ecele her canlı gibi boyun eğdi ama ancak yüz yaşına vardığında. Eh, demek ki pek de boşa gitmemişti çabaları.

Şimdi daracık bir yatakta uzanmış bunları düşünürken, biraz pişmandım ölümü hayat boyu ciddiye almamış olmama. Keşke bu ihtimali ameliyata girmeden önce düşünseymişim ve sekiz torunumun her birine olmasa da hepsine topluca yazılmış bir mektup bıraksaymışım, şöyle yapın böyle yapmayın gibisinden.

Ne var ki, çocukluğumdan itibaren aile büyüklerimin kalbime kazınmış öğütlerinden fayda gördüğümü iddia edemem!

Dedemin ben dört yaşındayken beni karşısına oturtup anlattıklarının, babaannemin on yaşına bastığımda tembih ettiklerinin ve babamın beni on iki yaşımda bir başka şehirdeki yatılı okula bırakırkenki öğütlerinin tam tersini yapmalarını yazmalıydım torunlarıma.

Dinimizin önemli emri alçakgönüllü, merhametli ve dürüst olmaktır; yalan söylemek iftira atmak ise çok günahtır, demişti dedem. Oysa ben kendi çocuklarıma diyeydim ki sakın alçakgönüllü olmaya kalkmayın, tam tersine kibirli olun ki sizi güçlü bilsinler.

Babaannem ise bana iyi bir Müslüman komşusu açken tok yatmaz, yapacağı yardımı da kimsenin gözüne sokmadan, onurunu kırmadan gizli yapmalı diye öğretmişti.

Ben torunlarıma mektubumda, aman ha, merhametten maraz doğar, yufka yürekli olursanız sonunda kazıklanırsınız, diye yazmalıydım; başarıya uzanan yol meğer yalan ve iftira taşlarıyla örülüymüş, bir yere varmak istiyorsanız sallayın palavraları, atın iftiraları, kimsenin gözünün yaşına bakmayın, zalim olun! Çevrenizi korkutun, sindirin, sömürün! Diyelim ki bunu beceremediniz, en azından iki yüzlü ve yalaka, arsız ve açıkgöz olun! Yoksa hayat sizi kocaman bir silgi gibi siler, diye uyarmalıydım onları.

Bir yandan da biliyordum ki, ben ne dersem diyeyim, nasıl olsa hiçbiri takmayacaktı öğütlerimi çünkü artık bu yeni kuşağın dikkate aldığı, sadece sosyal medyadan gelen bilgilerdi. Bilgi deyince aklıma geldi, kulağımda kalmış bir bilgi kırıntısı vardı ölüme dair; ölümden hemen önce ölecek kişinin tüm yaşamı gözünün önünden bir film şeridi gibi akarmış!

Eh madem ölüyordum, insanın kendi filmini seyretmesi ilginç olabilirdi, denemeye değerdi doğrusu; kapattım gözlerimi, içime döndüm.

Hiçbir şey olmadı... Hayatım film şeridi gibi akamıyordu bir türlü.

Gözlerimi daha da sıkı yumdum... yok!

Açtım gözlerimi, bu sefer tavana diktim bakışlarımı ki, hani ekrana bakar gibi olsun diye... netice yine sıfır!

Nasıl aksın filmler gözlerimin önünden? Canım acıyor, biber gibi yanıyor kolum. Bana inanan yok. Yatağımdan kalkıp bir yere gitmem mümkün değil. Daracık hücremde yapayalnız kalmış bir farecik gibiydim... sahi, nasıldı Cahit Külebi'nin o "Fare" şiiri?

Ah, hatırladım...

...

Umutsuzdu, yalnızdı, hali yoktu
Canı çok yanıyordu günlerden beri
Ne alnında dolaşan bir dost eli
Ne yardım isteyecek kimsesi vardı
Ne tanrısı ne peygamberi.
Farecik! Nazlıcık! Garipcik!

Kendime bu kadar acıdığım, bu kadar fiziki çaresizlik içinde kaldığım bir başka anı hatırlamıyordum. Yok, böyle olmayacaktı! Moralimin çökmesine izin vermemeliydim. Bari hayatımın en hoş, en mutlu olduğum anlarını hatırlamaya çalışayım, dedim. Hangi hatıram baskın çıkardı acaba, Robert Kolej öğrencileri olarak iple çektiğimiz mezuniyet törenimiz mi, mesela?

Hayır, asla!

O günkü mutluluğum, üzerimizde cüppe ve keplerimizle sıra halinde tören salonunun kapısında durduğumuzda, aile güruhum gözüme çarpana kadar sürmüştü.

Sonrası kâbus!

Neden mi? Çünkü tören salonunun kapasitesi yüzünden, mezun olan her öğrenci diploma törenine en fazla üç kişi davet edebilirdi. Benim kontenjanımda elbette ki annemle babam ve okuldaki yedi yılım boyunca her hafta sonunu evinde geçirdiğim anneannem vardı. Mezuniyetimden bir ay sonra evleneceğim nişanlım için de diller döküp bir fazla davetiye koparmayı becermiştim.

Tören günü geldi çattı.

Müzik hocamız Mösyö Kavafyan'ın dramatik hareketlerle çaldığı orgdan okul marşımız yükselirken, başımızda keplerimiz, sırtımızda cüppelerimizle, Mitchell Hall'un önünden iki kişilik sıralar halinde bahçenin diğer ucundaki Marble Hall'a yürüdük. Törenin yapılacağı görkemli konferans salonunun kapısına yaklaşırken gözlerim fal taşı gibi açıldı. Doğru mu görüyordum ben?

Tam da girişin orada, müstakbel kayınvalidemle anneannem, müstakbel kayınpederim, babam, annem; arkalarında amcam, yengem, büyük teyzemle eniştem, dayımla yengem ve nişanlım... yok artık, daha neler... nişanlımın ablasıyla kocası da oradaydılar ve bin yıl önce annemle babamı tanıştırarak evlenmelerine vesile olan aile dostumuz Raif Amca da!

Nereye oturacaktı bütün bu insanlar, diğer konukların kucaklarına mı?

Aniden ter bastı bana, basmakla da kalmadı, haziran sıcağında siyah cüppeyi de geçirmişim üstüme, sırtımdan aşağı sular akmaya başladı.

Ayağımı sıkan topuklu ayakkabılarımın içine damlayarak eriyordum. Ayakkabıma son damlam da düştükten sonra buharlaşarak yok olayım istedim, benden geriye sadece bir çift topuklu siyah ayakkabı ile mezuniyet cüppem ve kepim kalsın!

Hayır, yanlış yapıyorum, bu dünyadan giderayak kâbuslarımı değil hayatımın güzel anlarını düşünmeliyim.

Hiç mi mutlu anlarım yoktu benim?

Mezuniyetin hemen arkasından gelen düğünümü düşüneyim desem mesela, üç buçuk yılı dolduramadan, kucağımda iki bebeğimle arkama bakmadan kaçtığım o ilk evliliğimi... aman aman! O da kalsın!

Birden kafama dank etti! İlla ameliyat için gidilecek ülkeyi işaret edecek değil ya Rabbim, bu kez de bana mutsuz anlarımı işaret ediyor olmalı ki, bana eşlik edecek meleğe fazla zahmet vermeden çekip gideyim şu dünyadan!

Varacağı yere bir an önce ulaşmak isteyen birine eşlik etmek varken, hangi melek aklı dünyada kalmış, kafasını sürekli geriye çevirip bakan biriyle uğraşmak ister! Gönüllü gidenlere eşlik etmek çok daha kolay olmalı, melekler açısından.

Tamam, kıyak yapayım refakatçi meleğime, ayak sürümemek için madem tatsız hatıralar düşünülecek, ki desteler halinde durmaktalar zaten belleğimde, çekeyim piyango bileti çeker gibi aralarından bir tane!

Ve buyursun bakalım 2008 yılının kasım ayı!

Bu tarihin önemi, tüm dünya yazarlarının Kâbe'si sayılan ve her yıl bir başka ülkenin ev sahipliği yaptığı Frankfurt Kitap Fuarı'nda, 2008'in Türk Yılı olmasıydı.

Türk Yılı! Özlenen, hasreti çekilen ve dünyada mevcut tüm ülkelerin bir kere katıldıktan sonra, tekrarı için en az yüz yıl beklenmesi gereken o yıl... bizimdi o sene! Ev sahipliği sırasının kendi ülkesine denk gelmesi dünyanın tüm yazarları için büyük şanstı ve ben işte o şanslılardandım! Türk Yılı hem benim de hayatta olduğum bir zamana denk düşmüştü hem de fuarın onur konuşmacıları Yaşar Kemal ve Orhan Pamuk'tu! Biri Nobel ödüllü, dünyaca ünlü iki yazarımız konuşmalarını yaparken gururdan kollarım kabaracaktı, kabıma sığamayacaktım. Çocuğuma çoluğuma, torunuma tosunuma yıllarca anlatacaktım.

2008 kışı boyunca Kültür Bakanlığı beni ve daha pek çok yazarı seminerlere katılmak, Türk edebiyatına dair konuşmalar yapmak üzere Avrupa başkentlerine taşıyıp durmuştu. Berlin'e, Paris'e, Brüksel'e, Belgrad'a gitmiştik örneğin. Değişik konu başlıklarıyla konferanslar vermiştik. Tüm bu etkinlikler Frankfurt Fuarı'na bir ön hazırlık mahiyetindeydi.

Bu arada menajerim Barbaros Altuğ da bir yıldan beri benim için ayrı bir hazırlık içindeydi. Frankfurt Fuarı haftası boyunca bana, bazı yabancı yayınevleriyle buluşmalar tertiplemişti. Çin'den, Brezilya'dan, Amerika ve İspanya'dan gelen yayınevi temsilcileriyle tanışacaktım. İkimiz de çok heyecanlıydık, mutluyduk, umutluyduk.

Nihayet kasım ayına girdik. Geri sayım başladı ve gazetelerde Frankfurt Kitap Fuarı'na götürülecek yazarların listesi yayımlandı. Hemen baktım gazetelere. Adım yoktu. Heyecandan adımı göremedim diye düşündüm. Yeniden okudum... bir yanlışlık olmalıydı, pes etmedim, önce A sonra da K harfi sıralamasıyla iki kere daha dikkatle okudum. Hayır, ben 250 kişilik listede değildim. 250 yazarın arasında elbette romanlarını, öykülerini, şiirlerini severek okuduklarım, adını bilip de henüz okumamış olduklarım ve pek çok da gazeteci vardı. Listedeki isimlerin neredeyse yarısından fazlasını ise hiç duymamıştım.

On beş yaşından beri Türk yazarların kitaplarını yakından takip eden, gazetelerin kitap eklerini ve edebiyat dergilerini okuyan ben, hiç bilmediğim iki yüzü aşkın isim karşısında şaşkındım.

Barbaros'u aradım. Hemen açtı, "Ben de sizi arayacaktım," dedi, "herhalde bir yanlışlık oldu, birkaç telefon edip size döneceğim."

Nefesimi tutup bekledim. Arada gelen telefonları açmadım. Nihayet aradı Barbaros. "Maalesef doğruymuş, siz listede yoksunuz?" dedi.

"Neden?" diye sordum, "Neden listede adım yok, bana izah et."

"İzahı yok. Listeyi yapanlara sormalı."

"Ben kime ne yaptım ki? Listeyi yapanların çoğunu tanımam bile."

"Ben de fuara götürülen yazarların bazılarını tanımıyorum. Onları araştırdığım için geciktim zaten sizi aramakta. Aralarında hayatında ilk defa bir ebru veya bir yemek kitabı yazdığı için katılanlar var, iktidara yakın yazarlar ve gazeteciler var, ilk romanı ile katılanlar da var...."

"Ama ben yokum!"

Uzunca bir süre ikimiz de konuşmadık.

Sonra ben isyanımı bastırmaya çabalayarak kendime bile yabancı gelen sesimle, "Üzüldüm," dedim, "çok üzüldüm çünkü on bir yıldır satışı en yüksek üç yazardan biri olduğum, Haldun Taner ve Sait Faik ödüllerinin yanı sıra her sene üniversitelerin oylamayla yapılan çeşitli yarışmalarında..." Sustum. Ne yapıyordum ben!

"Orada bulunmayı hak ettiğimi düşünüyordum," demekle yetindim.

"Kesinlikle hak ediyorsunuz!"

"Bu, Kültür Bakanlığı'nın işi olamaz, çünkü onlar beni geçen yıl ve bu yıl boyunca, yurtdışındaki tüm edebiyat etkinliklerinc taşıdılar."

"Zaten hükümet tarafsız kalmak için, götürülsün istedikleri yazarların ve gazetecilerin dışında, kimlerin götürüleceğini tamamen organizasyon komitesine bırakmış," dedi Barbaros.

"Bu listeyi organizasyon komitesi düzenlediğine göre, herhalde aralarında yayıncılar, edebiyatçılar vardır; ben sadece kendim için değil, edebiyat dünyamız için de gerçekten çok üzüldüm. Edebiyatla iç içe olan bu kişilerin, kişisel antipatilerini dizginleyecek olgunlukta olmalarını beklerdim."

"Ben de," dedi Barbaros.

Yine uzun bir süre sustuk. Söyleyecek söz kalmamıştı.

"Görüşürüz," dedim ben. Kapattım telefonu.

Ağlasam iyi gelecekti ama ağlayamadım. İçim kurumuştu. Tıpkı kendimi mutlu bir evliliğin içindeymiş zannederken aldatıldığımı öğrendiğim o anda, nasıl kavrulmuş kestane gibi kaskatı kesildimse, bir süre duygusuz, gözyaşsız, sessiz ve hissiz kaldımsa, aynen öyleydim yine. Hak etmediğim bir ihanete uğradığımı düşünüyordum. Gözpınarlarım, boğazım kupkuruydu. Sanki konuşursam ses değil sadece bir hırıltı çıkacaktı boğazımdan.

Telefon çaldı yine. Açmadım. Israrla çaldı, çaldı. Barbaros arıyordu. Sonunda açtım.

"Ne var, Barbaros?" dedim.

"Ayşe Hanım, size ayarladığım randevular var, sizin Frankfurt'a mutlaka gelmeniz lazım."

"Randevularda beni sen temsil edersin."

"Olmaz. İlla sizin de bulunmanız gerekiyor."

"Laf! Bugüne kadar ben hep senin yanında değildim ki! Kitaplarım Fransızca, Macarca, Bulgarca, Sırpça, Romen ve Gürcü dillerine çevrildi. Kısmetse Çinceye de çevrilir, Amazon'a da satılır."

"Ayşe Hanım, yayıncıların sizi görmesi lazım."

"Nedenmiş o?"

"Enerjinizi hissetmeleri için."

"Pardon?"

"Şöyle... yani nasıl söylesem...Yokluğunuzda sizi Amazon'a veya başka bir büyük yayınevine şey yapamayabilirim... çünkü kâğıt üzerinde... şey... yani... yaşlı zannederler sizi."

"Yaşım neyse o, Barbaros. Yaşımı küçülteyim mi istiyorsun? Dünyada yapmam!"

"Hayır öyle demek istemedim."

"Kıvranma Barbaros," dedim, "ben seni anladım."

Benim arkamda beni kollayacak entel ahbap çavuşlarım, derneğim, cemiyetim yoktu. Dincilik sosuna bulanmış bir muhafazakâr, bir tarikat mensubu da değildim. DGM'de davalarım yoktu. İçinde bulunduğumuz iklimde pek hor görülen sıkıcı beyaz Türk'ün daniskasıydım, sigara bile içmiyordum. Bir de doğum tarihimin ayıbı... Haklıydı Barbaros!

"Kâğıt üzerinden bakınca, sizi yaşlı başlı biri sanıyorlar," dedi, "oysa enerjiniz çok değişik. Sizi gözleriyle görmeleri lazım."

"Enerjimi paketleyip seninle gönderemeyeceğim için şansıma küseyim o halde!"

"Bence biraz daha düşünün," dedi Barbaros.

Ben dalgamı geçiyordum ama Barbaros pes etmiyordu.

"Frankfurt'a mutlaka gelmelisiniz," diye tutturmuştu.

"Kısmet değilmiş. Ben çağrılmadığım yere gitmem. Elveda Çin, Brezilya ve Amazon, hepinize uğurlar ola!"

Telefonu kapattık ama az sonra yine aradı

"Sizi Frankfurt'a yayınevimiz göndermek istiyor."

"Faruk Bey mi?"

"Evet."

"Beni Kitap Fuarı'na devletim götürmeliydi. Bu, Faruk Bey'in görevi değil."

"Ama kendi ısrarcı oldu, dedi ki..."

"Barbaros, bu konu kapandı." Kapattım telefonu.

On dakika geçti geçmedi, bu kez yayınevimin sahibi Faruk Bey aradı.

"Olanları duydum Ayşe Hanım," dedi, "kulaklarıma inanamadım ama doğruymuş maalesef."

Neyi duydunuz diye sormadım, "Evet, doğru. Siz ne için aramıştınız Faruk Bey?" dedim sadece.

"Barbaros'tan Frankfurt'ta yayıncılarla görüşmeler yapacağınızı öğrenince size gidiş-dönüş uçak biletinizi ve otelde yerinizi ayırttığımı söylemek için aradım."

"Çok teşekkürler fakat kabul edemem. İki yüz elli yazarı götüren kurum hangisiyse onun işiydi bu. Barbaros boşboğazlık etmiş."

"O bana sadece yabancı yayınevleriyle randevunuz olduğunu söyledi, ben de bunun üzerine..."

Atıldım:

"Faruk Bey, benim o yayıncılarla randevularımdan size herhangi bir fayda veya payda yok. Niye böyle bir şey yapıyorsunuz?"

"İki nedenle Ayşe Hanım, birincisi, yazarımın Frankfurt Kitap Fuarı'nın Türk Yılı'nda bulunmasını istiyorum, ikincisi de kitapları Amazon'da Çin'de, Brezilya'da yayımlanan bir yazara sahip olmak benim yayınevimin prestijini artırır diye düşünüyorum. Lütfen gidin, o yayıncılarla buluşun, anlaşın ve kitaplarınızı dünyaya okutun; payıma düşecek gururu da benden esirgemeyin. Barbaros'un öngördüğü anlaşmalar gerçekleşirse o sinerji bize de yansır."

Bu konuşma benim direnmem, onun beni ikna etmeye çalışmasıyla biraz daha uzadı ve şöyle bitti: "Ayırttığım uçak biletini ve otel odasını yarın sabah ya konfirme ya da iptal etmek zorundayım. Bana yarın en geç saat ona kadar haber verin ve ısrar ediyorum, lütfen gidin! Sırma Frankfurt'ta zaten, sizin her şeyinizle ilgilenecek."

Akşamüstü Barbaros son ikna turu için benim evimdeydi, iki gün sonrasında ise ben İstanbul-Frankfurt seferini yapan uçaktaydım.

Mutlu muydum? Hayır!

Defalarca katıldığım fuarın 'Türk Yılı'na gururla gitmem gerekirken, sanki uçağa kaçak binmişim gibi, kimseyle göz göze gelmemeye çalışarak, ezik ve kırgın gidiyordum.

Frankfurt otelleri fuar sıralarında dopdolu olduğu için biz yazarlara çoğu zaman üç yıldızlı otellerde, bazen de şehrin çeperlerindeki pansiyonlarda yer ayırır, fuara gidip gelişlerimiz için de elimize tren biletlerimizi tutuştururlardı. Bu sefer taksinin beni götürdüğü otel, nehrin kenarında, beş yıldızlı muhteşem bir oteldi. Antresine girdiğimde şaşırıp kalmıştım. Meğer tüm oteller ve pansiyonlar tıklım tıkış dolu olduğundan yayıncım, son dakika yer bulabildiği yegâne otelde yer ayırtmış. O otel de şehrin en lüks oteliydi.

O akşam Barbaros'la birlikte, nehrin diğer yakasında orta halli bir otelin lobisinde görüşmem gereken yabancı yayıncılarla buluştuk.

Barbaros haklı çıktı. Benim ete kemiğe bürünmüş halim, onun iddia ettiği gibi kâğıt üstündeki benden daha kolay ikna edebilirmiş ki, Çin'e, Brezilya ve Amerika'nın Amazon temsilcisine *Nefes Nefese*'nin; İsviçreli bir yayıncıya da Avrupa'nın tüm Almanca konuşan ülkelerinde satılmak üzere *Bir Gün*'ün yayın haklarını verdik.

Barbaros'un keyfine diyecek yoktu, gerçekten çok çalışmış, karşılığını da almıştı! Amazon'da ilk kez bir Türk yazar olacaktı artık, hem de onun temsil ettiği bir yazar! O bu işi başarmıştı; ben de Amazon'da ilk Türk yazarı olmanın gururunu yaşıyordum; bunu paylaşmak üzere aynı akşam, Everest'in genel yayın yönetmeni Sırma Köksal'ı da alıp Amazon temsilcileriyle birlikte bir kutlama yaptık.

Ama esas büyük günümüz, ertesi gündü!

Ertesi gün, Türkiye'nin ev sahipliğinde Frankfurt Kitap Fuarı'nın açılış töreni vardı.

Hazırlanıp erken çıktım otelimden, Sırma'nın ve tüm diğer Everest yazarlarının kaldığı, nehrin öte tarafındaki gemi otele köprüyü yürüyerek geçip gittim. Bizim eskiden Boğaziçi'nde çalışan sempatik vapurların bir benzerini otele dönüştürüp nehir kıyısına bağlamışlar, üst güverteyi de oturma alanı olarak hazırlamışlardı. Orada biraz oyalanıp taksilere bölünerek fuara gittik. Ben Sırma ile aynı taksideydim.

Ön kapıda indik, içeri girebilmek için sıraya girdik. Benim davetiyem olmadığından yanıma birkaç kitabımı almıştım ki, kapıda sorun çıkarsa yazarlığımı ispat edebileyim.

Sıra bize geldi. Sırma davetiyesini gösterdi, ellerindeki listeden kontrol ettiler, o kapıdan geçti. Davetiyem olmadığı için benim listede adım yoktu.

"Ben bir Türk yazarıyım," dedim, "bakın yanımda birkaç kitabımı getirdim, bu da kimliğim. Hatta şu kitabın arkasında resmim de var."

"Yani?" dedi Alman görevli.

"Yani bir Türk yazarı olarak, Türk gününde bu törene şahit olmak istiyorum. Parayla giriş mümkünse, parasını ödemeye hazırım. Ben ta İstanbul'dan geldim sırf bugün için."

"Nein! Nein!"

"Oturmam şart değil, ayakta da dururum."

"Bu listede adınız yoksa, hiçbir şekilde giremezsiniz."

Girişin öte tarafına geçmiş, beni beklemekte olan Sırma atıldı:

"Ayşe Hanım, lütfen benim davetiyemi siz alın. Ben bir türlü hallederim ya da girmem."

"Asla!" dedim ben, "Zaten listede adım yoksa davetiyeyle de giremiyorum, duydun işte."

Kapıyı tıkadığımız için arkamdakiler sinirlenmeye başlıyorlardı.

"Ben otele dönüyorum," dedim, Sırma'ya, "akşamüstü sizin otelin kafesinde buluşacaktık Barbaros'la, orada görüşürüz hepimiz."

Sırma görevliye hâlâ dert anlatmaya çalışırken ben arkamı dönüp çok hızlı adımlarla yürümeye başladım.

Uzun bir süre hangi yöne gittiğimi bilmeden, koşar adım yürümüşüm. Ağlıyordum ama beni görenler ağladığımı bilmiyorlardı çünkü gözyaşlarım, gözlerimi yakarak içime akıyordu.

Yazar olabilmek için yıllarca beklemiştim ben.

Çalmadığım kapı kalmamıştı.

Son iki öykümü yolladığım kapının da terbiyesizce yüzüme kapanmasından birkaç ay sonra, aynı iki öyküyle, iki yıl üst üste Haldun Taner, Sait Faik ödüllerini kazanmıştım. İki ayrı değerli jüriden üst üste ödül kazanan öyküler, demek ki o yayınevinin hakaret içeren ret cevabını hak etmemişlerdi.

Ve demek ki, beni o yayınevinde hiç sevmeyen biri vardı. Benim, varlığından bile haberdar olmadığım biri. Ve demek ki, fuara katılacak yazarların listesini hazırlayanlar arasında da yine böyle biri veya birileri vardı. Belki de aynı kişilerdi. Ne tuhaf bir duyguydu insanın düşmanlarını tanımaması. Ürperdim. Belki onlarca kez karşı karşıya gelmiş, hatta konuşmuştuk bile. Ben, her kimse o veya onlar, onları tersine taradığımı bilmeden neler söylemiş, nasıl davranmıştım acaba?

Neyse, ben devam edeyim derdimi dökmeye, nihayet bir yayıncıya kapağı atınca, bundan böyle sadece yazabilmek için, bana iyi para kazandıran film çalışmalarımı da gözümü kırpmadan bırakmıştım, halkla ilişkiler işimi de.

Yazacağım kitaplar satar mı satmaz mı bilemeden, dibini göremediğim denize balıklama atlamıştım, yeter ki yazarlar kervanına katılmış olayım!

Şansım varmış ki yazdıklarım sevilerek, beğenilerek okunmuştu.

Ayrıca, 1997 yılında yayımlanan *Aylin*'den itibaren her yıl gece gündüz demeden çalışıp, araştırıp bir yeni roman üretmiştim.

Kiminde ülkemin yakın tarihine ışık tutuyor, kiminde toplumsal bir yaraya parmak basıyordum. Siyaset dünyasının ne sağcısından ne solcusundan ne de dincisinden korkuyordum. Yaptığım araştırmalar nerede durmamı gerektiriyorsa, tarafsız kalıp tam o noktada durarak yazıyordum. Bu nedenle benim kitaplarımda hain padişahlar, vatanı satan komünistler, terörist Kürtler yoktu fakat onları bu noktaya getiren nedenler, padişahların çaresizliği, önüne geçemedikleri saray masrafları, solcuların sömüren sisteme itirazı, Kürtlerin devlet tarafından ezilip horlanması, onları dağa çıkaran nedenler de vardı; PKK baskınlarında can veren, hayatlarının baharındaki masum Türk gençleri de.

Öykülerimde ise kırsal alanların ezilen, horlanan, dövülen, satılan kadınları, cinsel istismara uğrayan çocukları, aile içi cinsel tecavüzler yüzünden intihar süsü verilerek öldürülen kızları vardı. Sırf eşcinsel oldukları için şiddet görenler vardı. Bu sorunları dile getirirken bir erkek yazardan daha cesurdum ben. Hiçbir zaman romanlarımda siyaset yapmam, sadece hayatı anlatırım gibisinden yuvarlak laflar etmemiştim. Dünya görüşüm kişiliğimin parçasıydı. Sözlerim yuvarlak değil köşeliydi.

Tüm bunlara rağmen iki yüz elli yazarın arasına seçilememiştim.

Bir yüz yıl daha yaşamam mümkün olmadığından, bir daha asla Frankfurt Fuarı'ndaki Türk Yılı'nı izleme şansım olmayacaktı.

Benim bir Türk yazarı olarak bu fuarda bulunma hakkımı entelektüel etiketli birileri elimden almış, ama aynı kişiler, kiminin ilk kitabıyla kiminin edebiyat dışı yemek, ebru vesaire kitaplarıyla fuara katılmasına itiraz edecek cesareti kendilerinde bulamamışlardı. Demek ki korkak enteller de vardı edebiyat gurularının arasında.

Oysa '*entelektüel*' yani '*münevver kişi*' olma durumu ahlaki bir bütünlük gerektirirdi.

Otele dönmek için Frankfurt sokaklarında taksi ararken içimden taşan isyan duygusunu, İstanbul'a döndükten sonra, Ayla Kutlu'nun da listede olmadığını öğrendiğimde bir kere daha yaşayacaktım. Ben çok göz önündeydim o yıllarda, televizyonlara çağrılıyor, kitap eklerinde çıkıyordum. Beni unutmamışlar, sadece bilmediğim bir nedenle cezalandırmışlardı ama Cumhuriyet tarihinin en önemli Tük yazarlarından biri olan Ayla Kutlu'yu bence, resmen unuttular.

Yuh olsun o listeyi yapan edebiyat dünyası kişilerine!

Ertesi sabah erkenden kalkıp hazırlandım, kahvaltıya indim. Sırma, otel masrafını ödemek için gelmiş, lobide beni bekliyordu.

"Ayşe Hanım, beni getiren taksi şoförü sizinle tanışmak istiyor," dedi.

"Türk müymüş?"

"Yo, Alman!"

Şaşırdım. Acaba dün akşam otelime dönerken bindiğim taksinin parasını ödemeyi mi unutmuştum.

"Sizi tanıyormuş."

"Nerden tanıyormuş?"

"Ben bu adresi verince, orası Frankfurt'un en iyi otelidir, dedi. Ben de ona, orada kalan da bizim en iyi yazarımızdır, dedim. Bu kişi bir bayan yazar mı diye sordu... sizi tanıyormuş işte."

Nasıl bir sürprizle karşılaşacağımı bilemeden dışarı koştum, arabasının yanında dikilen şoförün yanına gittim. Beni görünce, "Evet biliyordum, o sizsiniz!" diye atıldı, elinde tuttuğu şehrin en önemli günlük gazetesi *Frankfurter Allgemeine Zeitung*'u sallayarak. Sonra da büyük boy bir resmimin bulunduğu sayfayı katlayıp bana uzattı. Sayfanın neredeyse tümü benimle yapılan röportaja ayrılmıştı.

Ama ben kimseyle röportaj yapmamıştım ki!

Yazıya göz atınca, bunun aylar önce, Türk Yılı'nın ön tanıtımları için yine bu şehre getirildiğimizde yaptığım röportaj olduğunu anladım. Kültür Bakanlığı, yazarlarını çağdaş edebiyatımızı tanıtma seminerleri yapmak için gruplar halinde Avrupa'nın önemli kentlerine götürmüştü. Biz birkaç Türk yazarı da bu maksatla Frankfurt'a getirilmiştik. Seminer öncesinde, her birimizle özel röportaj yapmaya gelen gazetecilerle kaldığımız otelde teke tek konuşmuştuk.

Bana gelen gazeteci genç bir adamdı. Küçük bir toplantı odasında konuşacaktık. Her ikimiz de İngilizce bildiğimiz için çevirmeni yolladık. Masaya karşılıklı oturduk.

Birinci soru geldi:

"Hayatınızda ilk okuduğunuz kitabın adını hatırlıyor musunuz?"

"Evet hatırlıyorum," dedim, "hayatımın ilk kitabı *Küçük Tavşanın Maceraları*'dır. Bu kitabı okuduğumu iddia edemem çünkü üç-dört yaşındayken henüz okuma bilmiyordum ama içindeki her resim gözümün önünde, her satırı hâlâ ezberimdedir."

Başladım *Haschen klein ging allein in die weide Welt hinein,* ve öykünün devamını, yarısına gelene kadar, hiç duraklamadan ve ezberden Almanca okudum. Gazetecinin yüzündeki hayret ifadesi de ezbere okuduğum masalın satırları gibi, hafızama çakılmış oldu.

"Ama siz Almanca biliyorsunuz!" dedi, kendi dilinde, "Şu söylediğiniz o kadar eski bir masaldır ki, günümüz çocukları bilmezler o masalı."

Nereden bilsin günümüzün çocukları, sırtında çantasıyla güneşi takip ederek dünyayı gezmeye çıkan küçük tavşanın maceralarını. Onlar tabletler, robotlar, tik toklar devrinde yaşıyorlar şimdi.

"Almancayı dört yaşına kadar çat pat konuşurdum," diye İngilizce yanıtladım.

"Almanya'da mı doğdunuz?"

"Hayır. İstanbul'da doğdum ama amcam doğum hediyesi olarak bana bir Alman mürebbiye hediye etmişti."

Gazetecinin yüzünde bir hayret ifadesi daha belirdi!

Almancamı yılların içinde unutsam da Almanlara hep düz mantıkla yaklaşmak gereği, aklımda kalmış. Alman dadıyı, pembe kurdeleyle bağlanmış bir hediye kutusu içinde, doğduğum hastaneye getirmemişti elbette, amcam.

"Babamla amcam yüksek lisanslarını Berlin'de yaptıkları için olsa gerek, Almanları pek severlerdi. Amcam kendi çocuklarını Alman dadıyla büyütmüştü. Ben doğunca, kuzenlerimi büyüten dadının bir yıllık ücretini peşin ödeyerek, ben de onlar gibi Almanca konuşayım diye, kadını Ankara'daki evimize yollamıştı," diye açıklama yapmam gerekti, "dadı, ben iki yaşıma basmadan ayrılmış bizden ama babam bana her akşam Almanca çocuk kitapları okumayı sürdürdü. Türkçe ile Almancayı birlikte öğrendim ben."

"Haa!" Gazetecinin gözlerindeki şaşkın ifade nihayet normale döndü.

"Konuşma fırsatı bulamayınca, Almancam da dadı gibi uçtu gitti fakat babama her gece okuttuğum manzum masal, hafızama zamk gibi yapışmış," dedim.

Bizim röportaj böyle başlamış, hoş bir sohbete dönüşmüş, bir saate yakın sürmüştü ve Türk yazarlarla yapılan bu röportajlar bizler Frankfurt'tan ayrılmadan önce, çeşitli gazetelerin kültür sayfalarında yer almış, benimki de *Frankfurter Allgemeine Zeitung*'un kültür ekinde kocaman bir resmimle birlikte, hiç kesintisiz yayımlanmıştı.

Aylar sonra, Frankfurt'ta elimde tuttuğum gazete sayfasının dörtte üçünü kaplayan yazı ve kocaman fotoğraf, işte o eski röportaj ile o gün çekilmiş olan resmimdi. Röportajın altında kalan yere, tek sıra halinde fuara katılmış olan Türk yazarlarının vesikalık resimleri ve isimleri sayfanın izin verdiği ölçüde yan yana dizilmişti. Şoför bana bir kalem uzatmış, "Resminizin üzerine bir imza alabilir miyim?" diye soruyordu. İmzamı attım, şoföre teşekkür ettim ve "Havaalanına gitmek üzereydim, beni götürmek ister misiniz?" diye sordum.

"Elbette," dedi.

"Bu gazeteden ben de bir tane alabilir miyim havaalanına giderken?"

"Otelde mutlaka vardır, resepsiyona sorsanıza."

Sabah kahvaltı salonuna girerken, kapının yanındaki rafta gözüme ilişmişti bazı gazeteler. Kendime bir gazete kapmak için içeri koştum, kahvaltı salonunun kapısında duran görevliye, "Gazete var mı, gazete? Bugünün gazeteleri duruyordu şu rafta... nerde şimdi o gazeteler?" diye sordum.

"Gazete mi istiyorsun? Sen önce bir kendine gel, ben gazetelerin hepsini hazır ettim," diyordu Engin.

"Rüya görüyor herhalde... daha tam kendine gelemedi."

Bu ikinci ses de tanıdık geliyordu.

Gözlerimi bu kez dördüncü kattaki hastane odamda açtım. Ne zaman getirmişler beni odama, hiç hatırlamıyordum. Engin ve gelinim Ceylin yatağımın başına dikilmiş, beni endişeli bakışlarla süzerken, bir şeyler soruyorlardı.

Ağrım var mıymış?

Var! Kolum acıyor!

Ameliyat yeri acıyor mu?

Yok, hiç ameliyat olmamışım gibi sanki. Sadece kolum acıyor.

Ceylin sağ kolumu evirip çevirip bakıyor, gözleriyle Engin'e kolunda bir şey yok işareti yapıyor. Madem kimse inanmıyor, hani söylemeyecektim bunu! Bir daha kolum acıyor dersem, ne olayım!

Hemşire araya girip bir arzum var mı, diye soruyor. Çok açım. Son yemeğimi dün akşam saat altı buçukta yemiştim, şu anda saat öğleden sonra üçe geliyor olmalı. Karnım kazınıyor açlıktan. Söylüyorum. Ne yemek istermişim?

Makarna. Olmaz, et yemeliymişim. Ben et sevmem. Israr. Ne diye soruyorsunuz o halde?

Ne yemem lazımsa getirin, yiyeyim!

Biraz sonra önümde bir tepsi, tabakta ince doğranmış et ve patates püresi... püreyi silip süpürüyorum. Odadakiler koro halinde eti yememde ısrarcılar. Koca bir bardak suyu, ağzıma aldığım et parçalarını yutmak için kullanıyorum. Su bitince itiyorum tabağımı tepsinin en uzak köşesine, keşkülü yiyorum... ağzıma tıkıştırılan hapları yutup haydi yine uykuya!

Birinin üzerimdeki örtüyü açtığını hissettim. Tek gözümü açıp baktım.

"Haydi bakalım Ayşe Hanım, yürüyüşe!"

Ne yürüyüşü yahu, ben bu sabah ameliyat oldum! Aceleniz ne! Nazikçe itiraz ettim.

"Ama şimdi öğleden sonra saat üç buçuk. Sizi ayağa kaldırıp birkaç adım attırmamız gerekiyor."

Ne söylesem boş, beni zorla ayağa kaldırıyor hemşireler, önüme yeni yürümeye başlayan bebeklerin yürüteci gibi bir dev yürüteç sürmüşler, tutunuyorum yürütece, birkaç adım atmaya çalışıyorum, tavanla zemin yer değiştiriyor, başım dönüyor, içim çekiliyor, art arda öğürüyorum, hastabakıcı hazırda bekliyormuş meğer, hemen bir tas uzatıyor, midem bir anda boşalıyor tasa... yediğim etler tabakta durdukları aynı kompozisyonla, tasta durmaktalar şimdi.

"Siz hiç çiğnemeden mi yuttunuz etlerinizi?"

"Suyla yuttum."

Yatağımın kenarına oturtuyorlar beni. Midem boşalınca bulantı geçti, sadece başım fena dönüyor ama beni yürütemediklerine göre, bu eli ben kazandım sayılır! Oley! Aklıma yetmişli yıllardan bir şarkı geliyor: İçmişim başım dönüyor, dönüyor!

"Kusmuşum başım dönüyor, dönüyor..." Şarkıyı söylerken kollarım da havada yuvarlaklar çizerek eşlik ediyor şarkıya. Hemşireler, yüzlerinden anlıyorum, bir yazara bakacaklarını zannederlerken bir kaçıkla karşı karşıya olduklarını fark etmenin şaşkınlığı içindeler ama hiç renk vermiyorlar, üstümü başımı temizleyip beni yatağıma yatırıyorlar hemen.

Bir saat sonra yine aynı istekle başımdalar. İlla yürütecekler beni! İyi, bu sefer de patates püresiyle keşkülü kusarım! Madem kolumun acıdığına inanmıyorsunuz, ben de böyle alırım intikamımı. Heyhat, intikam planım elimde patlıyor, uğraşsam da kusamıyorum. Bu eli ben değil, hemşireler kazanıyor. Yatağımdan kapıya kadar büyük bir azimle gidip dönüyorum yürütecime tutunarak, tıpkı yeni yürümeye başlayan bebekler gibi. Hemşireler memnun, benim de yüzümde yürümeyi başarmış olmanın verdiği sevimli bir ifade olmalı!

Neydi o doksan yaşında doğup giderek gençleşen adamın hayatını geri saran filmin adı? Aman Tanrım, beni çok etkilemiş olan filmin adını hatırlayamıyorum. Ameliyattan beri, en basit kelimeler dahi birkaç saniye sonra gelir oldu aklıma.

Doktorum kalça kemiğimi çıkarırken, asistanı da çaktırmadan kafamın içine kulağımdan girip bellek çubuğumu mu aşırdı acaba, ne işine yarayacaksa artık benim eskimiş hafızam? Kim bilir, belki hayalinde doktor değil de yazar olmak vardı ve hazır bir yazar önünde sere serpe baygın yatıyorken, alıvereyim şunun kara kutusunu, orada bana yazmak için kim bilir ne malzeme bulunur, diye düşünmüştür.

Denesin valla, kafamın içindeki birikimi bir kitaba dönüştürebilirse ben o kitabı hemen alır, okudukça unuttuklarımı hatırlarım.

Ah, nitekim hatırladım işte filmin adını, Benjamin Button!

Haydi size itiraf edeyim, ben mutfağa kadar yürüyüp oraya ne için geldiğini unutanlardandım ta gençliğimden beri. Şimdi, ancak yürütecime abanarak sol bacağımı arkamda sürükleyen titrek, sıska, buruşuk ben, zaten o kadar zaman geçiyor ki hedeflediğim yere varana kadar, bir de vardığım noktada, mecburi nefeslenme payı var altmış yaşından sonra arız olan astım illetinden dolayı, elbette unutuyordum oraya ne için geldiğimi. Boş ver ya, haydi tornistan yap, dön yatağına, hatırlayınca yine gelirsin, dostlar alışverişte görsün, diyordum.

İşte tam da böyle geçiyordu zaman, bir yürüteçle yengeç gibi yandan çarklı sürünerek ve vardığım yere niçin sürüklendiğimi unutarak!

Ah bir mucize olsa, fırlasam yatağımdan, yatağın altına kaçmış terliğimi bulmak için eğilebilsem. Ve hiçbir yere tutunmadan dikilebilsem ayağa! Madem eğilebiliyorum donumu, çorabımı yardımsız giysem, duşumu tek başıma alsam, haydi biraz da şımarayım, ne demişler isteyenin bir yüzü, vermeyenin iki yüzü... her geçen gün bir gıdım daha gençleşsem, güzelleşsem, derken efendim giderek kırklarıma, yirmilerime, sonra da bebekliğime dönsem... anneannem yine ağzıma lokmalar tıksa, annem beni bir 'hariciyeciyle' evlendirme hayalleri kursa, babam bana Almanca masallar okusa, hayat bayram olsa!

Haydi Ayşe Kadın Fasulye (ne çok kızardım ilkokulda bana böyle seslenen o koca kafalı oğlana); hayal kurmayı bırak, dön bakalım hayatın gerçeğine!

Hayatın gerçeğine döndüm! Ben Benjamin Button değil, Ayşe Kulin'dim.

Benim makara asla geriye sarılmayacaktı. Gençleşmeyecek, güzelleşmeyecek, güçlenmeyecektim. İlerde bir gün belki bastonsuz yürüyebilecektim, hepsi bu!

Kısacası, bende artık her manada akşam olmakta!

Zaten şehrin orta yerindeki hastane penceresinden ne kızıl ufuklar görünüyor ne minesi solan günün ışıklı bulutları. Görebildiğim yegâne ışık, karşı binanın pencerelerinde tek tük yanan ampuller. Kolum acıyor. Dişimi sıkıp kimseye şikâyet etmiyorum. Bir tek Engin farkında bende bir şeylerin yolunda gitmediğinin, ikide bir soruyor neyin var diye. Kimseyi inandıramamışım, o da bana inanmayacaksa niye söyleyeyim ki kolumun acıdığını!

Akşam yemeğimi getirdiklerinde görüyorum ki bu sefer bana et yok! Çorba, patates püresi, kabak kalyesi ve bir sürü yutulacak hap var tepsimde. Serumla zaten almakta olduğum ağrı kesici ve antibiyotiklerin yanı sıra bir de onca hapı yutunca derin bir uykuya dalıyorum yine.

Sabaha karşı tansiyonumu ve ateşimi ölçmeye gelen hemşire, üstümdeki örtüyü sıyırıp kolumu görünce gerisingeriye fırlayıp gitti.

Baktım, sağ kolum dirseğimden bileğime kadar pembe bir davul olmuş!

Artık acıdığı filan da yok ama görünüşü bir felaket!

Engin yattığı refakatçi yatağından fırlayıp başıma dikildi. Zillere basıyor dehşet içinde.

Birkaç doktor birden doluştu odaya.

Islak pansumanlar, alkollü bezler, kolumun altına yastıklar...Yetmedi, apar topar tomografiye götürüldüm. Başımda beni ameliyat eden doktorum da dahil olmak üzere birkaç doktor daha... dışarı çıkıp kapının önünde aralarında fısır fısır konuşuyorlar.

Yüzümdeki endişeyi gören biri, "Merak etmeyin, gerekirse küçük bir müdahale ile her şey yoluna girer," diyor.

"Müdahale ne demek? İkinci bir ameliyat mı?" diye soruyorum.

Bana yanıt veren yok. Tanrım, bacak gidiyor derken kol gitmek üzere galiba!

İyi yürüyemiyordum diye ameliyat olmaz olaydım! Kötü yürürdüm, bu saatten sonra maraton koşacak ya da bale yapacak halim yoktu... ama şimdi kolum giderse nasıl yazarım ben?

Bu soruyu sesli sormuş olmalıyım ki, "Yok canım, ameliyat da nerden çıktı!" dedi, doktorum.

"Müdahale nedir, o halde?"

Yine yanıt yok!

Doktorların hepsi cam bölmeyle ayrılan küçücük odada bir ekranın başına doluştular. Her neden korkuyorlarsa kıpırdamadan durmamı istiyorlardı işlem sırasında. Camın ardında onları duyamıyorum ama gözlerindeki endişeyi ve telaşlarını görüyordum.

Dünden beri her kolum acıyor dediğimde beni şımarıklık yapıyor zannedenlere karşı haklılığımı ilan etmiş olduğumdan, dudaklarıma kocaman bir zafer gülümsemesi yerleşti!

Hep mi aptaldım ben yoksa ameliyattan sonra mı böyle oldum?

Ölecek olan benim, sırıtmanın zamanı mı!

Anneanneee, geri dön ne olur!

Korkuyorum. Kıpırdamadan durmaya çalışıyorum, bana söylendiği gibi.

Yok, korku değil de sonunun nasıl biteceğini bilemediğim bir yolculuğa çıkmanın endişesi var içimde. Ben sürprizleri pek sevmem, nereye gideceğimi illa bilmek isterim ama bu sefer planı ben yapmıyorum ki!

Kıpraşmadan durmak ne zormuş!

Cam bölmenin ardındaki doktorların yüzlerindeki ifade değişti, gördüm!

Bir pıhtı atarak felç olmayacağımı, kalbimin de duruvermeyeceğini anlamış olmalılar ki yüzleri gülüyor. Demek ki, her neyse o müdahale, o da yok!

Ameliyat sırasında koluma batırılan iğneyle zedelenen damar, dışardan izleyemediğimiz bir kanama yapmış. Doktor diliyle konuştukları için ben anlayamıyorum, anneannem doktor eşi olduğundan anlayabilirdi ama çağırmama rağmen inadı tuttu, uğramıyor bu sabah. Varsın gelmesin, nasılsa şimdilik topum direkten döndü, ölmüyordum!

Odama çıkarılıyorum, odada dört dönen Engin'i sakinleştiriyorlar, bin bir ihtimamla yatağıma yatırıyorlar beni, kolumun altına itina ile yastıklar, üzerine pansumanlar döşeniyor yine.

Bir gün daha geçiyor.

Ağrı kesicilerim kolumdaki ödem yüzünden artırılmış olduğundan hiç ağrım sızım yok. Ama halim de yok! Sadece içim rahat. Bıraksalar uyuyacağım da gelen giden çok, ben de ziyaretçilerimin aralarındaki konuşmalarını dinliyorum gözlerim kapalı ve anlıyorum ki, ülkede işler pek de iyi gitmiyor.

Dolar yine yükseliyormuş! Cumhurbaşkanı yine 'Ey' çekmiş birilerine ve yeni şehit cenazeleri varmış. Canım sıkılıyor. İçimden gazetelere bakmak gelmiyor, konuşmaya bile üşeniyorum. Tuhaf bir tembellik duygusu içindeyim. Bunalım dedikleri bu mu acaba?

Hastanede üçüncü günüm!

Beni ilk gün yürüteçle, ikinci gün çifte bastonla yürütmüşlerdi.

Üçüncü gün tek bastonla yürüttüler. Günde üç sefer, zorla yatağımdan çıkarıp uzun koridor boyunca götürüp getirdiler. Hatta onunla da yetinmediler, fizyoterapi odasına götürülüp benim gibi sarsak adımlarla yürümeye çalışan kadınlı erkekli bir küçük kalabalığa karışarak fizyoterapi seanslarına katıldım. Bastonla merdiven inip çıkmasını öğrenirken, yaşları birbirine yakın olanlar, güya çaktırmadan birbirimizi dikizliyorduk. Aramızda bacağını kayakta kırmış gençler de vardı, spor salonlarında tepinirken orasını burasını incitmiş şişkin egolular da.

Ama çoğunluk, zamanın yıprattığı bizlerde! Herkes büyük bir merakla birbirine nasıl sakatlandıklarını soruyor. Kulaklarımı dikip dinledim belki ilginç bir öykü yakalar da yazarım diye.

Yok, ilham verici bir sonuç alamadım.

Kafam ağrı kesicilerden, antibiyotiklerden, kan sulandırıcılardan kazan gibi.

Bu kafayla yeni bir konu bulup yazamayacağıma, okuduğumu da anlamayacağıma göre, kendi sinemama odaklanayım bari diyerek daldım yine hatıralara.

Binlerce anı... çocukluğuma, gençliğime dair içimi ısıtan fotoğraflar, ağzımda mayhoş tatlar bırakan evliliklerim, çocuklarımın rengârenk hatıraları, bende hep kahkahalarla gülme duygusu uyandıran kamera arkasındaki çalışma hayatım, çok ciddiye aldığım için sonunda neşemi yitirmeme sebep olan halkla ilişkiler deneyimim... hangi birini çekip alayım belleğimin labirentlerinden?

Uzun ömrümün bana en yakın duran anıları, çalışma hayatıma dair elbette.

Evliliklerin üzerinden asırlar geçmiş gibi, hatırası bile yabancı geliyor. Çocuklar çoktan büyümüş, kendileri çoluk çocuğa karışmış, kendi anılarını biriktiriyorlar.

Sürdürülebilir durumda olan şu anda sadece çalışma hayatım... ama yazarlığımı çalışma hayatım olarak betimlemek doğru mu emin değilim, çünkü yazmak benim işim olduğu kadar, varoluş nedenim de.

Yazmaya 1958 yılında başlayıp bir yayıncıya ancak 1996 yılında kapak atabildiğime göre, bana para kazandırmadığı halde aradaki yıllarda ısrarla yazmaya devam etmek, başka nasıl izah edilebilir ki! Tamam, o halde varoluş nedenim olduğuna inandığım yazarlığıma dair bu sefer hoş bir anı seçeyim düşünmek için ve kurtulayım bu ruh halinden.

2009 yılında Frankfurt Fuarı'nda oturduğum Mavi Koltuk mu, yoksa İngilizce adı *Last Train To Istanbul* olan *Nefes Nefese*'nin New York'taki tanıtımı mı daha keyif vermişti bana? Aralarında seçim yapamadığıma göre, ben tarih sıralamasıyla gideyim.

Önce Mavi Koltuk!

Mavi Koltuk da neyin nesi diye soranların bilgisine: Bu koltuk (Almanca ismiyle *Das Blaue Sofa*) sadece Frankfurt Fuarı'na aşina olanların bildiği, iki kişinin ancak diz dize oturabileceği, kanepemsi bir koltukla, koltuğumsu bir kanepe arasına sıkışmış, boncuk mavisi bir divandır.

Fuarın orta yerinde, yükseltilmiş bir platform üzerinde yer alır. Mavi Koltuk'ta çeşitli ülke yazarlarından o yılın bir önemli edebiyat ödülünü alanlar ya da özel bir kitapla öne çıkanlardan bazıları söyleşi yapma imkânını elde eder. Ayrıca, antidemokratik ülkelerin hükümet baskısı altındaki ya da sürgündeki yazarlarını, yolları Frankfurt Fuarı'na düşmüşse, içlerini dökmeleri için oturturlar Mavi Koltuk'a.

İşte bu çok önemli koltuğa ben, ülkemin organizasyon komitesi tarafından götürülmediğim Türk Yılı'nın ertesi yılında, Frankfurt Fuarı organizasyonu tarafından davet edildim. Elbette baskı altında veya sürgünde olduğum için değil, çünkü Türkiye göreceli olarak bugüne kıyasla demokratik, laik bir ülke idi o yıl.

Haydi itiraf edeyim, bir yıl önce o fuara giremeyen bir yazarın, bir yıl sonra böyle bir vuslata erebilmesini, *Allah'ın sopası yoktur* veya *Garip kuşun yuvasını Allah yapar* gibisinden deyişlerimize atfetmeyi içime sindiremiyordum ama ince bir şüphe de düşmüyor değildi içime, şans perisinin yüzüme gülmeye karar verdiğine dair; çünkü yeryüzünde hâlâ arkamda ne bir bankanın gücü ne bir dernek ne bir tarikat veya cemaat vardı. Demek ki şans perisinin işiydi bu; değneğini omzuma *Der Schmale Phad* adıyla Almancaya çevrilen *Bir Gün* adlı kitabımın yüzünden değdirivermişti!

İsviçre'de basılan ve Almanca konuşulan ülkelerde satışa sunulmuş olan bu kitabı Leyla Zana'nın tutuklanma şekline duyduğum tepkiden dolayı yazmıştım. Aslında, Leyla Zana'yı hapiste ziyaret etmek ve onunla bir söyleşi yaparak Kürt-Türk sorununa çözüm önerilerini öğrenmek istemiştim. İzin verirse, hayatına dair de bir nehir söyleşi yapardık belki. Bir aşirete doğup Millet Meclisi'nin koltuklarına kadar yürümüş bu genç kadını hem bir anne hem de bir yazar olarak bütün samimiyetim ve iyi niyetimle yakından tanımaya çalışmıştım. Araya *Kardelenler*'i yazarken tanışıp, çok saygı duyduğum o yörenin ilk kadın ilçe başkanını sokmuştum. Ne yaptıysam olmadı.

Ses vermedi ya da veremedi Leyla Zana!

Ben de Türk ve Kürt yazarlar tarafından ve her biri besbelli ki taraf tutarak yazılmış pek çok kitabı okuyup notlar çıkardıktan sonra tarafsız kalmaya gayret ederek hayalimde yarattığım Zelo tiplemesiyle yazmıştım *Bir Gün* romanımı.

Çok iyi niyetlerle yazdığım bu kurgu roman, nedense her iki tarafın milliyetçilerinin hiç hoşuna gitmemişti. Hatta kitabı yazdığım yıl, bir edebiyat toplantısında tesadüfen tanıştığım Kürt bir kadın yazarın tepkisine şaşıp kalmıştım. Beni taraf tutmakla itham etmişti. Ben ısrarla, taraf tuttuğum o satırı, o cümleyi ya da o bölümü gösterin bana, demiştim. Gösterin ki, hatamı hemen düzelteyim; çünkü bu kitabı ben, her iki halkın hem çocuklarına hem de analarına çok yazık oluyor diye ve barışın savaştan çok daha değerli olduğunu vurgulamak için yazdım, yüreğimde zerre kadar tarafgirlik olmadan!

İstediğiniz kadar taraf tutmuyorum deyin, tarafsınız, dedi.

Nedenini söyleyin o halde, diye ısrar ettim.

Dedi ki, karakterlerden Kürt kızını aşiret reisinin torunu, Türk kızını kaymakamın kızı yapmışsınız, yetmez mi? Bakakaldım! Sanki bizim coğrafyada temel eğitim sonrasında, genelde aşiret kızları kocaya, kaymakam kızları ise ortaokula gönderilmiyordu! Ben kitabımda özellikle de bu eşitsizliğe işaret ediyordum. Hatta isyan ediyordum. Çözüm üretmeye çalışıyordum. Çünkü büyüdüğüm evde kafama çok küçük yaşta çakılmıştı, eğer komşum aç ise benim tok uyumamam gerektiği. Ben açlığı sadece bir tabak aş olarak algılamamıştım. Fırsat eşitliği de, yasalar önündeki kimlik eşitliği de komşuluk hakkının içindeydi. Bir çocuğun canı yanıyorsa, hakkı yeniyorsa, o rahata erene kadar ben rahat edemezdim. Komşum bir başka dinin mensubu diye korku içindeyse ben rahat uyuyamazdım. Sevginin, merhametin her sorunu çözebileceği dedelerim, ninelerim, anam ve babam tarafından ruhuma işlenmişti. Ta çocukluğumda bana telkin edildiği gibi, istiyordum ki hepimiz eşit olalım, eşit doyalım, eşit fırsatlarda büyüyelim, eğitilelim ve eşit imkânları paylaşalım.

Zaten Cumhuriyet bunun için vardı, herkesi hukuk önünde eşit kılmak, eşit şartlarda eğitmek, kimseyi bir başkasına kul köle eylememek için!

Cumhuriyet'in ilk iki kuşağı bu ilkeleri hayata geçirmek için fedakârca çalışmıştı. Ama bizler becerememiştik. Önyargılar, insanları avucunun içinde esir tutan töreler, dini hurafeler ağır basmıştı. Anlamıştım ki, Türkiye'nin gerçeği olan aşiret kızıyla kaymakam kızının önündeki fırsat eşitsizliğine, ben romanımda istediğim kadar işaret edeyim, kızları birbirleriyle kan-kardeş, can kardeş eyleyeyim hatta öz kardeşler kadar yakın yapayım, Kürt meslektaşım hep yüksekten baktığımı düşünecekti. Önyargısını yenebilmem belki imkânsız değildi ama çok zordu! Türkiye'nin saplantılı Kürt-sevmezleriyle Kürtlerin saplantılı Türk-sevmezlerinin bakış açısı değişmedikçe, sorun çözülmeyecekti. Üzülmüştüm!

Şu satırları yazarken düşünüyorum da meğer ben o kitabı yazdığım yıl, içinde bulunduğum şu 2020 yılına göre ne özgür bir ortamda yaşamaktaymışım hiç kıymetini bilmeden! Kiminle konuşacağıma dair icazet alma gereğim olmaması bir yana, bir yazar olarak canım ne çektiyse yazabilmiştim o yıllarda.

Nereden nereye gelmişiz!

Bir Gün'ün Almanca çevirisi yurtdışında, yurtiçinde olduğundan çok daha fazla ses getirmişti... Çünkü her işimize burunlarını sokan ve çoğunlukla sadece Türkleri suçlayan Avrupalılara, Türk-Kürt sorununu işleyen roman pek ilginç gelmişti.

Ve işte şimdi Frankfurt Kitap Fuarı'nın en görünür yerinde yükseltilmiş bir platform üzerinde Mavi Koltuğumda oturmuş, sunucunun beni dinleyicilere tanıtımının bitmesini beklerken, nerdeyse emindim soruların Türk edebiyatından çok, siyasetle ilgili geleceğinden. Türkleri veya Kürtleri yerden yere vuracağımı bekliyorlarsa onları hayal kırıklığına uğratmak üzereydim. Nitekim aynı soruyu ısrarla tekrarlayarak sormuşlardı: Bu kitabı hangi maksatla yazmıştım?

Ben de ısrarla hep aynı yanıtı verdim.

Aynı toprağın evladı olan gençlerin karşı cephelerde sürekli can verdiği o yıllarda vallahi de billahi de iki halkın çocuklarının yaşam hakkı için yazmıştım. Her acı haber geldiğinde ölenlerin analarını, dövüneceklerine bir şeyler yapmaları gerektiğine inandırmak için yazmıştım. Masa başında denendi; olmadıysa, bir kere, kırk kere, yüz kere daha deneyin, devirin masaları yeniden kurun, masalar ölmez ama canlar ölüyor, demek için yazmıştım.

Ayrıca bir milletvekilinin, hele de bir kadın milletvekilinin, Meclis'in orta yerinde bileklerine kelepçe takılarak itiş kakış soruşturmaya götürülmesinden utanmış olduğum için ve her iki halkın söylemlerindeki hoyratlıktan bıkıp usandığım için yazmıştım. Nasıl ki yazdıklarım, şiddetten beslenen Türklerle Kürtlerin hoşuna gitmemişse Türkleri veya Kürtleri itham etmeyen sözlerim de Mavi Koltuk'ta bana soru soranların pek hoşlarına gitmemişti. Demek ki dünyanın her yerinde insanlar gürültü patırtı, sansasyon seviyor, karşıt görüşlerin anlaşmasını değil çarpışmasını istiyordu. Ve ne yazıktır ki tek kazanan silah tacirleri oluyordu!

Her neyse, ben *Bir Gün*'ün sayesinde Mavi Koltuk'ta konuşan ikinci Türk yazarı olma payesine erişmiştim ki, benden önceki ilk Türk yazar, Nobel ödüllü Orhan Pamuk'tu.

Bir yıl sonra, İsviçreli yayıncım yine *Bir Gün*'ün Almanca çevirisi *Der Scmale Phad* için bana Almanya'da bir okuma turnesi düzenlemişti. İyi ki düzenlemiş, Almanya'yı güneyinden kuzeyine iki hafta süreyle şehir şehir, hatta köy kasaba turlamış, derin kültürüne ve özellikle Kiel şehrine hayran kalmıştım. Kiel'i görene kadar, Kuzey Denizi'nde bana İzmir Limanı'nı hatırlatacak bir liman bulabileceğim aklımın ucundan geçmezdi. Alman bestecilerin müziğinin dışında, Almanların şehirlerini, edebiyatlarını kısacası kültürlerini sevebileceğim de aklımın ucundan geçmezdi.

İtiraf ediyorum işte, Hitler ve faşizm nefretimden dolayı, tüm gençliğim boyunca ve altmışlı yaşlarıma kadar, Almanya'ya hep mesafeli durmuştum. Dilini unutmayı seçmem yetmezmiş gibi, Almanya mecbur kalmadıkça hiç gitmediğim bir ülkeydi. Altmış yaşıma basacağım yıl, Engin bana bir sürpriz yapmış, ikimizin de hiç görmemiş olduğu Berlin'e bir yolculuk düzenlemişti. Sadece babamla amcamın yere göğe koyamadıkları bu şehri nihayet göreceğim için sevinmiştim, o kadar. Berlin'e âşık olacağım kimin aklına gelirdi ki!

Berlin sadece mimari açıdan değil, kültür açısından da muhteşem bir şehirdi. Müzeleriyle, konser salonlarıyla, eğlence mekânlarıyla, çok sevdiğim Londra kadar doyurucuydu. Bir ömür Alman kültürünü yakından tanımaya direndiğim için çok pişman olmuştum. O kadar ki, *Bir Gün*'ün tanıtımı için düzenlenen Almanya turnesinin tarihine dahi itiraz etmemiştim. Oysa turne, Bodrum'un en güzel mevsimi eylül ayına denk geliyordu. Biz, benim gibi eylül doğumlu arkadaşım Ergül'le birlikte, Bodrum'da yaşayan yakın arkadaşlarımızla kutlardık yaş günlerimizi. Tarih çakıştığından, Engin turneye hayır diyeceğimi zannetmişti ama ben, Berlin ziyaretimde gönlüme düşen Almanya aşkının sesine kulak vermeyi tercih etmiştim o yıl.

Almanya'yı Sabine ile bölge bölge gezmiştik.

Sabine, yüksek lisansını sadece Türkoloji üstüne yapmakla kalmamış, gençliğinde bir Türk'e âşık olmuş, evlenerek Türkiye'ye gitmiş, bir süre Anadolu'da yaşamış, çok iyi Türkçe konuşan bir Almandı. Uzun yolculuğumuz boyunca çevirmenim, moderatörüm ve refakatçim olmuştu. Her gittiğimiz eyalette sadece şehirlerin değil, kasabaların hatta köylerin bile kütüphanelerinde okumalar ve konuşmalar yapıyorduk.

Üzülerek gözlemlemiştim, biz Türkleri Avrupalılardan eksik kılan, işte bu yaşam tarzıydı. Her kasabada küçük de olsa bir kütüphaneleri veya kültür merkezleri vardı. Kasabalarda, köylerde yaşayan insanlar, mesai saatleri sonrasında düzenlenen bu etkinliklere ufak bir ücret ödeyerek katılıyorlardı. Konserlere ise akustiği düşünülerek tasarlanmış kiliseler ev sahipliği yapıyordu. Tek bir kasaba hariç, her gittiğim yerde bir Türk yazarı dinlemeye gelmiş, en az on beş kişi bulmuştum. Okumaları dikkatle dinliyor, sorular soruyorlardı ve görüyordum ki, bugüne kadar ben nasıl sadece bir çılgın diktatörün yaptığı kötülükler yüzünden edindiğim önyargımla gönlümden çıkarmışsam bir ülkeyi, Almanlar da aralarına karışmış onca Türk'e ve Kürt'e rağmen bizim hakkımızda bilgisizdiler. Örneğin Türklerle Kürtlerin aynı şehirlerde, aynı kasaba ve köylerde, aynı mahallelerde hatta aynı binalarda yaşayabildiklerini öğrendiklerinde şaşırmışlardı. Biz yüzlerce yıldır birlikte yaşıyoruz, diyecekken, tutmuştum kendimi çünkü o halde nedir bu aranızdaki husumet gibi bir soru soracak olurlarsa, yanıt o kadar çetrefil ve çok yönlüydü ki, bir koca tarihi ve siyasi oyunları anlatacak ne halim vardı ne de vaktim!

Yine de kasabalarda yaşayan sıradan Almanların değişik coğrafyalarda gelen edebiyatçılara, müzisyenlere, ressamlara, oyunculara vakit ayırması, onları anlamaya çalışması beni duygulandırmıştı... hem de hayıflandırmıştı!

Bir an kapayın gözlerinizi ve bir edebiyat akşamını, Orta Anadolu'nun bir kasabasında, hayal etmeye çalışın! Önce, herhangi bir taşra kasabasında bir kütüphane veya kültür evi bulunacak, sonra orda düzenlenecek edebiyat toplantısına bir manav, bir kasap, bir tornacı veya herhangi bir esnaf, bir ev kadını teyze, bir çocuklarını büyütmüş anne, bir büyükanne evinden çıkıp gelecek! İçeri girerken de küçük bir ücret ödeyecek! Hayal!

Ne yazık ki, sizi de beni de zorlayan bu hayal, böylesi bir yaşam, Cumhuriyet'in ilk yirmi yılında Hasan Âli Yücel ve Tonguç gibi eğitimcilerin sayesinde, taşra şehirlerinde, hatta kasabalarında dahi mümkün olabilmişti!

Köy Enstitüleri zamanında edebiyat geceleri düzenlenmiş, tiyatro yapılmış, müzik dinlenmişti. Ayrıca taşra kentlerindeki Cumhuriyet balolarında, kimi aile babaları eşlerinin beline sarılarak bandoların çaldığı tangolara ayak uydurmuşlardı, pek ender de olsa. Anneler de maşa ile kıvrılmış saçları, emprime elbiseleriyle hoş ve güzel hissetmişlerdi kendilerini, ev işi yapmak ve çocuk büyütmek için dünyaya yollanmış birer işçi gibi değil. Mutlu olmuşlardı.

Bu rüya, rüzgâr hızıyla esip geçmişti. Yavaş yavaş, sosyal hayatın tüm renkleri solmuştu, heyhat! Erkekler yine kahvehanelere doluşmuşlar, kadınlar ancak kendi aralarındaki altın günlerine gider olmuşlardı, o da ancak altın alacak paraları varsa. Büyük çoğunluk evlerine kapandı.

Şimdilerde taşradaki erkekler kahvehane dışında ancak işimi kaybederim kaygısıyla siyasi kongrelere gitmek için evinden çıkıyor ki elbette sosyalleşmek için Almanya'da olduğu gibi küçük bir ücret ödeyerek değil, küçük bir ücreti kabul ederek.

İşte benim Almanya turnem bütün bunları düşündürmüştü bana!

Her geçen gün, bu ülkeyi biraz daha sevmiştim çünkü muhatap olduğum halk, kafamdaki faşist Almandan çok değişikti. Yoksa neden bir Türk yazarı dinlemeye gelsinler, öyle değil mi? Bu arada ben de boş durmamıştım. Allah arama motorunu icat edenlerden razı olsun, eserlerini çok geç tanıyıp hayranı olduğum Goethe için bir Alman dergisine hakkında yazı yazabilecek kadar bilgi sahibi olmuştum.

Kısacası, Almanya turnesi bende bu ülkeye dair var olan önyargımı sıfırlamıştı ki bu çok olumlu bir sonuçtu çünkü önyargılar ruhumuzu zehirler.

Mavi Koltuk derken nerden nereye geldik... gevezeliğim affola, sevgili okur!

İstanbul'a Son Tren

Şans perisinin yüzüme gülümsemesi Mavi Koltuk'taki konuşmamla son bulmadı. Kader bana hiç beklenmediğim bir sürpriz daha hazırlamaktaymış meğer.

Amazon'un çeviri haklarını satın aldığı *Nefes Nefese*'nin John Baker tarafından yapılan ilk çevirisini Amerikalı bir editör yeniden elden geçirmişti ve kitap ABD'de basıma hazırlanıyordu. Ben kitabın piyasaya sunulma sürecini beklerken, Amerika Türk Kadınlar Birliği tarafından birkaç konuşma yapmak üzere New York'a davet edilmiştim. Güzel bir tesadüfle bu davet, *Last Train to Istanbul* adıyla çevrilen *Nefes Nefese*'nin, ABD'de kitapçı raflarında yer alacağı ekim ayına denk düşmüştü.

Beni davet eden ATKB derneğinin başkanı Sermin Özçilingir, kitabım için üst katında kitap tanıtımlarının yapıldığı, New York'un ünlü kitapçısı Strand'de bir akşamüstü konuşması ayarladı. Üstelik, programın sonuna derneğe üye hanımların pişireceği poğaça ve böreklerle bir de ikram ekledi. Türk-Amerikan derneklerinde çalışan yüce gönüllü Türkler, ülkemizin itibarını artırmak için Türk devletinin fahri konsolosları gibi çalışmaktan hiç gocunmuyorlardı.

İşte bu çalışkan ve fedakâr derneklerden birinin konuğu olarak ben bir cuma günü New York'a uçtum. Sermin Hanım tarafından karşılanıp otelime götürülürken, Sermin Hanım bir Musevi dostunun beni *Last Train to Istanbul* hakkında konuşmak üzere, cumartesi günü 78. Cadde'deki sinagoga davet ettiğini söyledi. Acaba kabul eder miydim? Etmez olur muyum, dedim, elbette ederim!

Ertesi gün öğlen saatlerinde, Sermin Hanım'la birlikte sinagogdaydık. Girişteki hol, çok şık giyinmiş, takmış takıştırmış ve hepsi de saçlarına siyah tülden birer fiyonk iliştirmiş hanımlarla ve başları kipalı, takım elbiseli beylerle doluydu.

Şıklığın nedeni az sonra anlaşıldı, meğer on üç yaşını doldurmuş bir delikanlının Bar Mitzva'sı varmış. Hanımların saçlarındaki siyah fiyonklar da dinleri icabı saçlarını örtmesi gereken başlıkları simgeliyormuş. Başlıklar zaman içinde değişimden geçerek birer fiyonk halini almışlar ve dini törenlerde takılırmış.

Ben bu açıklamayı can kulağı ile dinlerken, holün boşaldığını fark etmemişim. Bir de baktım, koca holde Sermin Hanım ve ben kalmışız. Kapıdaki görevliye bütün bu insanların nereye gittiğini sordum.

"Tören başlıyor, içeri girdiler," dedi, eliyle karşıdaki kocaman kapıyı göstererek.

"Tören ne kadar sürer?"

"En az bir, hatta bir buçuk saat."

Sermin Hanım, "Sizi davet eden bey de büyük bir ihtimalle bu törene katıldı, şimdi içerde olmalı," demez mi! Vay ki vay! Ben diplomatların bitmez tükenmez kokteyllerinde ayakta kalmamak için annemin üzerime kurduğu en büyük hayalini tarumar ederek bir diplomatla evlenmeyi reddetmiş bir kız evlattım. Benden her gün kilometrelerce yürüyen yeniçeri olurdu da saray kulübesinde bekçi asla olamazdı. Ayakta ve aynı yerde uzun zaman kalamam ben, tansiyonum düşer, başım döner!

Kapının önünde bir buçuk saat ayakta mı bekleyecektik şimdi biz?

"Yakınlarda bir kafe bulup orada oturalım mı?" diye sordum.

"Sizi davet eden Mr. Meirowitz ile sinagogda buluşacaktık. Burada beklemeye mecburuz," dedi Sermin Hanım.

Çaresiz holde beklemeye başladık. Ben bulunduğumuz alanı ileri geri adımlayıp duruyordum. Şansımız varmış ki, yirmi dakika kadar sonra Sermin Hanım'ın sabırla önünde dikildiği kocaman kapı açıldı, beni davet eden genç adam dışarı çıktı ve bizi ayakta kalmamamız için içeriye çağırdı. Sermin Hanım'ın yanıtını beklemeden ben hemen kabul ettim, girdik tören salonuna, arkalarda yan yana boş iki yer bulup oturduk. Tören, hahamların bir ağızdan dualarıyla ve hahambaşının konuşmalarıyla devam ediyordu. Arada bir tüm salon topluca ayağa kalkıyordu, hop biz de ayaklanıp diğerleriyle birlikte tekrar oturuyorduk.

Çocuklukla ergenlik arasına sıkışmış yavrucağın erkekliğe adım atma törenini ilgiyle seyrederken, zaman akmış gitmiş. Sanırım törenin sonuna yaklaşıyorduk, yine hahambaşı konuşuyordu.

Kulağıma ismim mi çalındı?

Daha neler! Ne alaka? Hem hahambaşı adımı nereden bilecekti? Bana öyle gelmiş olmalıydı. Aaa! "Miss Eysi Kûlayn, aramızdaysanız lütfen ayağa kalkın," diyordu yine hahambaşı. Derste hayal kurarken öğretmene yakalanmış öğrenci gibi hemen dikildim koltuğumda. Gaipten sesler duyuyor, çıldırıyordum galiba. Belki de aniden vaktinden önce bunadım! Sermin Hanım kolumu dürtüyordu.

"Ayağa kalksanıza Ayşe Hanım!"

Eysi Kûlayn benmişim!

Ayağa kalktım.

Arkalarda oturduğumuz için herkes dönmüş bana bakıyordu. Üstümde kırmızı bir ceket vardı, yüzüm de kıpkırmızı olmuştu. Türk bayrağı gibi dikiliyordum ayakta. Bir şey yapmam gerekiyordu, ama ne? Bana bakanlara siyasetçiler gibi kollarımı havaya kaldırıp coşkuyla mı el sallasaydım yoksa Kraliçe Elizabeth'in arabayla geçerken yola dizilen halkını selamlaması gibi, sağ elimi yüzümün hizasında tutup kibarca mı sallasaydım?

Hahambaşı konuşmaya devam ediyordu, "Bu gördüğünüz hanım Türkiye'den geliyor, bugün saat ikide filanca numaralı odada bir konuşması var. Hitler'in ölüm kamplarından kurtulan Yahudilerle ilgili bir kitap yazmış, gidip dinlemenizi tavsiye ederim," diyordu.

Ben şaşkınlıktan hâlâ ayaktaydım. Hahambaşı konuyu değiştirince, Sermin Hanım usulca ceketimi çekeledi, yerime oturdum.

"Tören bitti Ayşe Hanım, şimdi terasta ikram varmış, buyurun yukarı çıkalım, bir şeyler yiyelim," dedi Sermin Hanım.

"Sermin Hanım, demin olanlar gerçek mi yoksa ben mi hayal ettim?" diye sordum.

"Ben de bu kadarını beklemiyordum ama hahambaşı sizi cemaatine tanıttı," dedi Sermin Hanım, "konuşacağınız salon herhalde tıklım tıkış dolacak bu yüzden."

Merdivenleri yürüyerek çıkıp terasa ulaştık. Yumurtalı yemeklerin ağırlıklı olduğu büfede açlıktan ve heyecandan kazınan karnımı doyururken birileri gelip kendilerini tanıttılar, kitabım hakkında sorular sordular. Kendiliğinden bir kapı açılmaktaydı önümde, hiç tanımadığım biri beni sinagoga konuşmaya çağırıyor, yetmiyor hahambaşı beni salondakilere tanıtıyor, şimdi de yemeğimi yemeğe fırsat bulamadan, Amerikalılara kitabımla ilgili bilgiler veriyor, sorularını yanıtlıyordum.

Türk Yahudisi miydim?

Hayır, Müslümandım.

Niye böyle bir kitap yazmıştım ki?

Çünkü İkinci Dünya Savaşı sırasında Avrupa'da görev yapan Türk diplomatlarının Avrupa şehirlerinde yaşayan Türk Yahudilerini kurtarmalarıyla ilgili, o güne dek hiç duymamış olduğum bir gerçeği yeni öğrenmiş, bunu okurlarımla paylaşmak istemiştim.

Etrafımdaki halka genişliyor, sorular çoğalıyordu.

"Biraz sonra on dört numaralı odada buluşalım, her şeyi anlatacak Ms. Kulin," dedi Sermin Hanım.

Sermin Hanım'la birlikte konuşma yapacağımız odaya gittik. Henüz boş olan oda, normal bir sınıf büyüklüğünde ve görünümündeydi. Arka arkaya dizilmiş ders sıralarından en önde olanına, yan yana oturduk.

Az sonra dinleyicilerim gelmeye başladı.

Aralarında ikram sırasında bana soru soranlardan da gelenler olmuştu fakat sanıyorum katılanların çoğu 2. Dünya Savaşı sırasında gaz odalarında öldürülenlerin hayatta kalabilmiş yakınlarıydı, yaşları ortanın üstündeydi.

Sınıf tamamen dolunca, bana ayrılan küçük masaya geçtim ve beni *Last Train to Istanbul*'u yazmaya iten maceramı anlatmaya başladım.

Bir rastlantı sonucu, İkinci Dünya Savaşı sırasında Avrupa başkentlerinde görev yapan genç Türk diplomatlarının, yaşadıkları şehirlerdeki Yahudi çocuklarıyla gençlerini Hitler'in ölüm kamplarından kurtardığını öğrenmiştim. Bu bilgiyi doğrulamak için, Mecidiyeköy'deki 500. Yüzyıl Vakfı'na gitmiş, oradaki belgeler sayesinde doğruluğunu kanıtlamakla kalmamış, çok değerli başka bilgilere de ulaşmıştım.

500. Yıl Vakfı nedir, diye sordular.

A! Bilmiyorlar!

"Hani 1492 yılında, Katolik olmayı kabul etmedikleri için taşınmaz mülklerine el konularak Kral ve Kraliçe tarafından İspanya'dan iki hafta içinde kovulan Yahudiler var ya, apar topar önce Portekiz'e geçmiş, sonra da zamanın Osmanlı Sultanı II. Beyazıt tarafından Osmanlı topraklarına davet edilmişlerdi... bilirsiniz işte..."

Yok, hiç duymamışlar!

Hayret! Oysa bizim ülkemizde yaşayan Musevi cemaatinde yediden yetmişe herkes bilirdi bu olayı. Amerikan Yahudileri bu tarihi vakayı geç de olsa öğrensinler madem!

"İspanya'dan kovulan Yahudileri ülkesine davet eden Sultan II. Beyazıt, gemilerle gelen 250 aileyi Osmanlı'nın liman şehirlerine yerleştirmiş. Bu ailelerin ticaretin gelişmesinde büyük katkıları olmuş. Daha ileriki yıllarda ise çok dil bildikleri için yurtdışı temsilciliklerine gönderilmişler. İmparatorluk yıkıldıktan sonra, Osmanlıların devamı olan Cumhuriyet Türkleriyle de birlikte huzur içinde yaşamalarının 500. yılında, aynı adı taşıyan vakıf, Türk Yahudileri tarafından kuruldu. Bu vakıfta Türkiye'de yaşayan tüm Musevilerin kapsamlı arşivi vardı. Romanımı yazarken o arşivlerden çok yararlandım," dedim ve sordum, "yaşlı kuşaklar aralarında Ladino dedikleri, Türkçe, İspanyolca ve İbranice karışımı bir dille konuşurlar, bunu da mı duymadınız?"

Hayır, onu da duymamışlar! Çünkü onların ataları İspanya'dan göçmemiş.

Beni dinlemeye gelenler, başta Rusya olmak üzere, Orta ve Kuzey Avrupa ülkelerinden, yine din baskısı yüzünden Amerika'ya göçmüş Aşkenaz Yahudileriymiş.

İçimden, Yahudi dinini seçmiş Hazar Türklerinden de bahsetmek geçti bir an. Karadeniz'in kuzeyinden önce Doğu ve Orta Avrupa'ya, sonra da Amerika'ya yayılan ve yerleştikleri ülkelerin uyruğuna geçmiş olan Yahudi dinine mensup Hazar Türkleri, Allah bilir belki de karşımda oturanlardan bazılarının atasıdır diye düşünmedim değil. Ama yaşadıkları kıtanın dışındaki dünya ile pek ilgilenmeyen bu insanların kafalarını büsbütün karıştırmamak için tuttum kendimi.

Sonra, ben onlara ölüm kamplarından kurtarılmış, kollarında hâlâ kamp numaraları yazılı kişilerin ve onları kurtaran diplomatların izlerini nasıl sürdüğümü, her biriyle nasıl buluştuğumu, artık seksen ve doksan yaşlarında olan emekli büyükelçilerin kimine Ankara'da kimine İstanbul'da nasıl ulaştığımı da ayrıntılarıyla naklettim.

Beni dikkatle dinliyorlardı ama yüzlerindeki ifadelerden anlıyordum ki, hikâyemi pek inandırıcı bulmuyorlardı. Avrupa kıtasını altüst eden çılgın diktatöre kimse laf geçiremezken, yoksul ve küçük bir ülke olan Türkiye mi kafa tutabilmişti? Nasıl becermişlerdi Türk diplomatları bu işi?

Diplomatlar bu işi kafa tutarak becermemişlerdi ki, akıllarını ve diplomasi maharetlerini kullanarak becermişlerdi.

Benim, yaşamlarının son günlerine yetiştiğim emekli büyükelçiler II. Dünya Savaşı sırasında Avrupa başkentlerinde genç Türk diplomatlarıydılar. Birinci, ikinci kâtipler ve konsoloslar olarak görevdeydiler ve büyükelçilerinin Türk hükümetinden aldıkları talimatları yerine getiriyorlardı.

Sonradan Papalık makamında oturan Papa Angelo Roncalli ise 1940'lı yıllarda Vatikan temsilcisi olarak İstanbul'da görev yapıyordu. Avrupa kentlerinin sokaklarında durdurulup sünnet taramasından geçirilecek erkek çocuklarını bu yüz kızartıcı işlemden kurtarmak için İstanbul'da hazırladığı yüzlerce vaftiz belgesini genç Türk diplomatları aracılığı ile Avrupa şehirlerindeki Yahudi ailelere iletmişti.

Bu kadarla da kalınmamış, 1940'lı yıllarda Avrupa'nın Nazi işgalindeki şehirlerinde okuyan ve yaz aylarında tatillerini geçirmeye ülkelerine dönen Türk gençlerinin pasaportlarına, aynı yaşlardaki Yahudi gençlerin resimleri yapıştırılmış ve bu gençler Türkiye'den yollanan vagonlara bindirilip İstanbul'a kadar getirilmiş, hayatları kurtarılmıştı ki, ben işte o trenlerle gelen ve artık çok yaşlı olan birkaç kişiye ulaşmış ve onlarla yüz yüze konuşabilmiştim.

Beni dinleyenlerden biri, aslında hep aynı kişi, yine telefonuna başvurdu!

Sabırla bekledim. Monsenyör Roncalli'ye dair verdiğim bilgi de doğrulanmıştı ama yine de sordular, neden göz yummuş Hitler bu işlere diye.

Çünkü savaş sırasında, Almanya Türkiye'den krom alıyormuş. Krom, savaşırken çok ihtiyaç duyulan bir maden olduğu için, bir avuç Yahudi gencinin kaçışını engellemek uğruna, krom alışverişini tehlikeye atmak, ayrıca kendi tarafına çekmek istediği Türklerle arasını bozmak istememişti Hitler.

Telefonlarındaki Google'da krom satışı da doğrulandıktan sonra, uzun süre başka soru gelmedi çünkü söylediklerimin hayal ürünü değil, gerçek ve belgeli olduğuna nihayet inanmışlardı. Ben ekleme vagonlarda İstanbul'a ulaşmış birkaç kişiyi, İstanbul'da yıllar sonra nasıl bulduğumu anlatırken çıt çıkmıyordu odada.

Benimse çenem düşmüştü. Ne tehlikeleri göze alarak kurtardıkları insanlarla, muhteşem bir kahramanlık destanı yazmış genç Türk diplomatlarının cesareti ve vicdanı herkese ibret olsun istiyordum. O yılların yoksul fakat onurlu genç Türk Cumhuriyeti'nin göze aldıklarını da şu anda karşımda oturan insanlar öğrensin, başkalarına da anlatsın istiyordum.

Onlara bilmediklerini tahmin ettiğim bir başka tarihi gerçeği, 1930'lu yıllarda yaşananları da anlatmanın tam zamanı diye düşündüm ve dilimi tutamayıp "Türk devleti, Yahudileri faşistlerin elinden daha önce de kurtarmıştı zaten," dedim, "bundan haberiniz var mıydı?"

Tam tahmin ettiğim gibi, yokmuş haberleri!

"Üniversite kürsülerinden sırf Yahudi oldukları için atılan çok değerli profesörleri 1930'lu yılların başlarında Atatürk, İstanbul'daki medresemizi modern bir üniversiteye dönüştürmeleri için aileleriyle birlikte İstanbul'a davet etti."

"Yaa! Sahi mi?" diye şaşırdılar.

"Almanya'dan gelen Yahudi bilim adamları, İstanbul Üniversitesi'nin bilimsel temellerini attılar, yeni kürsüler açtılar, ayrıca, başkent Ankara'daki ilk üniversitenin kuruluşunda da önemli katkılarda bulundular. Ankara'daki Siyasal Bilimler Fakültesi'ni, yine Ankara'daki ilk milli opera ve balemizi, ilk hayvanat bahçemizi, Trakya'daki kuş cennetimizi bu Alman profesörlerin önderliğinde kurduk. Anadolu'nun faunasını, onların önderliğinde çıkardık, halk türkülerimizi onların sayesinde arşivledik. Hatta diyebilirim ki, Cumhuriyet Türkiyesi olarak Rönesansımızı, onların sayesinde yaşadık. Otuzlu yıllardan başlayarak tıbbiyeden ekonomiye, mühendislik dallarından resim sanatına, felsefe ve sosyolojiye, her daldaki Türk bilim insanını, yıllarca Alman hocaların A takımı yetiştirdi. Bu hocaların tedrisatından geçen gençler, sonraki yıllarda, kendi dallarının efsane hocaları oldular. Onların izinde, bilimde sağlam ve dev adımlar atılmaya devam edildi..."

Sustum. Boğazıma bir yumru oturmuştu sanki, bir an konuşamadım. Yetmişli yıllarda hızlanan gericilik, sadece orduya değil, üniversiteye de sızmış, son yıllarda bilimde duraklama devrine girmiştik. İlk yüze girebilen Türk üniversiteleri çoktan kaybetmişlerdi başarı sıralamasındaki yerlerini. Ayrıca ülkede tersine bir beyin göçü yaşanmaktaydı. Çeşitli dallarda iyi eğitim görmüş gençler, yurtdışındaki üniversiteler, hastaneler, holdingler tarafından kapışılıyordu.

Toparladım kendimi, dinleyicilerime İstanbul ve Ankara üniversitelerinin kürsülerinde ders veren bazı hocaların isimlerini saymaya başladım. Henüz Alman bilim adamlarının İstanbul'a gelişlerini ve maceralarını anlatan *Kanadı Kırık Kuşlar* romanımı yazmamıştım ama ailemden çok kişi bu profesörlerin öğrencisi olmuştu, adlarını o yüzden biliyordum. Örneğin babam, hidrolik uzmanı Prof. Stuwe'nin asistanlığını ve çevirmenliğini yapmıştı. Dayım iktisatçı Prof. Ropke'nin öğrencisi olmuştu. Ropke, İkinci Dünya Savaşı'ndan sonra Alman ekonomi mucizesini gerçekleştiren Ludwig Erhard'ın ekibinde yer almış bir ekonomistti. Ya sekiz yaşında tifoya yakalandığımda beni tedavi eden kimdi dersiniz? 1935 yılında Ankara'ya yerleşip Türk vatandaşlığına geçen, Numune Hastanesi'nde çocuk hastalıkları kliniğini kuran, kırklı yılların efsane çocuk doktoru Albert Eckstein!

Bu kadar ayrıntıyı uyduruyor olamazdım ama parmaklar yine telefonları tuşladı.

Neyse ki her türlü bilgiye ulaşmak artık an meselesiydi ve söylediğim her isim doğrulanıyordu. Hatta içlerinden biri, Türk üniversitelerinde kürsüsü olan tüm Yahudi profesörlerin listesine ulaştı ve okudu listeyi. Benim onlara saydığım isimlerin hepsi listede vardı.

Zamanımız doluyordu. Oysa daha neler, neler anlatmak isterdim onlara.

Kendi kıtalarında refah içinde yaşayan, dünyanın çeşitli sorunlarına uzak dinleyicilerime 1990'lı yılların başında, Bosna'da hiçbir suçları yokken, bir psikopatın siyasi hırsı ve inadı yüzünden önce işini, evini, barkını, sonra da acımasız soykırımında hayatını kaybeden on bin Müslüman Boşnak'tan söz etmek; İsrail'in Filistinlilere yapmakta olduğu haksızlıktan dem vurmak ve Hıristiyan Avrupa'da adaletin sadece Hıristiyan dinine mensup olanlara işlediği gerçeğini de gözlerine sokmak isterdim, konumla hiç ilgisi olmasa da Amerikan kapitalizminin, kendi ülkesinin yoksulları da dahil olmak üzere tüm dünya garibanlarını acımasız dişleri arasında ezip durduğunu da! Kendini demokrasi havarisi zanneden ABD'nin, İngiltere'nin yüz yıl önceki rolünü üstlenerek, yıllardır Ortadoğu'yu kendi menfaatleri için darmaduman etmekte olduğunu da söyleyebilseydim keşke!

Ben onlara sadece Hitler döneminde Türk devletinin ince ip üzerinde yürüyen bir cambaz maharetiyle faşizme karşı direnişi ile Türk diplomatlarının cesaret isteyen fedakârlıklarını anlatmıştım, yakın gelecekte kendi devletimin bir *şahsımokrasiye* dönüşeceğini hiç öngöremeden.

Bana ayrılan süre dolmuştu.

Daha önce beni birkaç kez uyaran görevli yine kapıdan içeri başını uzattı ve on dakika sonra ana kapının kilitleneceğini bildirdi. Beni dinlemeye gelenler, belki de din farkı nedeniyle olumsuz yaklaştıkları bir ülkeye dair sıcak hislerle ayrılmak üzereydiler. Odadakilerin her biriyle samimi duygular içinde vedalaştık. Çıktık sinagogdan. Saat beşe geliyordu.

Sermin Hanım'la bir şeyler atıştırdık, beni otelime bıraktı.

O kadar yorgun ve uykusuzdum ki, saatlerim de altüst olmuş durumdaydı, yatağa nasıl girdiğimi hatırlamıyordum bile.

Gözlerimi açtım.

Oda karanlıktı, demek ki geceydi hâlâ!

El yordamı ile başucu ışığını yaktım, saatime bakmak için. Sabahın ikisiydi! Kahvaltı saatine daha altı saat vardı. Işığı kapatıp yattım ama uyuyabilene aşk olsun. New York'ta gece devam ediyordu fakat benim beden saatim için zaman günün tam ortasıydı!

Yatağımın yanında yere bıraktığım bilgisayarımı alıp açtım.

Aaa! Barbaros'tan mail gelmiş!

Şöyle yazmış:

"Piyasaya çıktığı gün bir kitabın ilk yüzün içine girmesi kolay değildir ama Last Train ilk yüze girmiş! Tebrikler!"

Hemen Amazon'a girdim. Bu işleri hiç beceremediğim için biraz da uğraştım listeyi bulana kadar. İlk yüzün arasında kitabımı aradım, elbette 99'dan başlayarak yukarıya doğru... 20 kitap yukarı çıktım. Yoktu!

Hay Allah!

Uydurmadı ya Barbaros, en sondan yukarıya doğru, son elli kitabı tekrar taradım. Benimki son ellide de yoktu! Barbaros bana moral olsun diye mi uydurdu acaba?

Aaa! Aman Allahım! Tabii ki aşağıdan başlayan ilk ellide yoktu, çünkü benim kitap yukarıdan aşağı inerek sayıldığında kırk yedinci olmuştu!

Hemen bu durumu bildiren bir mail attım Barbaros'a.

Tekrar baktım listeye. Ben bakana kadar, kırk beşinci... kırk dördüncü... kırk üçüncü... Telefon çaldı, yan odalar uyanmasın diye hemen açtım. Barbaros dayanamamış İstanbul'dan arıyordu!

"Nasılsa uyanıksınız diye aradım," dedi, "sürekli yükseliyor bizim kitap. Nasıl oldu bu?"

"Sinagog konuşması yüzünden herhalde," dedim ben.

"Ne sinagogu? Ne konuşması?"

Heyecan içinde anlattım Barbaros'a gün boyunca yaşadıklarımı.

"O konuşma işin tuzu biberi olabilir ama şunu da bilin, Amazon bir hafta boyunca tüm Kindle ana açılış sayfalarına *Last Train to Istanbul*'un tanıtımını yerleştirdi. Kendi kitaplarını okumak için tabletleri ellerine alanlar, o tanıtımı gördüler. İşe yaradı, demek ki!"

"Yok ya! Niye?"

"Çünkü Amazon'a giren ilk Türk yazarsınız. İlk adım başarılı olsun ki arkası gelsin istiyorlar."

Bir korku oturdu yüreğime. Bunca tanıtıma karşın ya satmazsa kitabım! Bu endişeyi içimden atmaya çalıştım. Telefonu kapatınca Amazon listesine baktım yine.

Last Train biz konuşurken yirmi yedinci sıraya yükselmiş! Sakın ola ki nazarım değmesin diye, tuttum kendimi, bakmayacaktım bir kere daha! Söndürdüm ışığı, yattım. Uyku tutmadı. Mutsuzluktan uyuyamamayı bilirdim de mutluluktan uyuyamamak? Onu da öğrenmiş oldum işte, o gece.

Ertesi günü üç ayrı yerde üç ayrı programla, New York ve civarında yaşayan Türklerle birlikte geçirdik. Günün sonunda otelime döndüğümde bu sefer zaman farklılığından filan değil, resmen yorgunluktan, yatağın üzerine uzanıp içine giremeden uyuyakalmışım. Zar zor uyandım ertesi sabah.

Bir gün öncesi Sermin Hanım'ın büyük günüydü, sabah kahvaltısı ve öğlen yemeğinde ayrı mekânlarda sohbet ve imza, akşamüstü de bir toplantı salonunda konuşma ve imza yapmıştım. Benim büyük günüm ise bugündü, kitabım Strand Kitabevi'nde görücüye çıkacaktı akşamüstü!

Etkinlik saat altıda, benim kitabımı tanıtmamla başlayacaktı, sonrasında ise ikram ve imzam vardı. Cumartesi gününden deneyimli olmama rağmen çok heyecanlıydım, ya anlatacaklarım sinagogdaki gibi ilgi çekmezse diye endişeleniyordum, bugün gelecek olanlar Musevilerle sınırlı olmayacaktı çünkü.

Giyinip çıktım. Yakındaki bir kafede bir şeyler atıştırdım. Otele dönüp kırmızı ceketimi banyoya astım ve duştan sıcak su akıttım ki buharda buruşuklarını bıraksın.

Bugün bakmayacaktım Amazon'un listesine, neme lazım, moralim bozulmasın hiç, bir gün öncesinin rüzgârında pupa yelken gidedurayım!

Saçlarımın tepesine kafama inek yalamış gibi yapışmasınlar diye iki bigudi takıp uzandım yatağıma. Sinagog buluşmasını başa sarıp bir kez daha hatırlamak için gözlerimi yumdum ki, içim geçmiş.

Uyandım. Aceleyle yüzümü gözümü yıkadım, giyinmem ve notlarıma bir göz atmam tamamlandığında, aşağıdan telefon ediyorlardı ziyaretçiniz var diye.

O ziyaretçi beni almaya gelmiş olan Sermin Hanım'dan başkası olamazdı, ne mükemmel bir zamanlamaydı benim ki! İnşallah devamı da böyle geçer günümün, diye diledim içimden.

Sermin Hanım otel görevlisine bir taksi istetti, park yeri sorunundan dolayı taksiyle gittik kitabevine. İki katlı kocaman bir kitabevinin önünde indik. Vitrinde gözlerim kitabımı aradı ama yoktu! İçerdeki rafta görünce, sevinçten nefesim kesilecek zannettim. Kitabım tek bir gün dahi kalacak olsa o rafta, bana yeterdi ki, iki hafta boyunca kalacakmış.

Üst kata çıktık.

Üst kat, alt kattan çok farklıydı. Bir kitapçı gibi değil, bir şehir kütüphanesi gibi düzenlenmişti. Duvarlarını çevreleyen antika ahşap kütüphanenin raflarındaki ciltli kitapları görünce uçtum mekânın derinliklerine doğru çünkü eski kütüphanelerin kokusunda ve dokusunda beni gizemli dünyalara doğru çeken bir şey vardır.

Konuşma mekânı salonun sonundaydı. *Last Train to Istanbul*'un insan boyunda afişlerini konuşma yapacağım yerin iki yanına yerleştirmiş, karşısına da sandalyeleri sıralamışlardı. İlerideki uzun masanın üzerinde ise Türk hanımlar tarafından getirilen börekler, çörekler, poğaçalarla fındık fıstık duruyordu.

Birkaç şişe beyaz ve kırmızı şarap, portakal suları, koka kola şişeleri...

Ah, çay! Bir semaver ve çay da gelmiş, helal olsun size marifetleri ve sürprizleri hiç bitmeyen Türk kadınları!

Her şey iyi hoştu da henüz kimseler yoktu etrafta.

E tabii, Musevi okurlara cumartesi günü sinagogda, Türklere de pazar günü üç ayrı mekânda konuştuktan sonra, şimdi kimin gelmesini bekleyebilirdim ki?

İlk iki günüm dopdolu geçti, boş ver, bugün de böyle olsun diye teselli etmeye çalışıyordum kendimi ama pek de teselli bulduğum söylenemezdi.

Konuşmam için ayrılmış alan, gözüme her saniye biraz daha genişlemiş gibi geliyordu. Nasıl dolacaktı bu sandalyeler? En arkadaki son iki sırayı toplasalar mıydı acaba?

Derken bir hareketlenme oldu merdivenlerde. Türkçe konuşmalar mı duydum ben? Evet, duymuşum!

Arkadaşım Ayda'nın üniversiteyi New York'ta okuyan iki yakışıklı torunu yaklaşıyorlardı bana doğru. Nereden duymuşlardı acaba? Türkiye'de bu programı kimse bilmiyordu ki! Çok sevindim onları görünce. İki sevgili genç çocuğun gelmesinin uğurlu bir işaret olduğunu farz ettim! Gençleri ön sıradaki sandalyelere oturtup yine ön sıraya yerleşmiş olan Sermin Hanım'ın yanına geçici olarak tünedim.

Zamanı geldiğinde ayağa kalkıp konuşacaktım elbette ama benim cılız sesim arka sıralara ulaşacak mı acaba diye düşünürken, hoş bir genç kız bir el mikrofonu uzattı bana ve salon da o anda birdenbire dolmaya başladı. UN'de çalışan Türkler, üniversitelerde okuyan başka gençler, hiç tanımadığım hanımlar ve beyler geldiler. Çoğunluk ön sıralara yerleşen Türklerdeydi ama üçüncü sıradan sonraki sandalyelere Amerikalılar da oturmaya başladı.

Boş sandalye kalmamıştı ama hâlâ geliyorlardı.

Salon tıka basa doldu, yanda kalan koridora ilave sandalye taşıdılar!

Sermin Hanım kulağıma, "Türk konsolosu ve eşi geldiler, yanlarında Kıbrıs sefiri de var," diye fısıldadı.

Kitabevinin çalışanı bir genç hanım beni kısaca tanıtıp konuşmaya davet etti. Yerimden kalkmadan önce, ben konuşurken çalmasın diye çantamdaki telefonumu sessize almak üzere aceleyle çıkardım ki cebimden... o da ne!

Mesajlar gelmiş, Barbaros'tan. Vaktim yoktu tüm mesajları okumaya. Ancak son gelen mesajına göz atabildim. Büyük harflerle yazmış.

AMAZON'DA BİR NUMARASINIZ!

Telefonu sessize alıp konuşma yapacağım noktaya yürüdüm.

O konuşmaya dair hiçbir şey anlatamayacağım sizlere sevgili okurlar çünkü Amazon'da bir numara olmanın rüzgârında, ben o dakikadan sonra, o güne dair başka hiçbir şey hatırlamıyorum!

"Ayşee, ne düşünüp duruyorsun öyle gözlerini tavana dikmiş?" diye sordu Engin, "Ağrın mı var, kolun mu acımaya başladı yine?"

Hastanedeki son sabahımız olduğu için endişeliydi.

"Dalmışım... yani... hatıralara daldım anlamına..."

"Hangi hatıralara?"

"Güzel hatıralara," dedim.

"Bizimle de paylaşsana," dedi, eve çıkacağım için sabah erkenden beni toparlamaya gelmiş olan Alev.*

Alev'le Ankara TED'de ilkokulun birinci sınıfında buluşmuş, İstanbul'daki Robert Kolej'den birlikte mezun olmuş, hayatımız boyunca hiç kopmamıştık çünkü ilkokul öğretmenimiz Leman Küce'nin çocukları olarak aynı teknede yoğrulmuş hamurdandık, kan kardeştik, can kardeştik, kardeşten de öteydik; tutkalla yapıştırılmıştık birbirimize.

"Aklıma nereden takıldıysa, *Nefes Nefese*'nin New York'taki tanıtımını düşünüyordum," dedim.

"Çok satmıştı değil mi?"

Engin atıldı, "Hem de nasıl! Ayşe'ye önce yüz bin sonra da iki yüz elli bin okura ulaştığı için Amazon iki kere plaket yollamıştı."

"Eminim *Aylin* daha çok satmıştır," dedi, Aylin'i hem Ankara'dan hem de Robert Kolej'den çok iyi tanıyan Alev.

"İnanmayacaksın ama *Aylin*, Amazon'daki en başarısız kitabım oldu," dedim ben, "*Sevdalinka, Veda, Umut*, hatta *Bir Gün* dahi, ondan çok daha fazla sattı. Ama *Aylin*..." Elimle sıfır işareti yaptım.

"Ne tuhaf! Niye acaba?"

---

* Alev Bilgen

"İçimden bir ses bana hem başarısında hem de başarısızlığında bir gizli parmağın var olduğunu fısıldıyor," dedim.

"Nasıl yani?"

Engin konuşmama fırsat vermeden, "Haydi bakalım, derin ezoterik sohbetlerin zamanı değil, toparlanma zamanı," dedi, yatağımın başını dikleştirirken, "Kerim'in arabası gelecek birazdan, park sorunu var aşağıda... bekletemeyiz şoförü."

Doğru söylüyordu, toparlanmam lazımdı.

Engin yataktan inmeme, Alev giyinmeme yardım etti. Alev'le Engin birlikte eşyalarımı valizime yerleştirir, ben de kraliçe edasıyla onlara talimatlar yağdırırken içeri giren hastabakıcı, son fizyoterapi seansım için spor salonunda beklendiğimi bildirdi.

"Ama ben bu sabah eve çıkıyorum," diye itiraz ettim.

"İşte tam da o yüzden, fizyoterapist sizi mutlaka görmek istiyor."

"Birazdan arabamız gelecekti ama..." diye itiraz etti Engin.

"Bir fazla tur atıversin araba. Ayşe Hanım'ı tam yirmi dakika sonra geri getireceğim," dedi hastabakıcı. Çıkmıyordu adam, dikiliyordu odanın ortasında.

Alev bastonumu uzatınca çaresiz indim yataktan, kapımın önünde bekleyen tekerlekli sandalyeye gidip oturdum, spor salonuna indik. Beni eve çıkarmadan önce, merdiven inip çıkarken doğru hareketleri bildiğimden emin olmak istemiş fizyoterapistim.

Evimize dönmemiz öğleni buldu.

"Çok özlemişim evimi! Çok, çok, çok!" diye bağırdım, içeri girer girmez.

"Bu ne hasret," dedi Engin, "sadece dört gece uzakta kaldın!"

Hastanede geçen dört gece, bir gezi veya tatil için evden uzakta geçirdiğiniz gecelere benzemiyor, hele de yaşlı ve ameliyatlıysanız. Dört gece dört ay gibi geliyor insana çünkü hastaneler ecelle dans etiğimiz mekânlar. Siz ölümü aklınıza getirmeseniz bile, hastane gözünüzün ta içine sokuyor zaten, size ameliyat öncesi imzalattığı anlaşmayla. Küçük bir ihtimal de olsa, ecelin yakınınızda gezinmekte olduğunu şuuraltınıza itinayla yerleştiriyor.

Ben, beş-altı yıl önce katarakt ameliyatına girmeden imzalatmak istedikleri metni okuduğumda, ameliyattan vazgeçmiştim. O tek bir sayfada neler yoktu ki; kör de kalabilirmişim, ölebilirmişim de! Hepsine onay vermek zorundaymışım. İmza yoksa ameliyat da yoktu!

Ben daha iyi görebilmek için göze almıştım müdahaleyi, kör kalma hele de ölme ihtimalim varsa niye imzalayayım ki önüme konan kâğıdı! Gördüğüm kadarıyla idare ederim diyerek yırtıp atmış, katarakt ameliyatından vazgeçmiştim. Yapma, etme, öyle bir şey olmayacak, bu sadece rutin dedilerse de ölümüme rıza istiyorsunuz benden, asla imzalamam diye tutturmuştum. Oysa katarakt ameliyatı dediğimiz, sadece on beş dakika sürecek bir müdahaleydi.

Bu sefer kalça kemiğimi testereyle kesip çıkaracaklarsa içimden, kim bilir nelere rıza gösterecektim. Belki sol bacağımı belki de gövdemin sol tarafını olduğu gibi kaybetmeye veya felçli kalmaya, hatta ameliyat sırasında kalp krizi geçirip ölmeye kadar! Onay vermem gereken şartları hiç bilmeyeyim diyerek, göz dahi atmadan imzalamıştım ölüm fermanımı da öyle girmiştim ameliyata.

Yani anneannemin bana yoldaşlık etmek üzere ta ötelerden gelip başıma dikilmesi boşuna değildi!

İnsanın yüreğine ölüm korkusu düşmeyegörsün!

Ama kolay da ölünmüyor, sıran gelmediyse bekliyorsun, bazen sağlık, saadet içinde, bazen de sürünerek. Ne mutlu bana ki, hastanede geçen dört gecenin sonunda tek parça halinde evimdeydim. Evimdeki yatağım hastanedeki gibi alçalıp yükselmeyecekti, çaldığımda birkaç kişiyi yanıma koşturtacak bir başucu zilim de yoktu ama odamdayım! Kendi rutinimin, alıştığım, kanıksadığım hayatımın içindeyim yeniden! İlk gün hastaneden eve dönüşün telaşıyla geçti gitti. Yatağımdan hiç çıkmadım. Yürütecimi sadece tuvalete gitmek için kullandım.

İkinci gün uyanır uyanmaz yataktan çıktım. Oturma odasında kadar yürütecimle gidip bir koltukta oturarak geçmiş olsun ziyaretine gelenleri ağırladım. Yemeklerimi yatakta değil, Engin'in itirazlarına rağmen mutfak masasında yedim.

Evimdeki üçüncü günümde, ameliyatlı kalçam, fıstık! Yürüteci katlayıp kaldırdık, baston desteği ile yürümeye başladım. Canım sadece geceleri uykumda ameliyatlı tarafıma dönersem acıdığı için o yana dönemeyeyim diye, yatakta, sol tarafıma yastıklardan bir duvar ördüm.

Dördüncü gün kolumun şişi tamamen indi, acısı günbegün azalmıştı zaten fakat bileğimin görünüşü berbattı! Görüntü kimseyi tiksindirmesin diye sabahları üzerine sargı bezi sarıyor, akşam yatarken çıkarıyordum. Şu kolumun hali de olmasa keyfime diyecek yoktu, İzmir'den sırf bana bakmak için gelmiş olan Gülserenimiz etrafımda fır dönüyor, Engin gözümün içine bakıyordu. Haftada üç gün de fizyoterapistim Erkan Bey sabahın sekizinde eve gelip bir saate yakın çalıştırıyordu beni. Normal adımlarla yürü. Yan yan yürü! Geri geri yürü! Kaz adımlarıyla yürü! Koşar adım yürü! Sadece ip üzerinde yürütmediği kaldı, sanırsınız beni aşağı uçmadan Sırat Köprüsü'nden geçirmeye hazırlıyor! Sırat Köprüsü daha çok bekler! Gitmeye hiç niyetim yok!

Evimdeki ikinci haftaya keyfim yerinde başladım.

Erkan Bey'in gelmediği günlerde, sabahları Engin veya Gülseren'le apartmanın girişindeki uzun koridorda tek bastonla en az yirmi dakikalık yürüyüşe çıkıyordum. Uyurken sol tarafıma yığdığım yastıkları da kaldırdım. Ne tarafıma yatarsam yatayım acı filan yoktu artık!

Sosyal hayatım derseniz, hiç bu kadar cıvıltılı olmamıştı birkaç yıldır.

Mete Dubai'den, ilk torunum olduğu için Prima'm diye çağırdığım Mete'nin büyük kızı Aurelia, Cenevre'den geldiler. Aure, yaz sonunda Alaçatı'nın günbatımı gören bir sahilinde düzenlenecek düğünle evlenecekti. Hem düğünün ayrıntılarını konuşmak hem de gelinliğini almak için baba-kız İstanbul'da buluşmuşlar, geliş tarihlerini de benim ameliyatıma rastlatmışlardı ki, bana hem sürpriz hem moral olsun.

Aure, öğleden sonraları, butiklerden topladığı gelinlik broşürleriyle geliyor, aralarından seçmeye çalışıyorduk. Ali'nin karısı Ceylin gelinim de o günlerde İstanbul'daydı, o ve zaten İstanbul'da oturan Kerim'le Gamze gelinim de sık uğruyorlardı. Selim'le karısı çocuklarıyla birlikte akşamları İngiltere'den görüntülü arıyordu. Evimin içi arkadaşlarımla dolup boşalıyordu. Kısacası ameliyat sonrasında ne yalnızlık ne acı çektim, her şey yolunda gitti diyebilirdim, bende feci bir tembellik arız olmasaydı!

İlk haftalar pek aldırmamıştım okumadan, yazmadan, üretmeden yaşamaya. Yıllardan beri ilk kez, ara tatile girmiş öğrenciler gibi tasasız, stressizdim. İmza günsüzdüm. Bir türlü alışamadığım o sevimsiz yeni havaalanının bitmez tükenmez yollarında koşturmuyor, geciken uçakları beklemek zorunda kalmıyordum. Zaten sokaklarda koşuşturacak halim mi vardı; yatağımdan kalktığım andan itibaren evin içinde dahi bastonsuz hiçbir yere gidemiyorum ki! O yüzden eşim dostum bana geliyordu, çaylar içiliyor, kekler yeniyor, sohbetler yapılıyordu.

Evdeki ikinci haftanın sonuna doğru geçmiş olsun ziyaretleri giderek azaldı, Ceylin gelin çoluk çocuğunun yanına Londra'ya döndü, Gamze gelin üniversitede okuyan kızını görmeye İngiltere'ye gitti. Torunum gelinliğini seçip Cenevre'ye, Mete işinin başına Dubai'ye uçtu. Kerim akşamları uğramaz oldu. Arkadaşlar kendi rutinlerine döndüler. Selim'in ailecek görüntülü aramaları, eskisi gibi haftada bire düştü.

Benim de artık eski hayatıma yani kitaplarıma dönme zamanım geldi... ama heyhat!

Yaptığım sadece gözlerimi dikip ya televizyona ya da boşluğa bakmaktı. Okumak veya yazmak için halim yok demem ise sadece bir bahaneydi!

Halim vardı ama tıpkı hastanede olduğu gibi, yazasım yoktu! İlham perim geri dönmüyordu bir türlü. 1997 yılında *Aylin* yayınlandığından beri her sene hiç zorlanmadan bir kitap bitiren ben, son kurşunumu atmıştım anlaşılan.

"İyi oldu," diyordu Engin, "her yıl bir kitap yazılmaz ki, normal değil! Bir ara ver, nefeslen, dinlen..."

Onun derdi, benim her kitapla birlikte gelen tanıtım rüzgârında, kitap fuarlarında, imza günlerinde yoruluyor olmamdı. Keşke Allah'tan başka bir şey isteseymiş Engin; günlük yaşantım ameliyat sonrasının üçüncü haftasına başlarken, kurak çöl iklimine girmiş gibiydi. Okumak yazmak bir yana, hiçbir işe yaramaz olmuştum, ev işi de yapmıyordum artık. Zaten bir elde bastonla ne iş yapılabilirdi ki?

Gülseren zaten beni mutfağa sokmuyor, oturduğum yerde patates dahi soydurmuyordu. Israr edecek olsam, hazırdı lafı, "Ben niye geldim o zaman ta İzmir'den? Dönmemi mi istiyorsunuz?"

Katiyen istemiyordum dönmesini Gülseren'in çünkü gidecek olursa ne çorabımı giyebilirdim ne iç çamaşırımı. Yere düşürdüğüm hiçbir şeyi eğilip alamazdım ki günde en az beş kere gözlüğümü, gazetemi, telefonumu, kısacası elimde her ne varsa onu yere düşürüyordum. Gülseren koşturup alıyordu yerden. Beni her yöne değişik adımlarla yürütebilen ve yakında bastonsuz da ayağa dikeceğine kesin inandığım Erkan Bey, sadece eğilmemi sağlayamamıştı ki, bu onun suçu değildi. Belkemiğimin daha bir süre yalı kazığından farksız olacağını doktorum da söylemişti.

E, niye yıllarca pilates ve yoga yaptım ben o halde? Eğilip ellerimle ayaklarıma yapıştım, yere yatıp bacaklarımı kafamın üzerinden aşırarak, ayak parmaklarımı yere değdirdim, haftanın üç günü tepinip durdum apartmanın zemin katındaki spor odasında. Boşa mı gitti hepsi?

Evet, hepsi boşmuş! Bir ameliyat olmayagörün, eğilebilen sadece başınız oluyor, o da ancak öne doğru.

Ameliyat öncesinde ben hiç gocunmazdım koşuşturmaktan. Oldum olası yerinde duramayan, gereğinden fazla hızlı tempoda yaşayan biriydim. Hayatım boyunca hiçbir işimi yavaş yapamamıştım. Hep hızlı yürüdüm, hızlı yedim, hızlı konuştum, hızlı yazdım, hızlı okudum, hızlı yaşadım! Çok aceleci olduğum için sakardım da. Sürahiden bardağa su akıtırken suyu aceleden etrafa sıçratırdım, şişeden kadehe döktüğüm şarabı da sofra örtüsüne. Yine aceleden sağa sola çarpar, parmaklarımı kapılara sıkıştırır, ondüleli İstanbul sokaklarında koşar adım yürürken, yerinden fırlamış paket taşlarına takılır düşerdim. Geçirmiş olduğum ameliyat da işte bu düşüşlerin bana faturasıydı aslında.

Hayatı boyunca yerinde duramayan, hareketsiz kalamayan ben, artık hiçbir işe yaramadığım için mi mutsuzdum yoksa depresyona mı girmiştim?

"Güldürme beni," demişti yakın arkadaşlarımdan biri, "sen şu hayatında nelere katlandın! Öne eğilemediğin için mi depresyona girdin yani?"

"Öyle gözüküyor," dedim.

"Saçmalama! Bir yaştan sonra nasılsa düşük tempoda yaşayacağız hepimiz. Alış buna! Depresyon da neymiş!"

Arkadaşım gittikten sonra düşünmüştüm. Ben hızımı düşürmeyi, çalan kapı ziline koşmak isteyip koşamamayı, dolapların üst raflarına uzanamamayı, yere düşen herhangi bir şeyi almak için hâlâ eğilememeyi dert etmiyordum da... yazmak istiyor, yazamıyordum! Buydu bütün derdim! Neredeyse gün boyu dizlerimin üstünde duran bilgisayarın tuşlarına parmaklarımı koyup öylece duruyordum dakikalarca.

Ta yetmiş yıl önce ben sekiz-dokuz yaşındayken ense kökümde dikilen piyano hocam benden Beyer notalarını çalmamı beklerken, parmaklarım piyanonun tuşlarında nasıl donup kalıyorduysa, aynen o haldeydim bilgisayarın başında!

Anneannemin piyanosu evde boşuna yer kaplamasın diye, en basit şarkıyı bile detone olmadan söyleyemeyen çocuktan piyanist yaratmaya kalkışan sevgi körü annemle piyano hocam, parmaklarımın tuşların üstünde niye donup kaldığını bilmezlerdi. Ben o sırada içimden bir dua okuyor olurdum; deprem olsun, piyano kapağı ellerimin üstüne düşüp parmaklarımı kırsın ve ben sonsuza kadar kurtulayım piyanodan diye! O yaşta depremi nerden biliyordum derseniz, evimizde Erzincan depreminde, göçük altından üç gün sonra kurtarılmış bir hanım çalışırdı, ondan öğrenmiştim şehirleri yerle bir edebilen deprem felaketini.

Diyelim ki duam gerçek oldu, niye piyano yerine parmaklarım kırılsındı? Çünkü anneanneme düşkündüm, onun dokuz yaşından beri yoldaşı olan piyanosunun kırılmasına çok üzüleceğini, yenisini alacak parasının olmadığını bilirdim.

Biz eskiden zenginmişiz, artık değildik, bunu da bilirdim. Hem ana hem baba tarafından göçmen torunu olduğum için vatanlar ve rejimler değiştiğinde paranın da el değiştirdiğini ta o yaşta öğrenmişim! Büyükler konuşmasa, evdeki emektarlar konuşurdu çünkü.

Neyse ki piyano hocam müzik kulağım olmadığını çabuk kavramış, babama ne paranızı ne de benim vaktimi boşa harcayın diyerek ikimizi de kurtarmıştı bu eziyetten.

Ama bilgisayarın tuşları piyano tuşu değildi ki!

Hani yazmak varoluş nedenimdi benim! Hani ben yazmak için yaratıldığımı kalbimde hissettiğimde, henüz ilkokuldaydım! İlkokulda bir küçük kızken günlüklerine yazacak anı yokluğunda öyküler uyduran; genç bir kadınken yürümeyen evliliklerin hüznünü ancak yazarak dağıtan; çalışma hayatına atıldığım yıllarda, gecenin ilerlemiş saatinde eve yorgunluktan paçavra gibi döndüğümde dahi, en az bir yarım saat yazmadan uyuyamayan ben değildim sanki! Niye gözüne far tutulmuş tavşan gibi kalıveriyordum şimdi, bir şeyler yazmak için önüme çektiğimde bilgisayarımı?

Sadece yazamamak mı... okumak da palamarını çözmüş, çaktırmadan uzaklaşıyordu benden! Sabahın ilk ışıkları perdenin aralığından sızarak yastığımın üzerine düşer düşmez, başucumdaki kitapların en üstte duranına atıyordum elimi, dikkatimi odaklayamayınca bir alttakine... bir sonrakine... kitapların hiçbirinde ikinci sayfadan öteye ilerleyemiyordum. Her kitaba iyi niyetle başlıyordum ama daha ilk sayfanın yarısına gelmeden, aklım hop gidip konuyordu uzun hayatımın çeşitli anılarından birine, hatıralarımı didikliyordum.

Zamanım hep böyle geçmişi eşelemekle geçecekse, artık okuyamayacak ve yazamayacaksam, keşke ameliyat olmayıp sol taraftan rüzgâr almış yelken gibi yampiri kalsaydım. Keşke topal ördek gibi yürüseydim. Sol bacağımı sürüseydim. Bastona mahkûm olsaydım! Hatta yürüyemeseydim ama yazsaydım!

Yok, iyi değildi bu halim! Kötü bir şeyler olacağının habercisi gibiydi sanki!

Nitekim ameliyatın beşinci haftasını yeni devirmiştim ki, oldu o kötü şey!

Sadece benim değil şu dünyada var olan her yaştan her insanın hayatını olumsuz etkileyecek, kişisel derdini unutturacak, yaşam tarzını, alışkanlıklarını, hızını, yönünü, önceliğini değiştirecek, pek çok insanı işsiz, mesleksiz bırakacak, iflasın eşiğine getirecek... hatta dahası da var, hayatına mal olacak kadar kötü ve ölümcül bir şey oldu, hem de! Bir bomba düştü dünyamıza ve her birimizi hayal dahi edemeyeceğimiz bir yalnızlığa ve çaresizliğe savurdu, umutsuzluğa mahkûm etti!

Dünya yüzündeki tüm insanlar, hayali bir ekranda ve aynı anda, aynı korku filmini seyreder gibiydik. Seyrettiklerimizden rahatsızdık görmek, işitmek istemiyorduk ama koltuklarımıza görünmez çivilerle çakılmıştık sanki, kımıldayamıyor, kalkıp gidemiyorduk. Seyretmeye mahkûmduk ekranı ve karşımızda sadece gözlerimizle değil, tüm hücrelerimizle okuduğumuz kocaman bir yazı belirmişti.

Şöyle yazıyordu:

KİMLİĞİ SAPTANAMAMIŞ
DÜŞMAN SALDIRISI VAR!

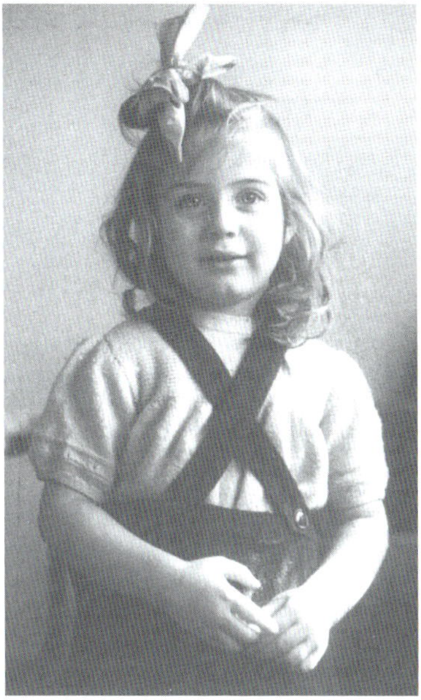

Ah ne çok özledim çocukluğumda dağ tepe dolaşan genç Cumhuriyet'in umut dolu mühendisi babamı!

Sıskanın tekiydim. Anneannem hep bol dikerdi giysilerimi, sıskalığımı örtmek için.

Uygun adım törenin yapılacağı binaya yürüdük. Ben önde sağ başta, henüz gamsız ve mutluyum.

Dayım, aile dostumuz Raif Amca, annem, babam, eniştelerim, nişanlım, nişanlımın teyzesi, anneannem, yengem, amcam ve fotoğrafa sığmayanlar.

En önde Alev, tam arkasında ben ve ayakta hepimize 5 yıl emek veren, kişiliklerimizin ilk harcını karan biricik Leman Küce öğretmenimiz.

Alev ve ben 1961'de Robert Kolej'den mezun olduğumuz gün.

N. Y. Strand Kitabevi'nde *Nefes Nefese*'nin tanıtımı..

Tanıtım boyunca kitap Amazon'da 1 numara! 100 bin ve 250 bin satışın plaketleri.

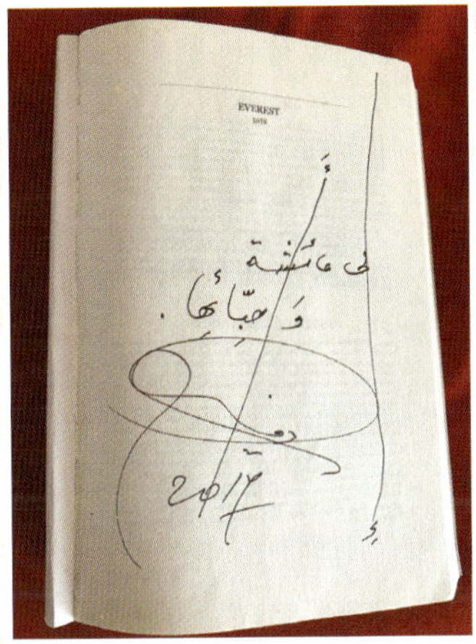

Adonis'in kitabı ve adıma Arapça imzaladığı sayfa.

Frankfurt Kitap Fuarı'nda Mavi Koltuk'a oturmama vesile olan *Bir Gün*'ün Türkçe, İngilizce ve Almancası.

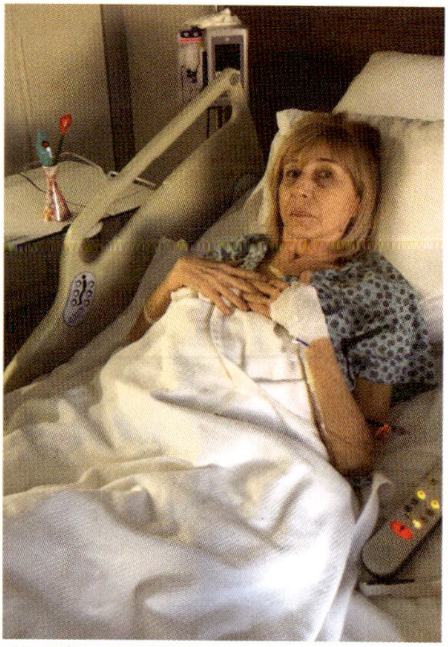

His var mı bu âlemde nekâhet gibi tatlı / Y.K.Beyatlı

Evimde tek bastonum, Engin, yurtdışından gelen Mete ve kızı Aure'm ile.

Kitap da yazarım, temizlik de yaparım!

Vallahi uzaklaşmadık, Engin'le arka bahçede uslu uslu oturuyoruz.

Premio Roma Ödülümü almışım,
Barbaros'la mutluyuz.

Barbaros Milano'da kitapçı rafındaki
kitabımın önünde keyiften erirken.

LiberoPensiero

»La repressione fa da stimolo per gli artisti«

AYSE KULIN

Storie di riscatti femminili sul Bosforo

Sforza Sarayı'ndaki konuşmadan sonra İtalya ile bağım hiç kopmadı.

UKKSA Ödülümü kuzinim seramik sanatçısı İnci Başağa'dan ailecek aldık. Datça'da heykellerle dolu muhteşem koru ile bendir, ney ve insan sesinden oluşan konser, çocuklarda derin izler bıraktı.

HASTALIK

Olmaya devlet cihanda bir nefes sıhhat gibi.

Kanuni Sultan Süleyman

NEYSE Kİ KIRILMADI. AMA SÜTTEN KESİLMİŞ OLABİLİR.

DÜŞMANIMIZ BİR VİRÜS

2020 yılının mart ayında sadece Türkiye sınırları içinde yaşayan bizleri değil, dünya üzerinde var olan her ırk ve milletten, her sınıftan, her yaş ve cinsten insanı ölümle tehdit eden bir düşmanla tanıştık.

Düşman bir virüstü ve ilk kez Çin'de gözükmüştü.

Türkler olarak pek etkilenmedik!

İnsanlık yıllardır grip türleriyle haşır neşirdi zaten. İspanyol gribi, kuş gribi, domuz gribi, sars, mars, şu, bu... yedi düveli titretmiş Osmanlı'nın torunları bizler bir virüsten mi korkacaktık!

Pöh! Hadi oradan!

AIDS'ten dahi korkmamış bir halktık biz!

Bir iki hafta geçtikten sonra gazetelerin, televizyonların ve sosyal medyanın bu yeni virüse ilgisi arttı çünkü duyulmuştu ki Çinliler, tedavisi henüz mümkün olmayan bu virüsten dolayı, acı içinde kıvranarak, adeta boğularak ölmeye başlamışlardı. Türkiye'de yaşayan bizler, gazete ve ekranlarda Çin'de ölenlerin nefes almak için çırpınmalarını değil, sadece son nefes sonrasında sokağa yığılmış hallerini görebiliyorduk. Kendi ülkemizde Allah'ın günü sokaklarda erkekler tarafından dövülerek veya kurşunlanarak öldürülen kadınlarla, herhangi bir ağız dalaşında birbirini bıçaklayarak kaldırıma serenler sayesinde, o kadar aşinaydık ki bu tür görüntülere, halk olarak yine pek aldırmadık.

Ölen ölür, kalan sağlar bizimdir diye düşündük.

Üstelik Çin nere, İstanbul nereydi!

Kendi dertlerimiz başımızdan aşmışken, en az on yıldan beri Türk halkı olarak işsizlikle, parasızlıkla, adaletsizlikle sınanıyorken, eğitim sistemimiz yerlerde sürünüyorken, kimsenin yarınından beklentisi kalmamışken, iktidara yandaş olmayanların değil iş bulmak, sokak köşelerinde simit satma imkânı dahi kalmamışken, o henüz adını bile bilmediğimiz amansız hastalık haberlerine göz ucuyla bakmış, geçip gitmiştik. Bize neydi çok uzaktaki ülkelerinde yaşayan Çinlilerin hastalık haberlerinden.

Cumhurbaşkanımız ve küllü devlet büyüklerimiz de Çin'in bir bölgesinde zuhur eden bu virüsü fazla ciddiye almaya pek gerek görmemişlerdi çünkü İstanbul Kanalı Projesi, Ahlat'a saray yapımı gibi önemli işleri, dört milyon Suriyeli göçmeni, Suriye ve Irak'la sınır sorunları, Libya'daki çatışmalarda şehit düşen askerleri vardı.

Derken, virüsün Avrupa ülkelerine de sıçradığı haberi geldi! Ve işin rengi hemen değişti! Avrupa yakındı, komşuydu!

Bu sefer gerçekten korkmuştuk çünkü Avrupa'daki bazı ülkeler bu görünmez düşmana yenilmeye başlamışlardı. İtalya, İspanya, Rusya ve İngiltere'den ürküten haberler geliyordu. Amerika'da ise ölüm oranları tavan yapmıştı!

Haberleri azami dikkatle izlemeye başladık ki, eyvah! Virüs bizim ülkemize de sızmıştı!

Ben kalça ameliyatımın beşinci haftasında, tam da bastonsuz yürümeye başlarken tanıştım, hayatımın akışını değiştirecek olan virüsle.

Halk arasındaki adı Korona, soyadı Kovid-19'du.

O, Korona Kovid-19 ise ben de Ayşe K-79'dum!

On bir yaşıma basana kadar boğmacadan kabakulağa, memlekette mevcut tüm bulaşıcı çocuk hastalıklarıyla ve ayrıca tifoyla, altmışlarımdayken Hindistan'da kaptığım sarılıkla baş etmiş bir faniydim ben. Kaderde varsa tanışmak, Kovid-19'a da pabuç bırakmayacaktım elbette! İlk işim evi maske ve kolonyayla doldurmak oldu.

Ben işin ciddiyetini kavramıştım da çarşı-pazar gezenlerle kafe ve lokantalarda, gece kulüplerinde dolananlar, cuma namazına camilerde buluşanlar, cenaze merasimlerine, başsağlığı ziyaretlerine gidenler, altın günü yapanlar, düğün dernek kuranlar, asker uğurlayanlar pek kavrayamamışlardı. Hayatlarına maske takmaya üşenerek devam ediyorlardı. Tam o günlerde Umre'den dönenlere dahi kısıtlama tedbirleri getirilmeyince, onlar da ne yapsınlar, hiçbir kontrole tabi tutulmaksızın ülkenin çeşitli yörelerindeki evlerine çoktan ulaşmışlardı. Ellerini öpmeye, anılarını dinlemeye gelenlere, yanlarında getirdikleri hurmalardan, zemzem sularından ıkramda bulunmaktaydılar, virüsü yaydıklarının farkında olmadan.

Ne zaman ki Cumhurbaşkanı pazartesi akşamları bizi Korona'nın haftalık marifetleri hakkında bilgilendirmeye başladı, iş ancak o zaman ciddiye biner gibi oldu.

Ayrıca akşam haberlerinde ülke genelinde Korona'ya yakalananlarla, Korona'dan ölenlerin sayıları da verilmeye başlamıştı. Kimi hastalar evlerinde tedavi oluyor, kimi yoğun bakıma alınıyor, kimi entübe ediliyordu her ne demekse!

Ben kendi hesabıma, '*tüpe bağımlı*'dan yola çıkılarak *tüpkeş* gibi bir sözcüğün dilimize yerleşmesini boşuna bekledim. Türkçesi *yerleşke* olan sözcüğe *külliye* diyen ve her sözcüğün illa Osmanlıcasını tercih eden Cumhurbaşkanımız dahi hemen uyum sağlamıştı, oksijen tüpüne bağlı anlamına gelen bu Fransızca sözcüğe. Demek ki *entübe*'nin Arapça karşılığı yoktu ya da belki vardı da Cumhurbaşkanımızın Arapça söz dağarcığına dahil değildi. Her neyse, Türkçemize Fransızca kökenli bir yeni sözcük daha katılmış oldu.

Yabancı sözcüklere konuksever davrandıkları için Avrupa dillerindeki en kapsamlı ve kalın sözlük, İngilizlere aittir. Ben şahsen, ifade gücümüzü zenginleştiren her sözcüğe, hangi dilden sızmış olursa olsun, açarım kalbimi;

radyo, banyo, manto, eşofman, eşarp, türban, kalorifer hatta pantolon, ceket, bisiklet, otomobil ve böylesi yüzlerce sözcük, başka dillerden girme değil mi Türkçeye? Arapça ve Farsçadan gelip yerleşenleri hiç saymıyorum bile, onlar artık bizim has anadilimiz olmuş!

Üstelik *Farenin çişi denize fayda* demişler madem, dillere sızan sözcükler de sızdıkları dili zenginleştirir, derim ben de!

Korona'nın *entübe* sözcüğü dışında başka katkıları da oldu hayatımıza!

Virüs, biz insanları yepyeni bir sınıflandırılmaya tabi tutmuştu!

Şu veya bu ırktan veya dinden olmamız önemini yitirmişti; yoksul, zengin, güçlü, güçsüz, kadın, erkek, yaşlı genç, eğitimli, cahil, şehirli, köylü diye ayırt edilmeksizin, koskoca dünyada bundan böyle hepimiz Korona Yılı'nın ya *Pozitifleri* ya *Negatifler*iydik! En önemli niteliğimiz buydu, bundan böyle hayatımızın akışı *negatif* veya *pozitif* olmamıza bağlıydı!

Pozitif isek, sırasıyla *vaka*'lardık, *entübe*'lerdik, *yoğun bakımdaki*'lerdik. Ölülerimize bile yeni tarif gelmişti; mezarları belli olanlarla toplu mezarlara gömülenler olarak! Ve hani Çinliler on iki yıllık döngülerle, her ocak ayında bir başka Çin burcunun etkisine girerler ya, içinde bulunduğumuz 2020 yılı, Çin'de olsun, dünyanın herhangi bir başka ülkesinde olsun, Kedi/Kaplan/Fare/Domuz/Yılan yılı filan değildi, kesinlikle **Korona** yılıydı. İlk kez

Cumhurbaşkanımız çok kızdığı halde, 'Ey Korona!' diye efelenmemiş, bu virüse haddini bildirememişti. O dahi farkındaydı Korona karşısındaki çaresizliğin!

Kısacası dünya liderleriyle dünya zenginleri, dünya yoksullarıyla dünya garibanları hep birlikte, tıpkı Nuh'un gemisindeki mahlukat gibi, aynı gemideydik!

Tüm öğretilerimizin, ilim irfanımızın, deniz, hava ve kara ordularımızın, ilkel veya nükleer silahlarımızın gücü, Kovid-19'un karşısında sıfırlanmıştı. Yani, dünyanın dört bir yanında yaşamakta olan biz insanlar nihayet eşitlenmiştik... de sadece çaresizlikte eşitlenmiştik!

Birkaç yıl önce Ankara'dan İstanbul'a uzanan Adalet Yürüyüşümüz sırasında, boğazımızı yırtarcasına, Hak/Hukuk/Adalet diye bağırmıştık ya, demek ki sesimiz gecikmeyle de olsa, nihayet kozmosta bir makama ulaşmıştı ama yanlış adrese ulaşmıştı! Adalet Yürüyüşü'ne katılanlar olarak talep ettiğimiz adalet, vallahi, billahi böylesi bir adalet değildi! Üç yıl önce, 2017 yılında ortam o kadar gergindi, hukuk öylesine ötelenmişti ki, kaybolmakta olan adalet kavramına dikkat çekmek için düzenlenen yürüyüş sırasında, eli satırlı ve silahlı adamların yürüyüşe katılanlara derslerini vereceklerine dair öyle fısıltılar yayılıyordu ki, yürüyüşe katılmak bile bir cesaret gösterisine dönüşmüştü.

Kaba güce meydan okumaya pek meraklı olan ben ne çoluk çocuğumu dinledim ne Engin'i! İyi ki dinlememişim çünkü duyduğumuz tüm olumsuz dedikodular fos çıkmıştı. CHP Genel Başkanı Kılıçdaroğlu ile arkadaşlarının 17

Haziran 2017 tarihinde, Ankara'dan İstanbul'a varmak üzere başlattığı Adalet Yürüyüşü, başladığı günden itibaren her geçen saat başı katılımı artarak, her geçen gün çığ gibi büyüyerek sürmüş, korkulanlar olmamıştı! Yürüyenlerin yollarına tezek atılması gibi bir seviyesizliğin ve birkaç yuhalamanın dışında, devletin sıkı koruması altında, Ankara'dan İstanbul'a kadar şarkılar, türküler, marşlar eşliğinde sürmüştü yürüyüş.

Arzu edilen adalet gerçekleşmemişti ama en azından toplumda değişik siyasi fikirlere sahip insanların bir arada yaşayabileceğine dair bir umut yeşertmişti Adalet Yürüyüşü'nün olaysız sonlanabilmesi!

Benim yürüyüşe katıldığım gün ise herhangi bir yaramazlık olmadığı gibi, nikâh kıydırmaya giden gelinlikli bir gelinle damat, konvoyumuzun önünde resim çektirmiş, teyzeler bize poğaça, böreklerini ikram etmiş, su, ayran verenlerimiz olmuştu. Şarkılarla, türkülerle, arada bir ağızdan Hak, Hukuk, Adalet! diye bağırarak, akşamı etmiştik. Bir yaz günü, ameliyat öncesinde iyice aksayan bacağımla, arabayla Urla'dan İzmir havaalanına, uçakla İstanbul'a, taksiyle Kadıköy'e ve oradan da bir dostun arabasıyla Adalet konvoyunun bulunduğu noktaya kadar boşuna gitmemişim diye sevinmiştim. Türk demokrasisinin tarihi bir olayında bizzat bulunmuş olmak, olumlu, olumsuz yanlarıyla birikip duran toplumsal hatıralarımın arasına katılmıştı.

Zaten hayatım boyunca az bağırmamıştım ben Adalet diye!

On yedi yaşından beri her fırsatta sokaklardaydım, adalet, eşitlik, özgürlük için! Ve itiraf ediyorum işte, şu koca dünyadaki mağdur ile muktedirin, zengin ile yoksulun, inananla inançsızın ve hatta kadın ile erkeğin bir virüs karşısında dahi olsa eşitlenebilmesi, benim adalet özlemimi azıcık da olsa tatmin etmişti.

İstediğim biçim, içerik ve boyutta olmasa da adalet adaletti ve kim bilir belki de çok daha geniş nefesli eşitlik ve özgürlük için bir ilk adımdı. Tüm insanlığın Korona karşısında eşitlenmesinin devamında, Adalet kavramı, bir de bakmışız, tüm gücüyle uygun adım ilerlemiş, hayatın bütün alanlarına hâkim olmuş, benim ülkemden başlayarak tüm dünyayı kapsamış, hukukun karşısında tüm insanlar eşitlenmiş, kişisel husumetlerle hapse tıkılanlar, gerçeği yazdıkları için mahkûm olan gazeteciler affa uğramış, ne ezenle ezilen ne zalim ne de mağdur kalmış dünya yüzünde, ne aç ne tıka basa tok!

Ah nasıl bir iyi niyetle ve içtenlikle umut ediyordum bunu!

İnsanlık kendini ölümle tehdit eden bir virüs yüzünden nihayet içine dönecek, hatasını görecek, asırlardır sömürüp durduğu insana, hayvana, ağaca, toprağa, denize, akarsuya, göğe saygı ve sevgi duymaya başlayacaktı!

Bu yaşımda bir çocuk safiyetiyle diyemeyeceğime göre, bir bunak iyi niyetiyle diyeyim bari, her şey çok güzel olacak sanıyordum! Ama aylar geçiyor, Koronavirüs yaşamımıza adalet değil, irili ufaklı pek çok yasak ve pek çok acı getiriyordu sadece.

Maskesiz sokağa çıkmak yasaklanmış, okullar tatil, sınavlar iptal edilmişti. Alışveriş merkezleri, lokantalar, kafeler, eğlence yerleri kapatılmış, toplu taşımalar başta olmak üzere, tüm işyerlerinde, kafe ve lokantalarda mesafeli oturma düzenine geçilmişti. Altmış beş yaş üzeri vatandaşlara sokağa çıkma yasağı konmuştu. Ben yaştakilerin sokağa çıkma saatlerimiz, 2020 yılının mart ayından itibaren sadece pazar günlerinde, saat 1 ile 4 arasındaydı. Benim gibi banka işlemlerini internet üzerinden, alışverişlerini de sanal marketlerde yapamayan dinozorlar için feci bir dönem başlamıştı.

Ben taşındığım son adreste bankamı seçerken, kolaylık olsun diye evime en yakın olanını seçmiştim. Bu yüzden şeytan çok sık dürtüyordu beni, bilgisayarın başında ter dökeceğine, tak maskeni, at başına bir örtü, koş bankana çek paranı, diye.

Yakalanırsam ödeyeceğim ceza, çekeceğim paradan fazla olduğu için şeytana uymayı göze alamıyordum ama şeytan hiç boş durmuyor, tekrar tekrar yokluyordu, yakalanmazsın, git yap işini, diyordu. Kapıyla pencere arasında gide gele yorulunca, pencereme yapışıp sokakta çoğu maskesiz koşuşturan insan trafiğine bakıyordum. Hayat yaşlıların dışında herkes için normal seyrinde akıyordu. Bizlerse cam güzeli isimli saksı çiçekleri gibi, pencerelerimize yapışıp kalmıştık. Hayatımızın en heyecanlı dakikalarını akşam haberleri sırasında yaşıyorduk. Adeta nefesimizi tutarak beklediğimiz Sağlık Bakanımız bize akşam haberlerinde o günkü vaka, iyileşme ve ölüm sayılarını açıklamaya devam ediyordu.

Oh, şükürler olsun! Bizdeki vaka ve ölüm sayıları diğer ülkelere göre o kadar düşüktü ki, virüs bizden göreceli olarak uzak duruyordu, dolayısıyla endişe de bizden uzak duruyordu. Biz altmış beş yaş üstüler, büsbütün kızıyorduk evlerimize kapatılmış olmamıza. Gerçi bazı vatan hainleri, bölücüler televizyon ekranlarında ya da sosyal medyada boy gösterip,sırf panik yaratmak amacıyla bu sayıların doğru olmadığını söylüyorlardı ama onlar, Türkiye'nin Korona ile savaşındaki başarısını kıskanan alçaklardı, nifak sokuculardı, düşman ajanlarıydı, teröristlerdi. Neyse ki, kimsenin onlara kulak verdiği yoktu! İftihar ediyorduk ülkemizle!

Ben, sosyal medya araçlarını kullanmayı beceremediğim, sosyal medyadan ise hiç hoşlanmadığım halde, sırf vakit geçsin diye sanal dünyanın içine düşmüş, "*Uykuya dalmadan önce tam kırk bir kere, Korona Korona / Korum senin orana burana diyenlere hiçbir şey olmaz,*" gibi zekâ ışıkları saçanların, "*Korona da kimmiş, O benden korksun lan,*" diye meydan okuyanlarla, "*Adını sevdiğim Korona, bu gece sen gir koynuma,*" diye çağrıda bulunanların seviyeli satırlarını okudukça büsbütün soğumuştum sosyal medyadan.

Memleketin çeşitli illerinde ağzına mikrofon uzatılan vatandaşlar ise çoğunlukla *Korona da neymiş, benim canımı alırsa Allah alır* gibi açıklamalarda bulunarak sokaklarda sere serpe dolaşmaya devam ediyorlardı.

Sinsi Korona birden patladı ve silindir gibi geçmeye başladı üzerimizden.

Korona hastalarının tedavileri sırasında, virüs kapan sağlık çalışanlarıyla doktorlar art arda ölmeye başlayınca panik tepe yaptı. Doktorları, sağlıkçıları dahi götürüyorsa bu virüs, sokaktaki sıradan insanlara neler yapmazdı! İsteksizce maskeler burnun altından üstüne doğru çekildi. Market alışverişlerinde ödeme sırasına girildiğinde işaretlenmiş yerlerde durmaya dikkat edildi, pazaryerlerinde ise bu özen hiç mümkün olamadı. Herkes açık pazarlarda hâlâ omuz omuza, iç içeydi. Bankaların emekli maaşı ödeme kuyruklarında dip dibeydi. Otobüslerde, minibüslerde kucak kucağaydı. Mesafe ve maske diye ikaz edenler ise çoğu zaman fena hırpalanıyordu.

Mayıs ayında havalar ısınınca biteceğini sandığımız kâbus, mayısın ortalarında devam ediyordu. Nihayet anlamıştık, Korona'dan korunmak için sığınacağımız yegâne sığınak evlerimizdi. Tek silahımız, Korona gibi görünmez olmaktı, sokaklardan, toplu taşıma araçlarından, marketlerden, lokanta ve kafelerden, sinema ve tiyatrolardan, eğlence mekânlarından silinmekti. Çok az sayıdaki bilinçli vatandaş ve zaten ev hapsindeki biz yaşlılar aynen öyle yaptık! Sokağa çıkmaz, taşıtlara binmez, kimseyle görüşmez, komşunun dahi kapısını tıklatmaz, evlerimizden içeri kimseleri sokmaz olduk. Çalışmak, ekmek parası kazanmak zorunda olanlar mecburen sokaklarda, toplu taşıma araçlarındaydılar. Onlarla sağlıkçılar ve doktorlar Allah'a emanettiler.

Bizim evde örneğin, çok faydasını görmekte olduğum fizyoterapistim Erkan Bey'in de önerisiyle seanslarımı durdurduk. Haftada bir temizliğe, ara sıra da ütüye gelen Elmas'ın mesaisine ücretli son verdik. Evine on gün sonra dönmeyi planlayan Gülseren ise televizyonda akan bir altyazıda şehirlerarası toplu taşıma araçlarının sefer iptaline dair bir haber okuyunca, İzmir'e dönmek üzere acele valizini toplamaya başladı. Gülseren'e beni bırakıp gidemezsin demeye yüzüm yoktu çünkü birkaç gün önce oturma odamızda, pencere yanındaki koltuğa kurulmuş, telefon mesajlarıma bakıyordum, "Sen buraya nasıl geldin?" diye bağıran Engin'in sesiyle sıçramıştım yerimden.

"Buraya gelmem yasak mı? Evimde bir odadan ötekine geçmem için vize almam mı gerekiyor?" diye sordum.

"Bastonun nerede, bastonun?"

Engin'i duyan Gülseren mutfaktan koşturdu, bir "Aaa! Ama siz buraya nasıl yürüdünüz?" de ondan geldi!

"Yatağımdan kalktım, terliklerimi ayağıma geçirdim ve geldim!"

"Ama bastonsuz yürümüşsünüz!"

Etrafıma bakındım, baston görünürlerde yoktu.

"A, sahi!" diyebildim.

"Nerede bıraktınız?" Yatak odama koşup geri geldi Gülseren, "Baston yatak odanızda da değil," dedi.

Suçlu gözlerle önüme baktım. Nereye bıraktığımı hatırlamıyordum.

Engin ve Gülseren evin içinde bastonumu aramaya başladılar. Banyoda yoktu, mutfakta yoktu, kapı arkalarına bakmışlardı, yoktu baston!

"Artık kullanmak istemiyorsan söyle, bastonu saklamana gerek yok,'" diyen Engin'e "Farkına varmamışım, Engin," dedim, "sen söylemesen belki de hiç fark etmeyecektim. Vallahi hatırlamıyorum nerede bıraktığımı."

Gülseren'le Engin bastonu aramaya devam ettiler ve sokak kapısının yanındaki duvara dayanmış halde buldular.

Engin, "Evden mi kaçıyordun?" diye sorduğunda hatırladım ancak, koyduğum yeri.

"Sokak kapısını açıp gazete bırakıldı mı diye bakacaktım," dedim, "bastonu duvara dayadım, kapıyı açtım, gazete henüz gelmemişti, sonra salona yürüyüvermişim zahir!"

Engin bu zamansız cesaretimin bana faturasını öğrenmek için anında fizyoterapistim Erkan Bey'i aradı, durumu aktardı. Yiyeceğim azarı duymam için de hoparlöre aldı konuşmayı.

"Demek ki artık dengesini bulmuş. Bastonunu unuttuğunda üzerine varmayın, böyle böyle bastonsuz yürümeye alışacak. İyileşiyor, ne güzel!" diyen Erkan Bey'e gönülsüz bir teşekkürle kapattı telefonu.

"Sen yine de ihtiyaten bastonsuz yürüme," dedi bana.

Ama ben bastonsuz yürümenin tadını tatmıştım bir kere. Bazen bilerek bazen de tamamen unutarak bastonsuz dolanıyordum evin içinde. Artık oturup kalkmak için kimsenin yardımına da ihtiyacım yoktu. Sırtüstü yatıp bacağımı kendime doğru çekince çorabımı bile giyebiliyordum.

Bu durumda Gülseren'e gitme diyemezdim, çünkü şehirlerarası seyahat yasağı her an ilan edilmek üzereydi, kızın evi, ailesi, yaşantısı ise İzmir'deydi. Nitekim Gülseren aynı akşam gitti! Bindığı otobüs ta haziran ayına kadar, şehirlerarası yolcu taşıyan son otobüs oldu.

Gülseren'in gitmesiyle baş başa kaldık Engin'le.

Bastonundan yeni kurtulmuş, hafifçe sarsak Ayşe K-79 ile ev işi kabiliyeti sürahiden bardağa su koymakla sınırlı Engin B-84, Kovid-19'u kapımızdan içeri sokmamak üzere güçlerimizi birleştirdik!

HAYATIMIZIN **PPP** DÖNEMİ

Hayatımızın bundan sonraki ilk iki ayı ömrümüzün **PPP** dönemidir, çünkü her nedense esas adına ek olarak **P**laza sıfatını da taşıyan binamızda, **P**anik had safhaya ulaşınca **P**andemi önlemleri çok büyük bir ciddiyetle uygulanmaya konulmuştu. Şöyle ki, binanın ön ve arka cephedeki kapılarının önüne dezenfekte edilmiş paspaslar konmuş, kapılarla asansörlerin yanına dezenfektan fışkırtan aletler asılmış, asansöre ikiden fazla kişiyle binmek yasaklanmıştı. Girişteki danışma masasının etrafına fazla yaklaşılmaması için kordon çekilmişti. Bina görevlileri maskelenip eldivenlenmişti ve hatta ben emindim, bahçemizde yaşayan kedi nüfusa da maske takma denenmiş, netice alınamayınca vazgeçilmişti. Ön ve arka kapıdaki görevlilere birer ateş ölçer de verilmişti ki, bana bir apartmanda değil, havaalanında yaşıyormuşum hissi gelmişti.

Panik, panik olalı ilk defa bir işe yaramış, aynı zamanda gündelik hayatımızın bir parçası olmayı da başarmıştı. Ne satın almış olursak olalım, alışveriş poşetlerini içeri almadan önce, virüsün ölmesi için uzun bir süre dışarda bekletiyorduk. Poşeti içeri alınca ellerimizde lastik eldivenlerle, içindekileri tek tek mutfağa taşıyor, tezgâhın üzerine yaydığımız kâğıda bırakıyor, poşeti ve eldivenlerimizi tersyüz edip çöpe atıyorduk. Yıkanması gerekenleri sirkeli sularda bekletiyor, yıkamak için gereğinden fazla su harcıyorduk. Meyveler, sebzeler yıkanmaktan lezzetlerini kaybetmiş, ellerimiz yıkanmaktan hışır olmuştu. Gazeteleri dahi bir kenarda iki saate yakın bekletmeden okumaya başlamıyorduk. Evin her köşesi ıslak mendiller, kolonya şişeleriyle doluydu.

Bu arada yardımcımızı da artık getirtmediğimiz için temizlik işi bana düşmüştü. Mutfak alışverişini ve yemeği zaten her zaman ben yapardım ama dışarda yediğimiz de çok olurdu; hafta sonlarında ya arkadaşlarımızla bir sinema veya tiyatro gider, sonrasında yemeğe çıkardık ya da şehrin banliyölerinde yaşayan çocuklarımızı ziyaret ederdik. Bu nedenle meyve ve sebzeleri iki günde bir, az miktarlarda alırdım ki, dışarda sık yemek yediğimiz için evde çürümesinler.

Sokağa çıkma yasağından beri biz Korona mahkûmları, bırakın dışarda yemek yemeği, gıda alışverişine dahi gidemiyorduk. Sırf bu yüzden binamızda sokağa çıkışları yasaklanmış yaşlılar için alışverişlerimizi kapımıza getirtecek çok hayırlı bir sistem kurulmuştu. Her gün bir apartman görevlisi gündelik alışveriş listemizi sabah alıp bir saat sonra poşetler içinde kapımıza bırakacaktı. Ben bu uygulamanın ilk gününde kapımıza gelen görevlinin eline, altı patates, altı domates, altı elma, üç salatalık ve birer demet maydanozla dereotu yazılı listemi tutuşturmuş, bir miktar da para vermiştim.

Bir saat kadar sonra kapı çaldı, görevli poşetleri kapının yanına yığmış, karşımda dikiliyordu. Verdiğim para yetmemiş. Tuhaf! Ne çabuk zamlanmış her şey! Eksik kalan parayı ve bahşişini verdim, gitti. Gözüme fazla büyük gözüken poşetleri mikropları kırılsın diye tam iki saat kapının dışında beklettikten sonra, içeri taşımak istedim ama kaldırabilene aşk olsun!

Kalçadan sonra bir de bel ameliyatını göze alamayacağım için bıraktım yerlerinde, Engin'den yardım istedim.

Engin poşetin birine asıldı, ağır geldi. İki elle asıldı, taşımasına ben izin vermedim. Poşetleri yerde sürüyerek mutfağa götürdük ve hayretle gördük ki, benim adet olarak kastettiğim her meyve ve sebzeyi kiloya vurmuş görevli. Kilolarca sebze ve meyve mutfağın tezgâhına sığmadı, nerede kalmış buzdolabına sığması! Evimizde balkon da yok ki oraya yığalım.

Benim çalışma odam yaklaşık on gün sebze ve meyve deposu haline gelince, Engin alışveriş işini üstlenmeye karar verdi. Market evimize çok yakındı ama ben yine peşinde tekerlekli alışveriş torbasını sürüklemeyi dert etmeyen Engin'e içimden bir bravo çekmiştim. Çalışma hayatlarına monşer diplomat olarak başlayan adamlara, tekerlekli market torbası çektirmek kolay değildir, hele de rengi mor ise!

Engin, bizim toplumda kadına düştüğü varsayılan market alışverişini ve mor renkli çekçek torbayı dert etmeyince aramızda hakkaniyetli bir işbölümü oluştu.

Alışveriş onda, yemek yapmak bende, bulaşığı ve kirli çamaşırı makinelerine yerleştirmek bende, bulaşıkları ve çamaşırları makinelerinden çıkarıp yerlerine yerleştirmek Engin'de, yatakları yapmak kimin eli değdiyse onda, ütüyü bir süreliğine hayatımızdan çıkardık, toz almak bende, elektrik süpürgesi faslı Engin'de, mutfağın temizliği bende, tuvaletlerin temizliği onda ve okumak Engin'deyse, yazmak da bende olmalıydı ama ben hâlâ yazamıyordum!

Kısacası, bende yeni bir çalışma, yeni bir kitap yoktu! Heves, gayret, niyet de yoktu! Umutlar Urla'ya kalıyordu çünkü kitaplarımın çoğunu Urla'daki yazlıkta yazmıştım ben. Fakat bu yıl, benim röntgenim yüzünden bir türlü gidemiyorduk Urla'ya.

Doktorum kalça ameliyatımın sonuçlarını görmeden beni bir başka şehre salmıyordu fakat acil bir durum olmadıkça da herhangi bir hastanenin önünden geçmemi yasak etmişti. Bu yüzden röntgen çekimini erteledikçe ertelemiştim. Bulaşın sakinleşeceğini umduğumuz haziran ayını bekliyorduk.

İşte o günlerin birinde, Engin salonda temizlik yapıyor olmalı ki benim sebze ayıklamakta olduğum mutfağa elektrik süpürgesinin sesi geliyordu. Sonra makinenin sesi kesildi, Engin'in, "Hay Allah kahretsin!" diyen telaşlı sesi duyuldu.

Kolay kolay böyle şeyler söylemez o. Koştum içeri, Engin bir toz bulutunun içinde bana bakıyordu.

"Ne oldu?" diye sordum.

"Toz alacağına toz çıkarıyor bu makine," dedi.

Durdurduğu makineyi evirdi çevirdi, yeniden çalıştırdı. Gerçekten toz fışkırtıyordu alet! Hemen telefona sarılıp *bir bileni* aradım ve yardımcımız Elmas'tan öğrendim ki toz torbası dolunca öyle olurmuş.

E, ne yapılacaktı şimdi? Toz torbası dairemizin dışında, apartman çöplerinin toplandığı yerde boşaltılacak, yıkanıp yerine takılacakmış!

Benim astımım var, toz torbasını boşaltmaya kalkışsam o dakika acile kaldırılırım.

Bu işi Engin yapmaya kalkışsa netice yine değişmeyecek, çünkü genlerindeki bir hasardan olmalı, adamın eline ev işi yakışmıyor. Çaresiz süpürme işi evdeki uzun saplı fırça ve faraşla tamamlanacaktı.

Aldık elimize uzun saplı süpürgeyi... süpürge tamam da faraş ortada yoktu!

Daha doğrusu faraşın sopası vardı, kendi yoktu! Ama benim de kaç kere Elmas'ı evde o uzun saplı faraşla görmüşlüğüm vardı!

Evin her bir tarafında faraşı aradım ve nihayet ıvır zıvırın kaldırıldığı dolabın üst rafında gözüme takıldı. Ben henüz ne eğilebiliyor ne de yükseklere uzanabiliyordum. Engin'e seslendim, gel faraşı şuradan alıver, diye. Geldi, rafa uzandı, her şeyi indiriyor aşağıya, fakat faraş hâlâ yerinde.

Anlaşıldı! Faraşın ne işe yaradığını biliyor fakat nasıl olduğunu bilmiyordu Engin! Tanışması o güne nasipmiş. Ve işte hayatında ilk kez faraş gören Engin'le elektrikli süpürgenin toz torbasını temizlemekten âciz ben, başladık evi bundan böyle Nuh Nebi'den kalma süpürgeyle süpürmeye çünkü biz yaştakilerin sokak izni ancak pazar günüydü ve o gün de dükkânlar kapalıydı. Açık olan büyük alışveriş merkezlerine de biz gitmiyorduk!

Boş verelim yeni süpürgeyi, dedik, zaten eve gelen giden yoktu, halıları da dürüp, bir kenara kaldırmıştık; üstelik haziran ayı içinde Urla'ya gidiş iznimizi almıştık. Yaz sonuna kadar yasaklar kalkar, Urla dönüşü gider alırdık kendimize en babasından bir elektrikli süpürge.

Ve böylece, işbölümümüze sadık kalarak, yer temizliğini sopalarının ucundaki süpürge ve faraşla idare etmeye başladık... ta ki Roma Ödülümün selameti, Engin'in eline yakışmayan faraş tarafından tehlikeye girene kadar.

Bir sabah ben mutfakta yemek yaparken, Engin de elinde uzun saplı süpürgesi ve faraşıyla, salonda yerlerin tozunu alıyordu. Küttt diye bir ses geldi içeriden, ardından da derin bir sessizlik oldu! Böyle anlarda sessizliğin uzaması hayra alamet değildir, ne kırılmış olabilir diye yıldırım hızıyla düşündüm ve telaşla oturma odasına koşarken, "Tanrım, yere düşen sakın Roma Ödülüm olmasın!" diye geçirdim içimden.

Geçirmez olaymışım!

Engin süpürgenin sopasına dayanmış, yerde yatan faraşın yanında tepetaklak duran heykelciğe bakıyordu. Kırıldı mı demeye dilim varmadığından, "Bir şey oldu mu?" diye sordum.

"Bilemiyorum... faraşın sopası çarptı, yere düştü," dedi.

Diz çöktüm, gözlerim kapalı, el yordamıyla yerdeki heykeli aldım ve ellerimle yoklayarak kırılıp kırılmadığını anlamaya çalıştım. Anlayamadım. Eğer kırıldıysa, o anı geciktirmek için bir süre daha gözlerim kapalı bekledim, Engin'den çok, kendime kızarak. Aptal kadın, salonda duran kitapların üzerine yerleştireceğine, çalışma odasındaki kütüphanede, diğer ödüllerin yanına koyaydın ya bunu da! Derin bir nefes çekip açtım gözlerimi. Oh! Bir şey olmamış! Kurt annelerinin memesini emen Roma'nın sembolü Romus ve Romulus ikizleri, yerden alıp sımsıkı göğsüme bastırdım.

"Tamam, üzülme kırılmamış, hiçbir şey olmamış" dedim, kendisi de heykel kesilmiş, rengi kül gibi solmuş benden son hükmü bekleyen eşime.

"Ama olabilirdi," dedi Engin, "çok üzülürdüm kırılaydı."

"Büyütme! Alt tarafı bir heykel," diye yalan söyledim, çünkü o anda bağrıma bastığım Premio Roma kırılaydı eğer, telafisi yoktu. Ödülümü aldığım yere götürüp bu kırıldı, bana bir yenisini verin, diyemezdim ki!

GEÇMİŞ ZAMAN OLUR Kİ HAYALİ CİHAN DEĞER

Ben bu ödülü İtalya'da rüya gibi büyülü bir mekânda, asla unutamayacağım tarihi bir dekorun içinde almıştım, Avrupa'nın ilk üniversitelerinden Roma Üniversitesi'nin görkemli tören salonunda.

Premio Roma'yı kazandığım bana müjdelenince internette bu ödülün gelmiş geçmiş törenlerini araştırmış, sponsorunun her yıl bu geleneksel törende, sergilediği şıklığı günlerce konuşulan Kontes Antonella Vitetti olduğunu ve haliyle davetlilerin de törene büyük bir şıklık içinde katıldığını öğrenip tavşan gibi ürkmüştüm doğrusu.

Özel zaman ayırıp törende giyeceğim giysi için alışverişe çıkmış, Nişantaşı'nın tüm dükkânlarını umutsuzca talan etmiş, pek ender girdiğim ünlü markaları satan mağazalarda onlarca kıyafet giyip çıkarmıştım. Sonunda bezmiş ve yorgunluktan pestile dönmüş halde eve dönerken, Vali Konağı Caddesi'nin üzerinde daha önce gözüme nedense hiç çarpmamış bir butik görmüş, içeri girmiş, saatlerce aradığım giysiyi bir bakışta bulmuştum! Etekleri değişik boylarda diz hizasında kesilmiş, bembeyaz krep bir elbiseydi ve üzerine giymek için bileklere kadar uzanan siyah bir üstü vardı. Çok değişik bir tarzı olan ve en önemlisi, Türk markası taşıyan bir giysiydi.

Bir başka özelliği de Beşiktaş'ın renklerinde olmasıydı, yani siyah ve beyaz!

Yaşasın!

Nasıl ki kırmızı beyaz ikilisi bana hep ülkemi simgelerdi, siyah beyaz ikilisi de bana baskının ve şiddetin karşısında dik durmuş bir takımı simgeliyordu.

Hemen almıştım o giysiyi!

Oğullarıma ödülümü Beşiktaş renklerinde bir giysiyle alacağımı haber verdiğimde şaşkınlıktan dillerini yutmuşlardı çünkü benim futbolla ve futbol kulüpleriyle hayat boyu hiç aram olmadığını çok iyi bilirlerdi. Uzun ömrümde sadece bir kez maça gitmiştim. 1960 yılında olmalıydık, Galatasaray, Fenerbahçe'yi o maçta beş sıfır yenmişti ve ben maç boyunca Galatasaraylı olan nişanlımın her gol atılışında gırtlağından çıkan korkunç ve gayriinsani seslerden ötürü dehşete kapılmıştım.

Madem dehşete kapıldın, evlenmesene!

Heyhat, evlendim ama çabuk boşandım ve insanların bağırmayıp böğürdükleri maç kalabalıklarına bir daha asla girmedim. Değil maça gitmek, televizyonda dahi maç izlemek istemedim çünkü gürültüden tırsarım.

Bir nedeni daha vardır futbol sevmememin!

Cephelerde can veren erler, görevleri uğruna hayatlarını ortaya koyan polisler çok mütevazı maaşlarla yetinirken; bir meslek edinebilmek için yıllarca göz nuru döken mühendislerin, mimarların, avukatların, hukuk adamlarının, akademisyenlerin, hele de hayat kurtaran doktorların, vergi kaçırmadıkları takdirde zengin olamadıkları ülkemizde, işleri bir topu fileye sokmak veya fileye sokulmasını engellemek olan futbolculara ödenen miktarları ve abartılı transfer paralarını içime hiçbir zaman sindiremedim. Futbol ilgi alanımın hep dışında kaldı ama şu şansıma bakın ki, Galatasaray'ı tutan dört erkek çocuk büyüttüm. Aynı evde yaşadığımız yıllarda maç seyrederken kendi takımlarının gol atma veya gol yeme ihtimali belirdiğinde hayvani sesler çıkaran oğullarıma, bunları ben mi doğurdum gibisinden, adeta korkuyla bakardım.

Ben futbola uzak yaşayadururken, yıllar aktı gitti, geldik 2013 yılına ve Gezi Parkı Direnişi'ni yaşadık.

Gezi Direnişi bence, dünyanın en masum, en renkli ve eğlenceli protestosuydu. Hatta belki de arkasında bir başka devletin parmağının olmadığı tek direnişti.

Olaylar Gezi Parkı'nda yeni bir yapılanmaya yer açmak için kesilmesine karar verilen yaşlı ağaçların kesimini önlemek isteyenlerin protestosu ile başlamıştı. Ağaçların başında nöbet tutanların sayısı günbegün çoğalmıştı. Ağaç kesimini herkesin uyuduğu gece saatlerinde gerçekleştirmesinler diye, birkaç genç parkta çadır kurup nöbete kalmışlardı. Bu masum direnişi zamanın başbakanı Recep Tayip Erdoğan bir terör olayı olarak kodlamayı tercih edince polis gece nöbetinde olan gençlere çadırlarında uyurlarken şiddet uyguladı, çadırlarını ateşe verdi, tazyikli su, biber gazı ve plastik mermilerle saldırdı.

Gezi Parkı Direnişi işte o zaman ağaçları koruma amacını genişletti ve Başbakan'ın kafasındaki '*dindar ve kindar genç*' şablonuna uymayanların yaşam tarzlarını eleştirmeyi hakaret noktasına vardıran iktidara, gençlerin bir yanıtı niteliğini aldı.

Sonuçta iktidardaki hükümetten bıkmış olan yediden yetmişe her yaştan İstanbullu, şehrin dört bir yanından Taksim'deki Gezi Parkı'na aktı.

Aktı da ne oldu?

Gezi Parkı bir eylem yerine değil, adeta bir panayıra dönüştü.

Gelenlerin ellerinde silah sopa yoktu; sadece kuruyemişler, meyveler, bisküvi ve sandviçler, çeşitli içecekler ve esprili pankartlar vardı. Ağaçlara rengârenk fenerler asılmıştı. Şiirler, şarkılar söyleniyor, halaylar çekiliyor, müzik yapılıyor, küçük tiyatro grupları oyun sahneliyor, modern dansçılar, balerinler dans ediyor, halk da evlerinden taşıdıkları gıdalar, içecekler ve alkışlarla eyleme destek veriyordu.

Eylem, sosyal medya üzerinden dünyanın dört bir yanından da destek almaya başlayınca Avrupa'nın çeşitli kentlerinden genç müzisyenler çalgılarını kapıp Gezi Parkı'nda konser vermeye, dansçılar modern danslarını oyuncular oyunlarını sergilemeye koştular. Eylemin en önemli özelliği bence işte bu kardeşlik duygusu ve o güne kadar dünyanın hiçbir kıtasının hiçbir köşesinde rast gelinmemiş, sevecen, barışçı ve birleştirici bir eylem olmasıydı; yakmalı, yıkmalı, taş atmalı bir gösteriye asla dönüşmemişti. Eylül sonunda üniversitelerin açılması ve yağmurların başlamasıyla, kendiliğinden sona erecekti. Fakat ne yazık ki, bir akşam saatinde Gezi Parkı'nda toplanmış gençlere polis tazyikli sularla, plastik fişeklerle, biber gazıyla saldırınca gözüne plastik kurşun yiyen biri, bir gözünü kaybetti, çok kişi biber gazından astım krizleri geçirdi, kimi basınçlı suyla yerlerde sürüklendi, yaralandı, yaşlı bir adam kalp krizi geçirerek öldü.

Bir başka gün de yaşamının baharında bir erkek çocuğu, polis tabancasından atılan plastik mermiyle başından yaralandı, bitkisel hayata girdi ve hayatını kaybetti. Bu yersiz, gereksiz, orantısız şiddete gençlerin verdiği karşılık ise hükümeti büsbütün zıvanadan çıkaran esprili şiirler, karikatürler, şarkılar, grafitilerdi, çünkü direnen gençler biliyorlardı ki dünyanın en yenilmez gücü, silah gücü değil, yaratıcı zekânın üstünlüğüydü.

Ben bu direnişin ilk on yedi gününe bizzat katılmış, direniş üçüncü haftasına girerken bir seminere katılmak için yurtdışına çıkmış, dönüşümde ise, hemen Urla'daki yazlığımıza geçmiştim. Direnişe terörist örgütlerin sızdığına ben şahsen şahit olmamıştım ama Başbakan bu konuda o kadar ısrarcıydı ki, kafamda sorular oluşmuştu. Ben İstanbul'da değilken neler yaşandığını bilemiyordum haliyle.

Sonradan birçok kişinin yaralandığı bir baskın sırasında, bir camiye sığınan yaralıların camiye ayakkabılarıyla girdiği ve içerde içki içtikleri safsatası, dini akidelerini çiğnemeyip yalan söylemeyi asla kabul etmeyen gerçek Müslüman bir imamın başını yiyince; bir de kargaları dahi güldüren Kabataş'ta üzerine işenen bacı hikâyesi devreye girince, ben o cenahtan gelecek hiçbir iddia veya suçlamanın ciddiye alınmaması gerektiğine kani oldum.

Yönetime geldiklerinde, oy vermememe karşın iyi işler yapabilecekleri umudu içinde olduğum iktidardaki partiden umudu kesişim, işte tam da o tarihe rastlar çünkü devlet, iftiraların, uyduruk algı operasyonlarının at koşturacağı arena değildir!

Roma'daki ödül törenime giyeceğim giysiyi aradığım o gün, Gezi Parkı Direnişi'nin üzerinden bir yıl geçmişti ama

Gezi ruhu bende hâlâ taptazeydi. Gezi günleri sırasında, Beşiktaş'ın duruşunu ve Çarşı'nın yardımlaşma duygusunu çok takdir ettiğim için, Gezi'den itibaren, hayatımda ilk kez bir kulübü, Beşiktaş'ı tutar olmuştum. Yetmiş yaşımdan sonra, Beşiktaş Kulübü, beni nihayet bir futbol takımı taraftarı yapmış, bir eksiğimi kapatmıştı. Belki de sırf bu yüzden, siyah beyaz giysiyi gördüğüm o an, birkaç hafta sonra Roma'da uluslararası ödülümü alırken, hayatıma profesyonel yazarlığım gibi geç girmiş spor kulübümün renklerini taşımanın bana uğurlu geleceğine inanmak istemiştim.

Ayrıca bu tören, Haldun Taner Ödülüm hariç, bana eşlik eden biriyle katılacağım ilk ödül törenim olacaktı. Hatta, Engin'e ödülü almaya Barbaros'la gideceğimi söylediğimde şaşırmış, törenlere *'yalnız gitme'* ilkenden vaz mı geçtin, diye sormuştu çünkü ben ilk edebiyat ödülüm olan Haldun Taner ödül töreninde, dersimi aldıktan sonra her yıl, dernek, kurum ve üniversitelerin oylama usulü verdiği ödüllerimi almaya, ısrarla hep tek başıma gitmiştim.

Hayatımın ilk ödülü, edebiyat alanında değildi; 1989 yılında, ilk renkli dizi *Ayaşlı ile Kiracıları*'nın sahne düzeni ve sanat yönetmenliğindeki başarımdan dolayı kazandığım *Televizyon Başarı Ödülü*'ydü, ki o törene de yalnız katılmıştım. Beyoğlu'nun arka sokaklarından birindeki bir tiyatro salonunda, kalabalığın arasında tek başıma oturmuş, sahneye çağrılmak için sıranın bana gelmesini beklemiş, sahneye çıktığımda sevgili arkadaşım Oya'nın (Prof. Oya Başak) ayakta bağıra çağıra beni alkışladığını görünce şaşırıp kalmıştım. Nereden, nasıl duymuşsa onca işinin arasında üşenmemiş, gelip bana sürpriz yapmıştı. Aldığım birkaç cılız alkış, onun şamatasıyla çok alkışa dönüşmüştü.

Yedi yıl sonra, 1996'da Haldun Taner Ödülü'nü kazandığımda ise bu beklenmedik ödül için o kadar mutluydum, öylesine kabıma sığamıyordum ki, sevincimi benimle paylaşsınlar diye, törene annem, Selim ve Engin'le birlikte gitmekte bir sakınca görmemiştim. Hatta o sırada diğer çocuklarım yurtdışında olmasalar belki onları da taşırdım yanımda. İsabet ki yurtdışındaymışlar, çünkü ödülü birinci, ikinci ve üçüncü olarak üç yazar kazanmıştık; ben birinciydim, ikinci olan Selma Fındıklı Ankara'dan, üçüncü olan Çetin Yiğenoğlu Adana'dan katılmışlardı ve tek başlarına gelmişlerdi. Her ikisinden de en az on yaş büyük olan ben, ailesini toplayıp gelmiş bir buldumcuk durumuna düşmüş, çok utanmıştım. O kadar utanmıştım ki, ta 2019 yılına dek, aldığım tüm ödül törenlerine hep tek başıma gittim, yanıma değil bir eşimi dostumu, şemsiyemi dahi almadan.

Oysa bu sefer, Barbaros'un bana katılmasını ben özellikle istemiştim.

Premio Roma sadece bana ait değildi, onu kazanmamda menajerimin emeği vardı. Kitaplarımı değil sadece İngilizceye ve İtalya dahil çoğu Avrupa ülkesinin diline, Brezilya'dan Çin'e kadar, değişik kıtalardaki ülkelerin diline de çevirterek satışa sunan Amazon'un kapısını, Barbaros aralamıştı bana. Onun çabasıyla gerçekleşen bu başarının onurunu paylaşmak ve keyfini çıkarmak için Roma'ya birlikte uçtuk.

İtalya, Avrupa'da en sevdiğim ülkeydi. Roma'ya ilk defa balayımı geçirmek için 1961 yılında, sonraki yıllarda ise İtalya'nın değişik bölge ve şehirlerine değişik nedenlerle defalarca gitmiştim. Yolunu yordamını bilirdim.

Akşamüstüne doğru otelimize varınca, valizleri odalarımıza bırakıp Barbaros'la birlikte Roma'nın somon rengi sokaklarında, çeşmeli meydanlarında, tuhaf bir kıskançlık duygusuyla, hayıflanarak dolaşmıştık, çünkü Roma'nın ünlü meydanları ve caddeleri, buraya ilk gelişimle son gelişim arasındaki elli üç yıla rağmen hiç değişmiyordu.

Bu şehrin en eski semtleri dahi, tek bir çivi çakılmadan eski güzelliğiyle muhafaza edilmişken, İstanbul özellikle iç göçün yoğunlaştığı yetmişli yıllarda, hoyrat ellerde heba edilmişti. Oy peşindeki iktidarlar, her boş alana gecekondular konmasına, elektrik direklerine tel atılarak evlere elektrik çekilmesine, kanalizasyonun başıboş akmasına göz yummuştu. Bu saydıklarım bir yana, şehrimin ana sokaklarını istila eden reklam panolarının yarattığı görüntü kirliliğinden de Roma'da eser yoktu. Aynı boyutta ve renkte, uyum içinde olan ilan panoları, binaların sadece belediyeler tarafından belirlenmiş yerlerinde asılıydı. Balkonlar ise her biri bir diğerinden değişik malzemelerle kaplanarak iç mekânlara asla katılmamışlar, inşa edildikleri günden bu yana, yani asırlar boyu, balkon olma özelliklerini muhafaza ediyorlardı. Her balkondan rengârenk çiçekler sarkıyordu. Yetmezmiş gibi, aynı sokak üzerindeki panjur ve güneşliklerin rengi ve malzemeleri de aynıydı. Şehrin çiçeklerini, ağaçlarını, heykel ve çeşmelerini örtüp görünmez eylesek dahi, görsel bir senfoni gibiydi Roma.

Tarihi öneminin bilincini her adımda hissettiriyordu insana.

İstanbul'un Roma'yla güzellikten yana hâlâ boy ölçüşebilir olması ise sadece Allah vergisi konumu yüzündendi. Boğaz, Marmara ve Karadeniz'le taçlanmış İstanbul'un doğal güzelliğini, şehri ne kadar tahrip edersek edelim yok edemiyorduk. O ince uzun kalemler gibi gökyüzüne uzanan minarelerimizin siluetlerini hantal binalarla ne kadar kapatırsak kapatalım, üzerinde martıların uçuştuğu Marmara Denizi en umulmadık bir anda, bir harap sokağın ucunda beliriveriyordu; çirkin beton apartmanların arasında birdenbire bir güngörmüş yaşlı çınar, zamanın ruhu gibi karşımıza dikiliyor; cami avlularında kanat çırpan güvercinler gönlümüzü okşuyor, çöp bidonunun üstünde yemek arayan bir tekir kedi, bir kapı dibinde uyuklayan kulağı küpeli köpek, bize şehrin telaşlı koşuşturmasının arasında birer robot değil, insan olduğumuzu hatırlatıyordu. Ah benim tüm hoyratlığımıza rağmen ruhunu öldüremediğimiz çileli şehrim, ne olurdu biz de senin kıymetini biraz olsun bileydik!

Roma'da ertesi gün çok erken başlayan sabahımız, çeşitli televizyonların kültür yayınlarına çıkmakla, gazetecilere röportajlar vermekle geçti. Akşamüstüne doğru, çağırdığımız taksi bizi ödülümü alacağım üniversitenin ana kapısında bıraktı.

Ağaçlardan kopan yapraklar, uçuşarak ayaklarımızın dibine düşerken, Barbaros'la çok ağır adımlarla yürüdük her iki yanında koyu yeşil servilerle, bembeyaz heykellerin dizildiği ve güneş batımının daha da kızıllaştırdığı kiremit rengi toprak yolda. Kızıl renk, İstanbulumuzun kızıl havalarına karşın, bu şehrin taşında, toprağındaydı ama ben, kulaklarımda bana kendi şehrimi anlatan Haşim'in mısralarıyla yürüyordum.

Ağır ağır çıkacaksın bu merdivenlerden, eteklerinde güneş rengi bir yığın yaprak/ Ve bir zaman bakacaksın semaya ağlayarak/ Sular sarardı yüzün perde perde solmakta/ Kızıl havaları seyret ki akşam olmakta/ Eğilmiş arza kanar, muttasıl kanar güller/ Durur alev gibi dallarda kanlı bülbüller/ Sular mı yandı? Neden tunca benziyor mermer?/ Bir lisanı hafidir ki ruha dolmakta/ Kızıl havaları seyret ki akşam olmakta!

Ben, şiirdeki gibi merdiven çıkmıyor, düz yolda yürüyordum ama batan güneşin etkisiyle mermer heykeller tunca benziyor, toprak iyice kızıla çalıyor, serviler göğün kan rengine dönüşen fonuna yaslanıyordu. Kendi şehrim ve Roma, birbirinin içinde eriyordu sanki. Asırlardan beri bilimin ve güzel sanatın yuvası olmuş bu atmosferde, Barbaros'la büyülenmiş gibiydik, zaman dursun, biz gurup rengi rüyanın içinde daha saatlerce yürüyelim istiyorduk.

Binanın ana kapısından içeri girdiğimiz an rüya sona erdi.

Bahçedeki büyü bozulmuştu.

Şimdi artık Avrupa'nın tavanları melek tasvirleri, duvarları asillerin resimleriyle, koridorları ise heykellerle bezeli, görkemli ve bildik binalarından birindeydik.

Geniş holde tablolarla heykellerin arasında, konukların şıklığını da göz ucuyla süzerek epey dolandık. Sonra kimseyi tanımadığımız için tören salonuna geçip ödül alacak sanatçılara ayrılan bölümde, isimlerimizin yazılı olduğu koltuklara oturduk. Birazdan başlayacak törenin geleneksel sponsoru, her yıl giydiği muhteşem kıyafetleriyle ünlü Kontes'in salona girişini beklemeye başladık. Salon dolduktan sonra, etrafındaki şürekâsı ve göz alan giysisiyle Kontes Antonella Vitetti de nihayet buyurup en ön sıradaki yerini alınca tören başladı.

Törenin bundan sonrası, sıra bana gelene kadar İtalyanca konuşulduğu ve çeviri yapılmadığından, görselliği hariç, Barbaros'la benim ilgi alanımızın dışında kaldı. Sadece yemyeşil yapraklar ve ortancalarla süslenmiş sahnenin çok geniş olduğunu, ödül almaya gelenlerin ancak bir İtalyan'ın tasarlayabileceği güzellikte, şeffaf bir kürsüde konuştuklarını ve her kim konuşuyorsa, sahnenin arkasındaki geniş ekranda o kişinin şehrine dair bir filmin döndüğünü hatırlıyorum. Ayrıca ödül alan kişi hangi milletin vatandaşıysa ekranda o ülkenin bayrağı da dalgalanıyordu.

Önce mimari çizimlerle endüstriyel tasarımlar, resimden heykele görsel sanat ödülleri dağıtıldı ve bir saati aşan sabırlı bir bekleyişin sonunda, sıra nihayet edebiyat alanına geldi.

Adım okununca ayağa kalktım. Ben basamaklardan inip sahneye doğru yürürken, sahneyi bir uçtan diğer uca kaplayan büyük ekranda İstanbul'un minareli siluetinin ardında inanılmaz güzellikte bir güneş batımı resmi vardı. İstanbulumun salondaki varlığını uzatmak için çok yavaş adımlarla yürüdüm.

Sahneye adım attığım an, ekranda İstanbul'un siluetinin yerinde Türk bayrağı dalgalanmaya başladı. Arkamda dalgalanan bayrağımın önünde gururla dikilirken, nedenini bilmediğim tuhaf bir hüzün sarmıştı beni; kalbim çok acıyarak, ekseni değişik bir yöne kaymakta olan vatanımı düşünüyordum.

Son on yılda hukuk ve eğitimde zemin kaybetmiştik fakat sanat hâlâ avuçlarımızın içindeydi neyse ki! Değişik disiplinlerin sanatçıları bizler, kaymakta olan arabamızın frenine sıkı basmalıydık, çağdaş görsel sanattan, edebiyattan, müzikten, tiyatrodan, baleden asla ödün vermemeliydik. Ülkelerin rejimleri ne olursa olsun, sanat dünyanın tüm insanlarını birbirine bağlayacak en güçlü bağdı.

Toparladım kendimi, şeffaf kürsünün ardına geçip salona baktım. Kalabalığın içinde Barbaros'u seçmem zor olmadı, herkes otururken o ayağa kalkmış, cep telefonuyla resmimi çekmeye çalışıyordu.

Sıra ödülümü almaya geldi. Sunucu adımı, ülkemi ve ödül kategorimi söyleyince genç bir kız yaklaştı, elindeki lacivert kutuyu ve ödülün belgesi olan rulo yapılmış parşömen kâğıdını uzattı bana. Bir başkası bir buket çiçek verdi. Çiçeği şeffaf kürsüye bıraktım, kutuyu göğsüme bastırdım, belgeyi kolumun altına sıkıştırıp, o anı hiç unutmamak üzere hafızama kaydetmek için olmalı, bir an sessiz kaldım. Arkamdaki dev ekranda ay yıldızlı bayrak dalgalanmaya devam ederken, bana uzatılan mikrofona kısa bir konuşma yaptım. Elim kolum dolu yerime dönerken, bayrağım mı dalgalanıyordu hâlâ yoksa yine ince uzun minareleriyle, İstanbulumun fotoğrafı mı belirmişti ekranda, göremiyordum ama hangisi olursa olsun, göründükleri süreç uzasın diye, ben yine çok yavaş adımlarla yürüyerek terk ettim sahneyi.

Roma'nın en eski ödülü olan Premio Roma'nın kutusunu, yerime oturunca Barbaros'la birlikte açtık. Koyu yeşil mermer zeminde, Roma şehrinin sembolü olan Romus ve Romulus kardeşler, kurt annelerinin memelerini emiyorlardı. İçim bir an cız etti, keşke Barbaros'un yanı sıra çocuklarımdan veya sekiz torunumdan hiç olmazsa biri, mutluluğumu paylaşmak için bu akşam benimle birlikte burada olsalardı diye düşündüm. Demek ki, yıllar önce Haldun Taner Ödülü'ne sürü sepet gitmiş olmanın kompleksinden nihayet kurtulmuştum.

Bu dileğimin gerçekleşmesi, ancak üç yıl sonra, en küçük torunlarım Kiara, Ziya ve Engin'le birlikte gittiğimiz Datça'da Uluslararası Knidos Kültür Sanat Akademisi Ödülü'nü alırken nasip olacakmış ama önce sırada Barbaros'la iki İtalya maceramız daha var; ne mutlu bize ki, Avrupa'nın en keyifli ülkesine yolculuğumuz Premio Roma ödül töreniyle sınırlı kalmadı!

İtalya'ya bir kere de 2016 yılının kasımında *Umut* adlı biyografik romanın tanıtımı için davet edilmiştik. İtalyanca'ya *Ultima Famiglia Di Istanbul* (*İstanbul'un Son Ailesi*) adıyla çevrilen *Umut*'un tanıtımı Roma'da değil, Milano'da yapılacaktı, hem de Kont Sforza'nın muhteşem sarayının kütüphanesinde!

Sforza Sarayı'nda tanıtım elbette bana ait bir ayrıcalık değildi; İtalya'da saray bolluğundan geçilmiyordu ve içlerinde gündelik yaşamın çok zor olduğu bu görkemli binalar işlevsiz kalmasınlar diye, kültürel ve sanatsal etkinliklere ev sahipliği yapıyorlardı. Benim kitabın tanıtımının Sforza'nın sarayına denk gelmesi tamamen bir tesadüftü ama tanıtım mekânının beni heyecanlandırmasının nedeni, anne tarafından kuzenim Etem Ete ile sevgili arkadaşım Oya Başak'ın Kont Sforza'nın üçüncü göbekten torunları olmasıydı.

Ne alaka derseniz, hikâye gayet basit:

1860'lı yıllarda Osmanlı Devleti, toprak reformu çalışmalarında bulunmak için İtalya'dan bu konuda uzman talep eder. Milano'nun aristokrat ailelerinden birine mensup ziraat mühendisi Kont Ferdinando de Sforza, yeni evlendiği Alman asıllı eşiyle birlikte İstanbul'a gelir. O yıllarda çok dilli, çok dinli bir yapıya sahip Osmanlı başkentinde Türkler, Rumlar, Ermeniler, Yahudiler, Fransızlar, İtalyanlar hep birlikte uyum içinde yaşamaktadırlar.

Dört yıllık sözleşmesi biten Kont, İstanbul'dan ayrılmak istemez, yeni bir kontrat imzalayarak İstanbul'da kalır. Çiftin üç çocukları olur. Kızları Sofia Safiye, büyüdüğünde Miralay İbrahim Ethem ile evlenecek ve anne tarafından kuzenim Etem'in babası olan Muhlis Eniştem, işte bu evliliğe doğacaktır. Kırk dört yaşındayken Müslüman olmayı seçen Kont Sforza'nın bir diğer torunu da Prof. Oya Başak'ın babasıdır.

Ben Oya'ya dedesinin sarayında çekilmiş pek çok fotoğrafla geri dönme sözü vererek uçmuştum Milano'ya. Tanıtım günü, Barbaros'la Doumo Meydanı'ndaki bir kafede bir şeyler atıştırdıktan sonra çok uzakta olmayan saraya yürüyerek gittik. Kiremit rengi duvarların Ortaçağ'ı çağrıştıran burçlarının önünde, bana bir *deja vu* hissi geldi. Meydana çok yakın olan bu binanın önünden kim bilir kaç kere geçmişimdir diye düşündüm. Yüksek bir arkı andıran kapıdan saman sarısı binaların çevrelediği iç avluya girdiğimizde ancak hatırlayabildim buraya daha önce ne zaman geldiğimi.

Castello Sforzesco Sarayı'nı 1962 yılında Milano'ya ilk gelişimde, şehrin görülmesi gereken anıtları arasında olduğu için, o yıl evli olduğum şahıs müze gezmeyi sevmediğinden, tek başıma gezmiştim. Geniş avlunun tam ortasında durmuş, asırlar öncesinin kadim binalarına bakarken yalnızlık duygusu bir ürperti gibi yalayıp geçmişti yüreğimi. Yine aynı noktada durup sağıma soluma baktım. Sarı binalar geçen elli küsur yıl içinde farklı dönem sanat eserlerinin sergilendiği müzelere ve konferans salonlarına dönüştürülmüştü. Bense geçen zaman içinde dört oğul, sekiz torun sahibi olmuşum, otuz iki tane de roman. Binalar işlevsellik kazanmış evet, ama ben de boş durmamışım.

İstanbul'un Son Ailesi (!) yani *Umut*'un tanıtımı üst galeri de elyazması eski kitapların saklandığı binanın giriş katında yapılacaktı. Sarayın iç avlusunu çevreleyen binaların ve geometrik desenli çimenin Oya için sürüyle resmini çektikten sonra, Barbaros'la içeri girdik. Bizi önce konuşma yapacağımız mekânda ve merdivenle çıkılan galeride gezdirdiler, duvarları çevreleyen incecik çekmecelerde, Leonardo da Vinci'nin elyazması eskizlerinin muhafaza edildiğini anlattılar. Hava ve ışıkla temas etmemeleri gerektiği için biz ancak eskizlerin çekmelerin üzerinde asılı duran fotoğraflarını görebilmiştik. Sonra ben giriş katındaki sahneye konmuş masama geçtim, Barbaros da en öndeki koltuklardan birine oturdu, salonun dolmasını beklemeye başladık.

Tarifi zor tuhaf duygular içindeydim. Az ötemdeki çekmecelerde bir çağı değiştiren eskizlerin durduğu aklımdan çıkmıyordu. O anda, geride bırakılan Ortaçağ'dan çok daha güzel bir çağa geçişin, adeta yeniden doğuşun gerçekleştiği noktada, Rönesans'ın tam kalbinde oturuyordum. Tarihin kucağındaydım ben. Heyecanlıydım. Ellerim titriyordu hafifçe. Aynı sarayda, elli küsur yıl öncesinde olduğu gibi, bir ürperti yokladı yüreğimi. Bir an tüylerim diken diken oldu ama bu sefer bir yalnızlık duygusu değildi bu, tuhaf bir korkuydu. Ben Ayşe K, Leonardo da Vinci'nin gibi bir dâhinin öz çizimlerinin az ötemde durduğu bu mekânda, kime ne anlatacaktım ki!

İtalya'da basılan oryantalist kapağını hiç beğenmediğim *Umut*'ta ben, aralarında Boşnak büyükbabamın da bulunduğu, Balkanlar'da kaybedilen topraklardan yeni vatanlarına göçen ailelerin dramını, ayrıca Cumhuriyet'in hem kuruluş sancılarını hem de kuruluş coşkusunu yazmıştım. Esas amacım bence çok önemli olan bir dönemi anlatmaktı fakat aile içinde yaşanan bir yasak aşk, benim önceliğim olan konunun önüne geçmişti. Anneannemin küçük kız kardeşi, eğitim gördüğü Amerikan okulunda bir Ermeni gencine âşık olmuştu, hem de yeni son bulmuş Birinci Dünya Savaşı'nın travması Müslüman olsun, Hıristiyan olsun her Osmanlının belleğinde taptaze dururken! Kısacası bir dönem romanı, ben istemeden aşk romanına dönüşmüştü. Az sonra konuşmaya başladığımda, gündelik hayatın sıradanlığında dahi bu şehirde sürekli sanatın içinde yoğrulan karşımdaki insanlara, *İstanbul'un Son Ailesi* gibi saçma ismiyle üstelik yarısı da Ankara'da geçen roman, ne ifade edecekti acaba?

Yanaklarım kıpkırmızıydı, yerimden bir bahane ile fırlayıp kaçasım geliyordu. Salon yavaş yavaş dolarken ve birileri telaşla koşuştururken, Barbaros bana işaret diliyle bir şeyler anlatmaya çalışıyordu galiba.

Sahneden inip yanına gittim, "İyi değilim," dedim.

"Dışarı çıkıp biraz hava alalım."

"Vakit yok!"

"Vakit var çünkü çok talep olmuş, gelenler salona sığmayınca bahçeye barkovizyon kuruyorlar, on dakikalık bir gecikme olacak."

Salona baktım, gerçekten dolmuştu. Daha beter telaşa kapıldım.

"Barbaros, benim anlatacaklarım bu insanları hiç ilgilendirmeyecek. Hata yaptık!"

"İnsanlar değişik şeyler duymak istiyor," diye beni teselliye çalıştı Barbaros.

Bizim bulunduğumuz salon bahçeye açılıyordu. Barbaros'la dışarı çıktık. Bahçe kalabalıktı. Fazla uzaklaşmadan biraz turladık, kapının önüne geldiğimizde çevirmen son nefesini çektiği sigarasını söndürüyordu. Hay Allah, birazdan burun buruna oturacağız kadınla, leş gibi sigara kokacak diye düşündüm. Tam içeri girerken nedense anneannem geldi aklıma, salona sağ ayağımı atarak girdim. Alımlı bir kadın olan çevirmenle birlikte sahnedeki masamıza yerleştik. Kadıncağız sigara değil, mis gibi lavanta çiçeği kokuyordu. Utandım azıcık.

Konuklara, topraklarının beşte dördünü kaybetmiş Osmanlı İmparatorluğu'nun külleri üzerinde, aralarında İtalyanların da bulunduğu işgalcilerden kurtarılarak kurulmuş Cumhuriyet'in ilk yirmi yılını anlatmaya koyuldum.

Bir yanda beş yüz yıllık birikimin alışkanlıklarıyla kemikleşmiş muhafazakâr anlayışı değiştirmeye çalışan, yanmış yıkılmış topraklar üzerinde bin bir türlü hastalık ve derin cehaletle boğuşarak, tüm güçleriyle bu enkazdan modern, medeni bir devlet kurmaya çalışan bürokratlar vardı. Diğer yanda öğretmenler, doktorlar, hemşireler, mühendisler, ekonomistler ki, hepsi Kurtuluş Savaşı'nın kahraman askerleri kadar özverili, kendilerini vatana adamış, kadınlı erkekli idealist insanlar, mutlu, sağlıklı, umutlu bir halk yaratmaya çalışıyorlardı. Öte yanda Balkanlar'dan göçen binlerce ailenin yeni yurtlarına intibak sancısı... tüm bu hengâmenin içinde, Müslüman bir kızla (kendisi büyük teyzem olur), Hıristiyan bir genç arasındaki imkânsız aşk!

İşte bunları anlattım İtalyanlara.

İlk gelen soruların çoğunluğu büyük teyzemle eniştem arasındaki imkânsız aşka dairdi. Ama İtalyanlar, işgal ettikleri Osmanlı'nın küllerinden doğan genç Cumhuriyet'i de, Balkanlar'dan yeni vatanlarına göçen ailelerin dramını da büyük bir merakla dinlemeye hazırmışlar. O kadar ki, soru yoğunluğundan, programı on beş dakika daha uzatmak zorunda kaldılar. Sonrasındaki imza da bir saatten uzun sürmüştü.

Onca korkuma rağmen çok iyi geçmişti tanıtım. Birkaç yıl önce Macarcaya çevrilen *Nefes Nefese*'nin, Peşte'de tek bir kişiyle kapanan imza günümü hatırladım da, acaba beni öz çizimleri az ötemdeki çekmecede saklı Leonardo da Vinci mi kollamıştı yoksa anneannemin '*sağ ayakla atılan ilk adımlar hayırlıdır*' takıntısı mı, inanın bilemiyorum!

Barbaros'la son İtalya yolculuğumuzu 2019 yılının haziranında yine Roma'ya yaptık.

Ama bu sefer, *Rüya gibi bir yazdı. Yarattın hevesinle, her anını, her rengini, her şiirini hazdan** gibi romantik

* Yahya Kemal Beyatlı

mısralar döktüremeyeceğim çünkü *Self Expression In The Post Truth World* adını taşıyan etkinlik, dünyadaki kültür anlayışının ne denli değiştiğini, dünyamıza artık romantizmin gölgesinin dahi düşmediğini tokat gibi çarpmıştı yüzüme. Müziğin nerdeyse gürültüye dönüştüğü, şiirin ahengini kaybettiği, dansın ise romantizmin cesedi üzerinde tepindiği yirmi birinci yüzyıldaydık!

Şarkılar çığlıktı, dans tutkunun dışavuruşuydu, sanat kavramsallaşmıştı ve bu yeni sanat denizinde ben on bir yılımı Resim Heykel Müzesi Derneği'nde yönetim kurulu üyesi olarak geçirdiğim, yıllarca *Günümüz Sanatçıları Sergisi*'nin düzenlenmesine el verdiğim halde şaşırıp kaldığıma göre, demek o günden bu yana, yine epey yol alınmıştı çağdaş sanatta. Ben nal toplamışım. Ama Allah'ın işine bakın ki, bu festivale ben yazdığım son romanım nedeniyle davet edilmiştim!

Demek ki kalemim görsel sanat anlayışımdan ve yaşımdan bağımsızmış!

Roma günlerine devam etmeden önce, hemen belirtmeliyim, bu festival bir edebiyat festivali değildi. Katılımcıları ve konuşmacıları görsel sanatlardan, müzikten, edebiyattan tutun, performans sanatçılarına kadar çok değişik dalları kapsıyordu ve bu yüzden de hayatım boyunca katıldığım en ilginç, en renkli sanat festivaliydi.

İyi ki yazmışım beni buraya davet ettiren *Tutsak Güneş*'i, yoksa görsel ve kavramsal sanatın hızlı koşusuna bu kadar yakından tanık olup içselleştirme olanağı bulamayabilirdim!

Berlin'den gelecek olan Barbaros'la Roma'daki otelimizde buluşacaktık.

Ben Roma'ya Barbaros'tan önce indim. Küçük valizimi çekerek otelin kapısından içeri girdim ki... o da ne! Yanlışlıkla otel yerine bir oyuncak müzesine mi gelmiştim acaba yoksa takside uyuyakaldım da görmekte olduğum rüyanın mı içindeydim hâlâ? Otelin, herhangi bir normal otel gibi lobisi yoktu, kocaman bir holü vardı ve o holün orta yerinde, üst üste dizilerek nerdeyse tavana kadar yükselen beyaz tencereler ve bu upuzun tencere dizisinin etrafında kümelenmiş, başlarında pasta görünümlü şapkalarıyla hem modern hem yöresel giysili ama hepsi siyah derili, kadınlı erkekli, çocuklu bir kalabalık vardı. Bakakaldım!

Başımı sağa çevirince bu kez de üflesen devrilecekmiş gibi duran üst üste konmuş tencereleri, vazoları ve kâseleri gördüm; tavana kadar yükseliyorlardı. Az ötede ise tavandan yere doğru sarkan yirmi sekiz kollu klasik bir cam avize vardı. Kollarına cam topaçlar, kristal parçacıkları asmışlar. Burayı bir çocuk mu dekore etmişti yoksa kapatıldığı klinikten yolunu bulup kaçmış bir çılgın mı diye düşünürken... içinde bulunduğumuz çağ dank etti kafama!

Postmodern!

İstanbul 74'ün düzenlediği festivalin adı da zaten *Self Expression In The Post-Truth World* (Gerçek Sonrası Dünyada Kendini İfade) değil miydi?

Ben bir süredir pek çok açıdan postmodernin sembolü haline gelmiş ülkemden kalkıp klasik, art-deko, haydi bilemediniz modern mobilyalarla döşenmiş bir otele götürüleceğimi beklerken, kendimi postmodernin daniskası bir anlayışıyla döşenmiş otelde bulunca, önce irkilmiş sonra da bayılmıştım!

Otelin girişinde ve salonlarında değişik zaman dilimlerinin sanatını inanılmaz bir uyumla bir arada kullanmış o aklın, zevkin, becerinin... her neyse o... işte o nefesin bir gün benim ülkemin de birçok ilinde güçlü bir rüzgâr gibi esmesini diledim.

Ne çok ihtiyacımız vardı bir değişime; cırtlak da olsa razıydım cesur renklere, aykırı insanların rüzgârına, farklılıklara, sıra dışı kişiliklere, yepyeni fikirlere.

Belki de *Tutsak Güneş*'te böylesine aykırı bir konuyu, içgüdüsel olarak hayal sınırlarımı zorlamak, en azından bir romanın sınırları içinde uçabilmek amacıyla seçmiştim, farkında dahi olmadan!

Tutsak Güneş, tarihi belirsiz bir geleceği anlatan romanımdı. Bildiğim kadarıyla Türkiye'nin ilk distopyasıydı. Yazarken zorlanmış, yazdığım çok şeyi silip silip baştan yazarak ilerlemiştim çünkü biliyordum ki bir elli yıl sonra insanlar bugün giydiklerimizi giymeyecekler, yiyip içtiklerimizi yemeyecek, içmeyeceklerdi. Bizler gibi sere serpe gezemeyeceklerdi. Hayalimi zorlayıp o günleri tahmin ederek yazmalıydım. Giysiler örneğin, tek tip ama bel hizasındaki küçük düğmeye basılarak, istenen renge ve biçime dönüşebilen hale getirilmiş olacaktı. Yemekler sebze, et, meyve çeşitlerini içeren tozlar halinde satılacak, suyla karıştırılıp yenecekti. Evler küçülecek, eşyalar günün belli saatlerindeki ihtiyaca göre, yatak, masa, iskemle, koltuk olarak tavandan inip çıkacaktı. Bölgesel federasyonlara insanlar izinle gidip gelecekti. Robotlar... elbette! Özellikle güvenlikte ve savaşta kullanılmak üzere tasarlanmış robotlar kimseye göz açtırmayacaktı.

Henüz Korona ile tanışmamıştık fakat dünya nimetlerini hayâsızca kemirmekte, doğayı insafsızca kirletmekte olduğumuzun bilincindeydim ben... bir doğal felaketin ayak seslerini duyuyordum.

İşte bu yüzden ertesi gün yapacağım konuşmamda, güneşini kaybettiği için sürekli sise mahkûm bir kurgu ülke olan Ramanis Cumhuriyeti'nde, korkuların yönlendirdiği insanların duygularından, alışkanlıklarından söz edecektim. Mutlu İtalyanlar için acaba değiştirse miydim söyleyeceklerimi? Bu ışıltılı ve eğlenceli ortama hiç uymayacaktı karamsar notalar taşıyan konuşmam.

Kalktım tünediğim koltuktan. Etrafta dolaşmaya başladım. Şu yeni telefonların en iyi tarafı, fotoğraf çekebilmeleri. Klasikten postmoderne türlü akımlardan resimlerin ve düzenlemelerin yer aldığı bu rengârenk, cıvıl cıvıl ortamda her bir yapıtın önünde durdum, değişik açılardan sürüyle fotoğraf çektim. Olmadı! Beğenmedim çektiğim resimleri. Gözün görebildiğini, telefon kameraları ne yazık ki aynı tonlarda, boyutlarda ve ilham ettiği heyecanla kayda geçiremiyordu.

Yorulmuştum, odama çıkıp elimi yüzümü yıkamak istiyordum. Kim bilir orada ne sürprizler bekliyordu beni! Asansörü bekledim, uzun koridoru aştım ve nihayet ne beklentilerle girdiğim odamda şok! Şok! Şok!

Odam minimalistti!

Sadece bir yatak, bir başucu masası, yatağın karşısında duvara çakılı bir televizyon ve cam bölmeyle ayrılmış tuvalet. Tam benlik... daha gün aydınlıkken üç kere kucaklaşıp öpüşmüşüm cam bölmeyle, bir de bunun gecesi var, uyku sersemi kalkıp tuvalete gitmesi var. Neyse ki matematikten hiç çakmayan aklımın pratik çözüm üretmede üstüne yoktur, beyaz havluların en büyüğünü cam bölmenin üstünden aşırıp camla aramızdaki aşırı samimiyete son verdim!

Yazarlık hayatımın bu en renkli ve eğlenceli etkinliğinde beni başka sürprizler de bekliyormuş! Ertesi sabah saat ona doğru bizleri konuşma yapacağımız mekâna götürmek üzere, otelin kapısında bekleyen arabaya bindim. İçeride benden önce gelip arka koltuğa yerleşmiş yaşlıca bir bey vardı. Ben yanındaki boş yere oturunca,

"Volker Schlöndorff," diyerek tanıttı kendini.

Ben bu adı hatırlıyordum bir yerden! Ama nereden?

Çantamın içinde tutmaya çalıştığım telefonumdan Google'a girdim, söylediği adı yazdım. Aman Tanrım! Nobel ödüllü yazar Günter Grass'ın *Teneke Trampet* adlı romanını filme uyarlayan ve bu filmle 1979 yılında Oscar ve Altın Palmiye ödüllerini kazanan Alman film yapımcısı! Ağzım kulaklarıma yayılmıştı, toparlayamıyordum, sanki adam o an benden romanlarımdan birkaçını isteyip filme uygulayacak!

Neyse ki bendeki bu yükseliş uzun sürmedi. Birkaç saniye sonra ağzım normal halini aldı, arabada yeni tanışmış iki kişinin nezaket icabı yapacağı sıradan sohbeti yaparak Maxxi Müzesi'ne ulaştık.

Pazarlama becerim sıfırdır! Elime geçen fırsatları kullanabilme becerim ise sıfırın altında! Bu nedenle yaklaşık yirmi yılını kamera arkasında didinerek geçirmiş biri için Oscar ve Altın Palmiye sahibi bir film yapımcısıyla şu ahir ömründe yaklaşık yirmi dakika kadar laflamış olmak da bir kazançtır diyelim ve geçelim Maxxi Müzesi'ne!

Maxxi Müzesi başka bir âlemdi!

Bembeyaz, bomboş bir mekân! Oturmak için yine beyaz renkte birkaç puf atılmış oraya buraya. Sadece taze meyve sularıyla hazırlanan kokteyller sunan bir de beyaz barı vardı. Burada buluşacağım Barbaros henüz gelmemişti. Bu beyazlığın içinde dolanırken tuhaf giyimli ufak tefek bir kadın gördüm... kadın mı dedim? Bir çocuk olmasın? Yüzünü göremiyordum fakat bir yetişkin o çizmeleri giyer miydi hiç? Çocuktu herhalde! Döndü, benden tarafa baktı. Yanılmışım, yetişkin de o tuhaf çizmeleri giyebilirmiş meğer! Yanıma geldi, elini uzattı, her birinde birkaç yüzük olan siyah boyayla boyanmış parmaklarından (tırnaklarından değil, parmaklarından) bakışlarımı ayırıp yüzüne baktığımda, dünyanın en muzip ifadesiyle göz göze geldim.

Aa, yüzünde de bazı minik dövmeler varmış! Beni şaşırtmış olduğunun farkındaydı. Gülümsedi. İçten sıcacık bir gülümseme. Ben de şaşkınlığımı yenerek zorladım kendimi gülümsemeye çünkü bu parmakları boyalı, tuhaf çizmeli kadın genç de değildi, vallahi vardı benim kadar! Benim yaşımda bu kıyafet, bu makyaj!

Ben niye fikir değiştiriyorum ya, bukalemun gibi?

Ben değil miydim daha dün değişiklik, farklılık, cesaret ifade eden cart renkleri kutsayan? Sıradanlıktan boğulma noktasına geldiğim için sıra dışı insan diye tutturan ben değil miydim? Ben istemişim tek göz, Allah şu anda vermiş bana iki göz!

Ama ben, tutucuyla ilerici arasında yalpalayan o bahtsız kuşağın bir evladıyım.

Bir el beni çılgın fikirlere, renkli dünyalara iterken bir başka el sımsıkı eteğime yapışır!

Kurtuldum eteğime yapışmış elden, gülümsedim karşımdaki yüzünü alnının ortasından siyah boyayla adeta ikiye bölmüş, garip kıyafetli kadına.

Adını söylemediğine göre, kim olduğunu bildiğimi varsayıyordu herhalde.

Bir punduna getirip kim olduğuna baktım elimdeki broşürden. Adı, Michele Lamy. Paris'te yaşıyormuş. Yaşını da hiç gocunmadan çakmış broşüre. Ben yeryüzünde benden başka yaşını saklamayan kadın yok zannediyordum, yanılmışım, varmış işte! Aynı zamanda yanılmamışım da... aynı yaşlardaymışız!

Ne iş yapıyor derseniz, on parmağında on değil, otuz marifeti olan bir insandı karşımdaki. Yapımcı, oyuncu, sahne tasarımcısı, ayrıca mobilya ve mücevher tasarımcısı, şarkı sözü yazarı, besteci, şantöz, performans artisti, ressam, anne, eş ve kocasıyla ortak iş kadını!

Al işte sana halis sıra dışı insan, Kulin! Sev onu. Bağrına bas, öp, kokla! Ve bunları çabuk yap, o da sana ne iş yaptığını sormadan! Tek bir yanıtın var zira, ben yazarım diyeceksin. Eee, hepsi bu mu diye sorarsa, eh, biraz da yemek yaparım, malum dört oğlanı doyurmak kolay değildi, öğrendik mecburen mi diyeceksin?

Acaba laf arasına sıkıştırsa mıydım kuzenim Ferruh Başağa ve Yusuf Taktak'tan elli yıl arayla resim dersleri aldığımı? Yok, hiç girmeyim o konuya çünkü kötü bir ressam dahi olamadığım gibi, artık doğru dürüst makyaj yapmayı da beceremez oldu ellerim! Benim yaşımda gözleri boyamak için gözlük takmak gerekiyor, gözlük takılınca da ne far sürülüyor gözkapaklarına ne kirpiklere rimel! Gözünü boyayamayan kişi, nasıl resim yapacak? Kaldım mı ben yazarlığımla baş başa!

İstanbul'a döndüğümde bir takı tasarım atölyesine mi yazılsam, ne yapsam?

Ben bunları düşünürken, etkinliğin hosteslerinden biri bitti yanımızda ve bizi resmen tanıştırdı. Çok yönlü Michele ayrıca öyle sempatik, cana yakın ve konuşkandı ki, onunla başlayan sohbet hiç bitmesin istiyor insan! Fi tarihinde İstanbul'a gelmiş bir gemiyle fakat birkaç saat limanda kalıp demir almışlar galiba, birileri daha geldi o sırada, laf karıştı, otelde buluşup birlikte bir şeyler içelim dedikten sonra koşar adım arkadaşı olduğunu söylediği konuşmacıyı dinlemek üzere konferans salonuna gitti.

Ben bembeyaz zeminde, beyaz bir pufa tüneyip kara nokta gibi kalakalmıştım. Keşke siyah yerine renkli bir şeyler giyseydim diye hayıflanarak Barbaros'u beklerken, içeri girip çıkanları polisiye film seyreder gibi dikkatle ve heyecanla seyrediyordum.

Meğer Maxxi Müzesi, Roma'nın en modern müzesi ve aynı zamanda kültür eviymiş.

Gelenlerin çoğu gençti ama orta yaşlıların hatta yaşlıların dahi bir farklılığı vardı bu mekânda. Dışarı çıktığımda başımı kaldırıp bakacağım, acaba *'Buraya Sıradan ve Normal İnsanlar Giremez'* diye bir uyarı mı var, kapının üzerinde!

Sakın bana *daha neler* demeyin, 1970'lere kadar İstanbul'daki Gülhane Parkı'nın kapısında bir tabela vardı, üzerinde ne yazardı biliyor musunuz?

"*Erat ve Köpekler Giremez!*" yazardı (Erat'tan kasıt, erler). Seksenlerde kaldırdılar o tabelayı. Yani demek istediğim o ki, benim ülkem de oldukça renklidir, izahı mümkün olmayan yasakları, tuhaf halleri vardır. Ben de işte o doğal güzellikleri hariç her türlü içsel güzelliğini, ilhamını, yaratıcılığını son yıllarda süratle kaybetmekte olan vatanıma demir atmıştım. Git deseler gidemem, kal deseler kalıyordum zaten. Ama içimi bayan renksiz, ufuksuz, mantıksız, kiminin egosu, kiminin ezilmişliği çok yüksek eril erkeklerine ve onların hiç değişmeyen fikirlerine, hiç azalmayan hırslarına, paraya olan düşkünlüklerine, bıkmadan usanmadan şehrime diktikleri eş binalara, eş camilere, hantal saraylara, devasa alışveriş merkezlerine dayanma gücümün eşiği hızla düşüyordu. Sıradanlaşıyoruz, tek tipleşiyoruz, diye düşünüyordum, Korona'dan önce. Bu virüs, sıkıntılarımın önceliklerini değiştirdi ama ben yine de anlatayım Korona öncesi sıkıntılarımı.

Özellikle de gün batışlarında siluetlerine hayran olduğum camilerimize, ilk defa bir yabancının gözüyle baktığımda şaşırmıştım. *Dönüş*'ü yazdığım yıldı sanırım, İstanbul'u ziyaret etmekte olan Meksikalı dünürümüzü gezdiriyorduk Engin'le. Adam mimar, şehri adım adım yürüyerek dolaşmak istedi. Kabataş'tan başlayıp yürüye yürüye Sultanahmet'e kadar gitmeyi planladık. Demek benim kalça henüz hapı yutmamış o yıllarda! Camilere gire çıka, kahvelerde mola verip çay, kahve, ayran içerek yürüdük, Sultanahmet Camii'ni de gezip yine bir kafeye oturduk.

Bir ara Marcello bize Türkiye'deki camilerin hepsi böyle midir, diye sordu. İkimiz de anlamadık ne demek istediğini. O kadar müftehiriz ki camilerimizle, azıcık da bozulduk.

"Meksika'da da çok kilise vardır, öyle değil mi Marcello? Dinlerimiz değişik fakat Türklerle Meksikalılar dinlerine bağlı insanlardır," dedi Engin.

"Yok, onu demek istemedim. Kaç tane camiye girdik çıktık, hepsi aynı üslupta yapılmış. Bizde de çok kilise vardır ama kiliselerin mimarisinden hangi yüzyılda yapıldığını anlarsınız. Otelimizden Anadolu yakasındaki cami gözüküyor, o çok yeni yapılmış ama şimdi gezdiğimiz camiyle tam tamına aynı tarz. Türkiye'de belki de camilerin aynı üslupta olmaları mecburiyeti var diye düşündüm," demez mi dünür! Ne bilsin adam, bizim ülkede kendini muhafazakâr olarak etiketleyenlerin geçmişe takılıp kalmayı marifet zannettiklerini.

Bense, o ana kadar hiç bu gözle bakmamışım camilere. Evet, görmüş olduğum tüm İslam ülkelerinin camilerinden çok daha zariftir bizim ince uzun minareli, Osmanlı dönemi camilerimiz. Ama yüzlerce yıl sonrasında, bugün dahi aynı tarzı kopya etmek niye? Tahran'da, Dubai'de ne modern camiler gördüm yapıldıkları çağı simgeleyen, hayran kaldım! Ahmet İsvan'ın Ankara'da altmışlı yıllarda yeni gelişen bir semte yapılsın diye çizdiği camiyi, zamanın muhafazakâr ve önemli kişileri kabul etmemişti. İsvan'ın çizdiği o güzelim cami yerine bulunduğu dar mekâna zar zor sığan, kocaman klasik camilerden birini yaptılar. O camiyi her görüşümde bana çok şişman bir adamın otobüs koltuğunda sıkışıp kalmış halini hatırlatır. İşlevselliğini bilemem ama görüntüsü içler acısıdır. İsvan'ın camii ise bir Arap ülkesinin medarı iftiharı oldu.

Ben aslında her konuda geçmişe takılıp kalmanın düşmanı olduğumdan, kaç kere geçirmişimdir içimden, *Tutsak Güneş* kitabımdaki Yuna gibi, bir uçağa atlayıp özgür ufuklara kanat çırpmayı, her türlü fikrin tartışılabileceği, her sanat dalının rağbet göreceği, muhafazakârlığın dar elbise gibi ruhlarımız sıkmayacağı bir ortamda yaşamayı! Ne var ki bu arzuyu hayata asla geçirememiş, sadece içimden geçirmişimdir. Değil mi ki büyükbabam babama, *Benim iki vatanım oldu, senin tek vatanın olsun, doğduğun topraklarda öl,* demiş; üstelik vatan da öylesine güzel ki, bırakılası değil... içimden geçeni her seferinde frenler, özgür bellediğin ülkeleri gez, gördüğün güzelliklerin fotoğraflarını çek, anı biriktir ve dön gel; ufkundaki bulutların dağılmasını, ait olduğun yerde bekle, der dururum kendime.

Zaten romandaki Yuna da uçağı havalanamadan kös kös evine geri dönmüştü nitekim! Yuna kim derseniz, o gün yapacağım konuşmamın konusu olan *Tutsak Güneş*'teki kadın başkahraman. Ataerkil ülkesinde bir kadın olarak değerini, ayrıca nasıl yaşadığını, neler yaptığını anlatacağım kişi Yuna!

Barbaros her zamanki gibi biraz gecikmeli geldi Maxxi'ye ama bizim oturuma daha on dakikamız vardı. Konuşmamı, henüz Korona'dan habersiz olduğumuz o yıl, ufkunda artık güneş doğmayan hayali ülke Ramanis Cumhuriyeti'ndeki suni yaşam üzerine hazırlamıştım. Konuşma Barbaros'un bana soracağı sorularla ilerleyecekti. Önceden belirlediğimiz soruların üzerinden geçtik.

Sıramız gelmişti. Bembeyaz mekândan ayrılıp karanlık konferans salonuna girdik.

Benim ileri bir tarihte, iklimi mutasyona uğramış bir ülkede yaşayan insanların öyküsünü anlattığım konuşmam, karamsar ama aynı zamanda komikti de.

Konuşma bittiğinde sorular geldi, acaba anlattığım Ramanis Cumhuriyeti Türkiye miydi? Yanıtladım; doğayı aynı hoyratlıkta talana devam edersek, aşırı zenginlikle açlık noktasındaki insanların arasındaki makası kapatamazsak, Ramanis Cumhuriyeti yakında tüm dünya ülkelerinin simgesi olacaktı.

Bizim zamanımız dolmuştu. Alkışladılar. Yeni edindiğim sevgili ve aykırı dostum Michele, oturduğu yerden kalkıp geldi, siyaha boyalı parmaklarıyla elimi sımsıkı tutup tebrik etti. Barbaros dinleyicilerin tarafında bir yer bulup oturmuştu çoktan, yanındaki sandalyeye geçtim, benden sonraki iki konuşmacıyı birlikte dinledik. Ne tuhaf, oturuma katılan günün diğer konuşmacıları da gelecekten en az benim kadar umutsuzdular. Öyle anlaşılıyordu ki halklar artık hiçbir ülkede durumlarından memnun, gelecekten umutlu değildi. Gelecek hepimizi ürkütüyordu. Bilmediğimiz, öngöremediğimiz bir şeylerden korkuyorduk. ABD'de, tek bir ailedeki yedi kişinin servetinin toplamı, aynı ülkede en alt seviyede yaşayan üç yüz milyon kişinin toplam servetine eşitse eğer, burada müthiş bir yanlışlık ve haksızlık olmalıydı. Sadece ABD de değil, dünya yüzünde bir avuç insan çok fazla zengindi; milyarlarca insan çok fazla yoksuldu. Afrika kıtasında özellikle çocukların açlık ve hastalıktan kırılması kadar, Ortaçağ karanlığını özendiren ideolojilerin giderek daha çok rağbet görmesi de bir felaketin habercisiydi.

Kısacası, dünyayı teslim almış olan sistem, dökülüyordu! Haliyle hangi ülkeden gelirlerse gelsinler, sanatçılar karamsardı.

Şimdi şu satırları yazarken, yukarda anlattıklarımı görmek için elli yıl bile beklemeyeceğimizi, belki de on yıl sonrasını yazmış olabileceğimi düşünüyorum *Tutsak Güneş*'te çünkü Korona, bırakın ülke değiştirmeyi, aynı ülkede şehir değiştirmeyi dahi izin gerektirir hale getirdi. Global ısı değişikliğinde buzullar erirken ortalığa yepyeni virüslerin, mikropların saçılmasından korkuyoruz. Yönetimler giderek daha otoriter bir çehreye bürünüyor. Robotlar çoktan devreye girdiler. Tehlikenin farkında olanlar, dehşet içinde yaşamaya başladılar bile.

Barbaros'la çıktık Maxxi Müzesi'nden, otelimize dönüp hazırlandık. Barbaros üzerine en şık ceketini çekmiş, kapımı vurdu. Ben de birkaç yıl önce, Premio Roma Ödülümü almaya giderken giydiğim en kral giysimi, siyah-beyaz üniformamı giymiştim yine.

Konukları bekleyen arabalardan birine binip galanın yapılacağı Villa Borghese'ye yollandık.

Kapıdan girer girmez yine bir kültür şoku!

Güne minimalist odanda uyan, postmodern salonda kahvaltını et, kübik fincanlarda çayını iç, dünyanın en önemli mimarlık ödülünü kazanan ilk kadın mimar, Iraklı bir Müslüman ailenin kızı Zaha Hadid'in tasarladığı Maxxi Müzesi'nde, çağın dünya düzenini yeren konuşmanı yap, akşam yemeğini yiyeceğin mekâna geçtiğinde ise kendini Rönesans'ın altın kaplamalarla, en nadide pembe mermerlerle işlenmiş, rokoko ihtişamının kucağında bul! Tarzlar arasında nasıl bir savrulmaydı bu? Dört yüz yılın birikimini, on iki saatin içinde damardan almıştık. Üslup sarhoşu olmuştuk adeta!

Villa Borghese'nin görkemli avlusunda, muhteşem heykellerin arasından akarak sarayın altın varaklarla süslenmiş tavan fresklerini, duvarlarına sıralanmış en ünlü İtalyan ressamlardan seçme, yağlıboya tabloları hayran bakışlarla süzerek arka bahçeye yönlendirildik. Çiçekler ve şamdanlarla süslenmiş beyaz keten örtülü yuvarlak masaların yerleştirildiği terastan birkaç basamak inip her iki başında birer kadın heykeli bulunan, suyunda mumlar ve nilüferler yüzen oval havuzun etrafında dolanıp tanıdık bir yüz aramaya başladık! Çok şık giyimli güzel kadınlarla smokinli beyler çimenlere sanki özenle serpiştirilmişti. Dönüşte gecenin ihtişamını Engin'e göstermek için birkaç resim çektim. Güleç İtalyan güneşi biz çimenlerde şampanyalarımızı yudumlarken soldu, hava kararmaya başladı. Tam bu sırada kaşla göz arasında, sessiz sedasız, gürültüsüz patırtısız, artık nasıl başarıldıysa yarım saat önce indiğimiz merdivenlerin her iki tarafında birer kuyruklu piyano belirdi. Çimenlere de aynı maharetle, biz konuklara hiç fark ettirmeden, sandalyeler dizilmişti. Sandalyelerde yerlerimizi almaya davet edildik. Erken davranan konuklar oturdular, kimi ayakta kaldı, kimi merdiven basamaklarına ilişti ve gecenin sürprizi anons edildi!

Güher-Süher Pekinel kardeşler!

Kırk dakikalık bir konser sonrasında, alkış kıyamete rağmen bis yapmayan usta ellerin müziğine doyamadan kalktık yerlerimizden, adlarımızın belirlendiği masalarımıza geçtik. Carlo Bernardini ve Aret Sahakyan'ın İtalyan ve Türk lezzetlerinden derledikleri kuşkonmazlı ıstakoz salatasını, közde patlıcan yatağındaki kaburgayı, Türkiye'den getirilmiş fıstıklı baklavaları yedikten, Türk lokumu eşliğinde kahvemizi de içtikten sonra, müziğe, yemeğe ve sohbete doymuş olarak minimalist otelimize geri döndük. Villa Borghese'nin ihtişamının ardından otel odam gözüme ilk kez bir hapishane hücresi gibi çıplak gözüktü. Demek ki en mütevazı ruhun derinliklerinde dahi, azıcık da olsa lükse karşı bir zaaf kırıntısı bulmak mümkünmüş!

Anneannem söylemişti bana zaten, ben zengin de oldum, yoksul da, inan bana zenginlik daha iyidir, demişti! Benim şahsen hangisinin daha iyi olduğunu mukayese imkânım olamadı çünkü ben Boşnak ve Çerkez büyükannelerim gibi köşklere, konaklara doğmamıştım. İhtişamın son kırıntılarını ancak dedelerimin evlerine kalmaya gittiğimde görebildim. On dokuz yaşında evlendiğim kişiyle evliliğimizin ilk iki yılı Londra'daki mütevazı öğrencilik hayatıydı. İstanbul'a dönüşte birlikte geçirdiğimiz uşaklı, şoförlü lüks hayatımız ise altı ayı bulmaz. Lükse alışmaya ya da aradaki farkı değerlendirmeye vakit bulamadan, çocuklarımı kapıp dörtnala kaçmıştım baba evime. Sonrası çalışarak kazandığım paraya göre ayaklarımı uzatmaktır, benim için.

Hiç yoksulluk çekmedim fakat her zaman kişisel tercihim lüksten, özellikle ve titizlikle de gösterişten ve markalardan uzak durmaktı. Üstümde ya da elimde marka taşımaya tuhaf bir şekilde utanırım. İşini bilir ünlü tüccarların giysilere, çanta ve ayakkabılara çakılmış baş harflerine harcayacağım parayı, ihtiyacı olan kişilerle ÇYDD veya

UNICEF gibi eğitime ve çocuğa yatırım yapan kurumlara göndermeyi tercih ediyorum. Birikimim, çalışma hayatımdan ve kitaplarımdan ne kazandımsa o! En büyük zenginliğimi ise ailem, dostlarım, okurlarım olarak belledim.

Bu zenginlik bana hep yetti!

Barbaros'la yakın gelecekte bir İtalya yolculuğu daha yapabileceğimizi ise hiç sanmıyorum çünkü Kovid'le birlikte ne zaman sonlanacağını kestiremediğimiz yeni bir evreye geçtik. Uzak gelecek ise, heyhat, benim takvimimde kayıtlı değil. İşte sırf bu nedenle, tadı damağımda kalan İtalya yolculuklarımızı kitabıma almak istedim, ileride unutacak olursam, bir ihtimal okuduğumda belki anımsarım diye... ne demiş şair, *Geçmiş zaman olur ki hayali cihan değer*!

Sayılamayacak kadar çok olan yurtiçi gezilerinden ise tek bir tane seçtim.

Yukarıda anlattığım gezi ile aynı yıla rast gelen UKKSA töreni, 1985'te çoluk çocuk katıldığım Haldun Taner Öykü Ödülü töreninden ancak otuz yıl sonra tekrar cesaret edip bu kez torunlarımla katıldığım ilk ve muhtemelen son törendi. Hatırası bende çok değerlidir bu yüzden.

Buyurun UKKSA törenine!

UKKSA Ödülü, her yıl değişik dallardaki başarılı sanatçılara verilen bir ödüldü ve özelliğini yaz mevsiminde, seramik, tahta ve alçı yontuların serpiştirildiği muhteşem bir koruda yapılıyor olmasına borçluydu.

Her ödül değerlidir, alan kişinin kanatlarını daha da yükseklere uçması için güçlü bir rüzgârla doldurur ama o ödül eğer Datça Yarımadası'nın defne ve ıhlamur kokan tepelerinde, bir ormanın içinde ve çok özel bir konser eşliğinde veriliyorsa, tören bir şölene dönüşürmüş meğer!

Kaldı ki, benim için bu ödülün bir de sürprizi vardı.

Ödülümü bana takdim edecek kişi, rahmetli kuzenim, ilk resim hocam, değerli ressam Prof. Ferruh Başağa'nın seramik sanatçısı kızı İnci'ydi. Hani bir türkü vardır, *Kaleden kaleye turna uçurdum*, demek ki biz de İnci'yle bir Boşnak'tan diğerine ödül uçuracaktık.

İyi de ben Datça'ya nasıl gidecektim acaba?

Urla'dan Datça'ya tren yoktu, otobüs yoktu, uçak yoktu! Tek çare, arabama binip Urla'dan Bodrum'a kadar gitmek ve Bodrum'dan vapurla Datça'ya geçmekti.

Engin, o yolu tek başıma yapmayayım diye bana eşlik etmek istiyordu fakat tam da o tarihte en küçük torunlar Kiara ile Ziya, Urla'da bizde kalacaklardı. Birinin evde, çocukların başını beklemesi gerekiyordu. Engin, çocukları da götürelim, onlara da bir değişiklik olurdu, demez mi!

Aklıma yattı da... ödül törenine çoluk çocuk gitmek!

Hem yaşıt olmamız hem de hayatlarımızın benzer topografyasından dolayı çok iyi anlaştığımız İnci'yi aradım. Öğrendim ki İnci de zaten kızıyla geliyordu ve her yıl yaz ayına rast gelen bu törene çok kişi ailesiyle katılıyordu. Eh, o halde tüm masraflarımızı bizim ödememiz koşuluyla niye olmasın!

Sonuçta ben, dede ve torunlar doluştuk arabaya, önce Bodrum'a gittik, sonra da bizi Datça'ya götürecek olan vapura bindik. Üç saate yakın bir deniz yolculuğundan sonra, Datça'ya vardığımızda UKKSA'nın Bodrum'dan vapurla gelen konuklarını otellerine götürecek minibüsü, rıhtımda bizi bekliyordu.

Yolculuğumuz bir yanı dağ diğer yanı uçurum olan son derece dik ve dar bir yokuşta, araçta havalandırma olmadığından, sıcaktan erime noktasına gelerek fakat çamların arasından gözüken masmavi denizin ve danteli andıran kıyı şeridinin muhteşem manzarasında teselli bularak, iki saatten fazla sürdü. Otele varınca mayolarımızı giyip kendimizi otelin bir krater gölünü andıran havuzuna atmamız ise sanırım sadece bir dakikamızı aldı. Akşam saatlerine kadar havuzdan çıkmadık. Saat yediye doğru odamıza gidip özenle hazırlandık ve pek uzakta olmayan UKKSA tesislerine yürüyerek gittik. Bahçe kapısını itip içeri girdiğimizde kendimizi değişik boyda heykellerin, tahta yontuların ağaç aralarına serpiştirildiği bir koruda bulduk. Çocuklar sevinç içinde dört bir yana saçıldılar, ahşaptan, seramikten, tunç ve alçıdan yontulmuş mantarların, kuş, tavşan, aslan, kedi ve köpeklerin arasında koşuşmaya başladılar. Daha ilerde, kimi doğal renginde bırakılmış, kimi renklendirilmiş kavramsal kadın, erkek ve çocuk heykelleri de vardı. Kiara ile Ziya, *Harikalar Dünyasındaki Alis* misali, bir anahtar deliğinden süzülüp sürrealist bir gezegene geçmiş gibiydiler. Mutluluk çığlıkları atarak bir heykelden diğerine koşturuyorlardı.

Biz bahçeye ilk girdiğimizde ortalık henüz aydınlıktı, ışık yaşlı ağaçların yapraklarından süzülerek dökülüyordu koruya. Güneş batarken etraf önce kızıla çaldı, sonra giderek koyu mavi bir geceye yaslandı koru. Büyük boy heykeller alttan aydınlatıldıkları için olduklarından daha da heybetli duruyorlardı şimdi. Yine alttan aydınlatılmış ağaçlar ise heyula gibiydiler. Tören öncesinde yapılmak üzere, geceye katılan yazar ve şairler için imza etkinliği de hazırlamışlardı. Üstlerine kitaplarımızın yığıldığı masalarımıza oturduk. Kiara ile Ziya yaz aylarındaki Urla, Alaçatı ve Çeşme imzalarımdan alışıktılar, hemen işbaşı yaptılar, sıraya girenlerin kitaplarının ön sayfalarını imzaya hazırlayıp önüme koydular, bahçenin gürültüsünde duyamadığım isimleri kulağıma eğilip söylediler. Tören, görsel sanat dallarındaki ödüllerin dağıtımıyla başladı. Bu sırada Kiara ve Ziya bahçedeki heykellerin arasında saklambaç oynuyorlardı. Sıra bana gelince benim iki küçük çırağım en öne gelip yere oturdular.

Kuzinim İnci'den ödülümü aldım, konuşmamı yaparken mikrofonu tutabilmek için torunlardan birine el ettim. İkisi birden yanıma koşturdu. Bir küçük itiş kakış oldu aralarında, etekleri arkasında uçuşan zarif kadın heykelciğini Ziya kaptı.

Çocuklar iki yanıma geçip durdular. Dedeleri oturduğu yerden el ediyordu ama bir türlü yerlerine dönmüyorlardı! Fotoğraflar çekiliyor, flaşlar patlıyor, benimkiler ödülü aralarında havaya kaldırmış, poz üstüne poz veriyorlardı.

Teşekkür konuşmamı yaparken, ilgi odağı tamamen onlara kaymıştı. Resmen rol çalıyorlardı benden, hatta eminim, buyurun konuşmayı da siz yapın desem, belli ki hiç itiraz etmeyeceklerdi! Baktım, alkışları da başlarını hafifçe öne eğmiş, alkışlayanları selamlayarak kabul ediyorlardı. Benden sonra ödül alacak kişiye sahneyi zor bıraktılar açıkçası. Sırasıyla tüm ödüller dağıtıldıktan sonra, hep birlikte bir de toplu resim çektirilir ya, işte o fotoğraf için sahneye çağrıldığımızda, Kiara ve Ziya yine hemen koşup en öndeki yerlerini aldılar. Sahne tozu yutmak eğer bu ise beni iki oyuncu torun bekliyordu ilerde. Engin'in dönüp "İstanbul'da yaşasalardı çocukları hemen Müjdat'a havale ederdim," dedim. "Müjdat nedir?" diye sordu İngiltere'de yaşadıkları için Türkçesini unutmaya başlamış olan Ziya.

"Çok güzel bir insandır," dedim ona, "tanısaydın bir daha yanından ayrılmazdın!"

Resimler de çekildikten sonra, otelimize dönmek için toparlanırken, bizim ödül aldığımız mekâna, kızlı erkekli bir grup yürüdü. Ellerinde koyu mor tepsiler vardı. Bahçedeki basamaklara yayılarak oturdular ve benim hayatımda ilk kez gördüğüm vurgulu sazlarıyla ve tek bir ney eşliğinde müthiş bir müziğe başladılar. Bir süre sonra, Anadolu'nun asırlara yayılan çilesi grubun içindeki bir genç kadının gırtlağında perde perde yükselmeye başladı. Aktardığı mesajda söz yoktu, sadece acı vardı. Vurgulu sazların monoton tınısını, yer yer bu genç kadının çığlığı bölüyordu. Sadece vurgulu sazlar, tek bir ney ve tek bir insan sesiyle sürüp giden konser, hepimizi büyülemişti. Çıt çıkmıyordu, tuhaf bir şekilde yapraklar dahi hışırdamıyordu. Çocuklar ağızları açık, kıpırdamadan oturuyorlardı. Başını omuzuma yaslamış Kiara'mın gözpınarlarında bir ara yaş gördüm sanki. Konser bittikten sonra, "Sen üzüldün mü?" diye sordum.

"Evet," dedi, "çok acıklı bir şey anlatıyordu o kadın!"

"Ama o kadın hiç konuşmadı ki," dedim ben.

"Konuşmadı ama ben kalbinin sesini duydum," dedi Kiara.

Üzerinden iki yıl geçti o gecenin. Kiara bu yıl okulunda katıldığı sahne hünerleri değerlendirmesinde, yüz üzerinden doksan sekiz alarak, oyunculuk bursu alma imkânını elde etti. İçimde bir ses bana Datça'da o gece ay ışığında, artık adının bendir olduğunu bildiğim vurgulu sazın ve acıyı yorumlayan sesin, torunumun gönül tellerine dokunup onu sahneye çağırdığını söylüyor. Hemen gitsin, sahne insana insanlığını hatırlatan yerdir çünkü.

HAYALİ CİHAN DEĞEN ANILARDAN GÜNÜN GERÇEĞİNE DÖNÜŞ

Engin'in sesiyle kendime geldim.

"Ayşe, neyin var?" diye soruyordu Engin, "Elinde ödül, dondun kaldın. Gördün işte, kırılmamış... durma dizlerinin üstünde, haydi kalk yerden... dur koluna gireyim de... yaslan bana... yaslan..."

Tanrım, nasıl oluyor da insan beyninde yıllara yayılmış anıların resmi geçidi, sadece bir an sürüyor? Engin ödülümü düşürdüğü için suçluluk duyguları içinde taş kesilmişken, ben nerelerde gezinmiştim! İnsana dair zaman kavramı anlaşılır bir şey değildi gerçekten, yaşarken yıllar geçiyor ömrümüzden, yaşadıklarımızı hatırlarken sadece saniyeler!

Engin'den yardım alarak ayağa kalktım. Diğer elimle bağrıma bastığım heykelimi tekrar üst üste yığılı kitapların en tepesine yerleştirirken,

"Bak, koyma işte onu oraya," diye itiraz etti Engin, "orası tekin değil, yine çarpabilirim yeri süpürürken. Kalıcı bir çözüm bulmamız lazım. İkimiz de sakarız, bu süpürge faraş işinden vazgeçip, kendimize yeni bir elektrikli süpürge alalım."

"Sokağa çıkamıyoruz ki!"

"Bilgisayardan ısmarlayalım!"

Ben önce parçalandığını sandığım ama şansıma, yüksekten düşmesine rağmen sağlam kalmış kıymetli ödülümü çalışma odama götürüp kütüphanemin en tepesine yerleştirdim, sonra, oturduk bilgisayarın başına, elektrikli süpürgelerin çeşitlerini ve fiyatlarını inceledik. Saatler harcadık bu iş için ama aleti gözümüzle görmeyince, aklımıza gelen soruları soramayınca karar veremedik.

Haydi itiraf edeyim, biz nesli tükenmiş dinozorlardık, her ikimiz de sanal marketlerden nasıl alışveriş yapılır bilmiyorduk. Ben günlük mutfak alışverişimi dahi ille görerek, koklayarak hatta ayıptır söylemesi, meyveleri sebzeleri evirip çevirerek yapmayı tercih edenlerdendim. Hayat boyu pizza dahil, yiyeceklerimi telefonla dahi ısmarlayamadım. E, öyle olunca gel de birkaç bin lira ödemeyi göze aldığın ürünü görmeden al! Mümkün değil!

"Var mısın bize en yakın mağazaya gidip görerek satın alalım," dedim ben.

"Katiyen olmaz, yakalanırız," dedi Engin.

"Ama sen zaten bakkala çıkıyorsun her gün," dedim ben.

"Bakkal çok yakın."

"Ne farkı var, bir yasağı deliyor musun, delmiyor musun?"

Bu tartışmanın sonucunda, kadının fendi erkeği yendi.

Ben, genç olduğum algısı yaratsın diye, yıllardır giymediğim dar deri pantolonumu çektim üstüme. En tarz, en genç havalı montumu giydim, kırmızı beremi kâküllerimi dışarıda bırakarak başıma geçirdim, güneşsiz günde güneş gözlüklerimi ve elbette maskemi taktım. Engin de beyaz saçlarını kepinin içine, beyaz sakallarını maskesinin ardına sakladı. Evimize en yakın mağazaya, arka sokakları kullanarak ve eğer yollarda yaşlı avına çıkmış polisler varsa, onlar da bizi genç sansınlar diye dinç adımlarla hoplaya zıplaya yürüyerek gittik.

Girdiğimiz dükkânda uyuklayan satıcı bizi görünce neredeyse sevincinden horon tepecekti. Bize bir süpürge satmakla kalmadı, haftalardır içinde biriktirdiği tüm satış marifetlerini öyle ustaca sergiledi ki, ilaveten mikser, saç kurutma makinesi ve hiç gereği olmayan başka ufak tefek mutfak aksesuarlarını da ödeyip çıktık.

Dönüşte evimize arka sokaklardan değil, ana yol üzerinden, yolun yarısını koşarak gittik. Ah evet, koşabildim! Dur, düşeceksin diye seslenen Engin'e hiç aldırmadan, yolun nerdeyse yarısını koştum ve eve vardığımızda son yıllarda çok sık duymaktan dolayı dilime yapışan sözle haykırdım, "Eyyy yasak delmenin coşkusu, sen nelere kadirmişsin ki iki kilometre yolu mola vermeden koşturdun bana!"

O akşam süpürge işini kotarmış ve yakalanmamış olmanın şerefine bir şişe şarap açtık, yeni süpürgemize ve benim ısrarımla Engin'in seksen dört yıllık ömrünün ilk suçunu işlemesine kadeh tokuşturduk! Uzun zaman var ki, o kadar uzun bir mesafeyi o günki kadar hızlı koşmamıştım ben! Pembe porseleni, kalça kemiği niyetine sol tarafıma başarıyla yerleştiren doktorumun şerefine de bir kadeh kaldırmadan edemedim doğrusu!

Yeni süpürgemiz birkaç gün sonra evimize teslim edildi. Getiren kişi, paketten parçalar halinde çıkan süpürgeyi monte etti fakat toz alma fırçası gibi çeşitli diğer parçaların nasıl takılacağını gösteremedi. Onun görevi sadece süpürgeyi monte etmekmiş. Uzmanlaşmış beceri çağı işte buna denir arkadaşlar! Gitti adam. Satın aldığımız mağazayı aradık, telefonu çaldı, çaldı... cevap yok! Anlaşıldı ki diğer parçaların nereye ve nasıl takılacağını öğrenene kadar, uzun saplı çalı süpürgeyle evde daha pek çok şeyi düşürüp kıracaktık. Tam o sırada telefonuma düşen mesajın sesi geldi. Açıp baktım. Üyesi olduğum kadın gruplarından biri yollamış haberi, bir kadın daha öldürülmüş!

Aniden bir bezginlik geldi üstüme.

Bundan böyle evin içinde her ne kırarsak kıralım, üzülmeye değmezdi çünkü biz zaten umutlarımızı, hayallerimizi ve geleceğimizi, yetmişli yıllardan beri derin bir gaflet uykusuna dalarak çoktan kırmış bulunuyorduk!

Çalışma odasına götürdüğüm Roma Ödülümü eski yerine taşımaya karar verdim. Bu umutsuz ortamda torunlarıma bırakacağım Roma Ödülüm kırılsa ne gam, onlara kadınlarını seven sayan bir ülke, mutlu, ışıklı, umutlu bir dünya bırakamadıktan sonra! Mutlu insanların nice beklentilerle yaşayacakları bir dünya, korkarım artık bir hayal oldu! Çeşitli aşıların piyasaya çıkmasına rağmen virüsün önü alınamadı ve biz o korkunç virüsle yaşamaya alıştık! Korona, aşılara karşı mutasyonlarıyla direniyor. Ve ne yazıktır ki, tüm gücümüzle bu virüsle mücadele etmemiz gerektiği bir zaman diliminde dahi alışkanlıklarımızdan, kişisel keyiflerimizden vazgeçemiyoruz!

İnsanlar anlamıyor, öğrenmiyor, tedbir almıyor.

Yöneticiler akıl almaz hırsları ve oy hesaplarıyla, halklar vurdumduymazlıkları, şımarıklıklarıyla sonlarına koşuyorlar. Sadece kendi memleketimde değil, sanırım aşırı disiplinli bir diktatörlük olan Çin hariç, dünyanın her yerinde, utanç verici bir umursamazlık içinde insanlar. Her ülkede maskesiz dolaşmakta ısrar eden milyonlar, kafelerin, lokantaların kapanmasını protesto edenler var ki, bu yerlerin sahipleri bile değiller, müdavimleri üstelik! Çoğunluk her zamanki gibi goygoyunda, eğlencesinde.

Sadece Çin, katı diktatörlüğü ile halkını aylarca evlerinde kapalı tutmakta başarılı oldu ama koca ülkeyi kaplayan gökdelenleriyle, betonlaştırdığı tarım arazileriyle, sanayi atıklarıyla kirlettiği nehirleriyle, nükleer santrallarıyla doğayı mahveden ülkelerin başını çekiyor.

Bir gece önce televizyonda dünyayı turlayan bir gazetecinin kamerasından günümüzün umursamaz gençliğini seyretmiştim.

İngiltere sokaklarında, gençlerin itirazları özgürlüklerinin kısıtlanmasınaydı.

Brezilya, Korona ile tamamen dalga geçen bir anlayıştaydı.

Fransız gençliği eve kapatıldığı için isyan halindeydi.

Benim memleketimin halkında ise Korona'yı zerre kadar ciddiye almama sendromu hâkimdi. Öyle olmasaydı, halk pazaryerlerine iç içe üşüşmez, sahillerde omuz omuza balık tutmaz, düğünlerde sarmaş dolaş halay çekmez, asker uğurlarken horon tepmezdi. İşi ciddiye alanlar, pazar sabahları hariç, tüm hafta boyunca ev hapsine çekilmiş altmış beş yaş üstüydü. İşin ciddiyetini yaşımızın verdiği olgunlukla mı anlamıştık yoksa bizim kuşak ilkokuldan itibaren belli bir sorumluluk duygusu yüklenerek yetiştirildiği için mi, emin değildim; ama tepki göstermeden kaderimize razı olmuştuk. Evlerimize kapanmış kitap okuyor, televizyon seyrediyor, evde kotarabileceğimiz yeni bir hobi edinmeye çalışıyor, havayı balkonumuz varsa balkona çıkarak, yoksa pencerelerimizi ardına kadar açarak almaya çalışıyorduk.

Ben ne yapıyordum?

Okurun belleğine not düşeyim diye, Korona günlerini yazmaya çalışıyordum!

Yazmaya değer iyi bir şey olmuyordu ki...

Hayır! Yetti! Yapmayacağım!

Bugünleri yazmak istemiyordum çünkü yarınlardan umudum yoktu.

Bu kararımı kendime saklamak da çok zordu. Bir an önce gidip Engin'e söylemeliydim ki, anlasın ne halde olduğumu. Artık yazmaktan dahi keyif alamadığımı görüp bana sabır göstersin. Engin'in çalışma odasına gittim, sesim titreyerek "Ben yazmayacağım artık," dedim, "sıkıldım. Buraya kadarmış!"

"Kaç kere söyledim sana, biraz dinlen diye! Yazma! Başucuna sürüyle kitap yığmışsın, kitaplarını oku, müzik dinle, Netflix'te sürüyle film var, onları seyret. Urla'ya gidene kadar tek satır bile yazma," dedi Engin.

Yüzümde nasıl bir ifade belirdiyse artık, otuz altı yıldır birlikte olduğum adam lafını anında geri aldı, bilir çünkü yazmaktan vazgeçmemin benim için yaşamdan vazgeçmekle nerdeyse eşanlamlı olduğunu.

Ben ki okulda sınav zamanlarında yazmışım, bebeklerime bakarken yazmışım, yorucu film çalışmalarım sırasında yazmışım, halkla ilişkiler yaparken yazmışım. Engin belki de gerçekten korktu yazmazsam ölürüm diye, değiştirdi lafını!

"İlla bugünleri yazman gerekmiyor ki. Yazarlık serüveninde sana çok heyecan vermiş anıların var, onları kaleme al mesela," dedi, "ileride torunların okur."

"Onların dünyası artık bambaşka. Hiç ilgilenmezler," dedim ben ve bir de yalan attım yakamı bıraksın diye, "zaten hatırıma da hiçbir şey gelmiyor!"

"Ben hatırlatayım o halde! Prag'daki edebiyat festivalinde Adonis'le tanışman var mesela... Londra'da tanıştığımız Fransız isimli İngiliz yazar var, hani Kaptan'ın... şeyini yazan. PEN üyesi olarak katıldığın toplantıları yaz, dediğine göre çok ilginçtiler... "

"Kime ne bunlardan? Kimse okumaz!"

"Olsun, en azından sen iyi vakit geçirirsin anılarını yazarken. Saatlerce televizyon karşısında oturup kavga eden siyasileri dinlemekten daha iyi gelir sana."

Doğru söylüyordu! Allah'ın günü ağır hasta ve ölü sayılarını dinlemekten, sınır dışı topraklarda şehit düşen askerlerin cenaze törenlerini izlemekten, siyasi çekişmelerden tutun, yemek yarışmalarından, moda programlarına kadar birbirleriyle seviyesizce didişen insanları dinlemekten helak olmuştum.

Belki de bu kadar karamsar olmamın nedeni sürekli bağırıp çağıran adamlarla kadınları dinliyor olmamdı. Urla'ya gidene kadar televizyonu açmama kararı aldım ve Engin'in önerisini düşündüm; acaba yazarlık hayatımın değerli anlarını hatırlamak bana bir terapi olabilir miydi?

Bazı anılar unutulurdu, bazıları geçen zamanın tortusu içinde, hayal meyal hatırlanırdı. Kimi ise hatırlandığında tüm canlılığıyla yeniden yaşanırdı, tıpkı Prag Yazarlar Festivali'nde Adonis'le tanışmamın anısı gibi!

Adonis

Adonis ile tanışma anımı özel yapan, aslında dolaylı olarak Everest Yayınları'ydı.

Arabamla gitsem park yeri sorunundan dolayı, toplu taşımayla gitsem üç vasıta değiştireceğim için gidip gelmesi hayli eziyetli olan Sultanahmet'teki yayınevine pek ender uğrardım. Tesadüfe bakın ki, 2017 yılının kasım ayında bir gün, her nedense gideceğim tutmuş, yayıncımın odasına kurulmuş kahve içiyordum,

"Haftaya Prag'a gidiyorum," dedim, "bir edebiyat festivaline katılacağım, bir istediğiniz var mı oradan, Faruk Bey?"

"Çok iyi vakit geçirin," dedi.

"Öyle olacak herhalde çünkü Adonis ile tanışacağım. Heyecandan ölüyorum."

Faruk Bey yüzüme öyle tuhaf bir ifadeyle baktı ki bir açıklama yapma gereği duydum.

"Adonis dedimse, Afrodit'in âşık olduğu yakışıklı değil, şu çok ödüllü şairle tanışacağım."

"Yok ya! İnanılır gibi değil, Ayşe Hanım! Adonis'in son şiir kitabı şu anda bizde baskıda. Belki de bitmiştir baskısı, bir sorayım aşağıya..."

Ağzım açık bakakaldım. Faruk Bey telefonunu kaldırıp matbaayı aradı ve baskının ne durumda olduğunu sordu, sonra bana döndü, "İki güne hazırmış kitap," dedi.

"Ah Faruk Bey, ben de öbür gün uçuyorum Prag'a. Elimde onun kitabıyla gidebilmek ne müthiş olurdu ama!"

"Kaçta sizin uçağınız?"

Söyledim. Bir hesap yaptı kafasında. "Ben size o kitabı yetiştireceğim," dedi, "en kötü ihtimalle havaalanında ulaştırırım size."

"Sahi mi?"

"Elbette! İlk Türkçe baskıyı sizin elinizden alsın."

İçimden inşallah unutmaz diye dua ettim. Aslında kafasına koyduğunu illa yapan tiplerdendir yayıncım. Hele birini mutlu edecek bir işi üstlenmişse, ne yapar eder gerçekleştirir. Biliyordum huyunu!

Nitekim havaalanına yollamasına bile gerek kalmadı, rotatiften ilk çıkan birkaç kitabı şoförüyle evime yollattı ben yola çıkmadan bir gece önce. Fırından çıkmış taze ekmek gibi kokuyordu yeni baskıdan çıkmış kitaplar. Adı, *Belli Belirsiz Şeyler Anısına*'ydı.

Ne çok şey ifade eden bir isimdi; hangimizde yoktur ki belli belirsiz de olsa, belleğimizin bir köşesine takılı kalmış anılar? Bir sis perdesinin ardında geçmiş zamanın yap boz parçaları gibi dururlar ama bence bizi biz yapan malzemenin yapı taşlarıdır hatıralarımız.

Kitabın arkasını çevirip okudum:

Adonis takma adıyla yazan Suriye doğumlu Ali Ahmet Sait Eşber için, '*günümüzün en etkileyici Arap şairi olarak kabul edilmiştir*' yazıyordu. Tasavvufun sürrealizm ile, bireyciliğin de metafizikle olan ilgisini araştırıyormuş şiirlerinde. Ben onun şiirlerini İngilizce okumuştum. Şiir çevrilince soluğunu kaybeder bu yüzden çeviri şiir okumayı pek sevmem. Çeviri şiirden ancak şiirin rengi, şairin de ruhu hakkında fikir edinebilirsiniz fakat şiiri şiir yapan mısralardaki müziği kaybedersiniz.

Yine de söz konusu kitabın çevirisi benim anadilimde olunca önce bir solukta baştan sona, sonra da bazı sayfaları sindirerek ikinci kez okudum. Bayıldım! Örnek olarak iki satırcık sunayım size, 207 sayfalık kitabın diyalog bölümünden:

ne gördün ey âmâ?
ne kadar az imiş dünya ve ben ne kadar az imişim orada.

Adonis'in âmâ dediği kişi, kör filozof ve şair Ebu-el-Maarrî'ydi ve ben şiirinin Türkçesini çok daha anlamlı bulmuştum İngilizcesinden; kendi dilimin denizinde yüzmek hem daha keyifliydi hem de yukarıda alıntıladığım kısacık iki satır dahi, ne derin bir anlam içeriyordu! Bir köre ne gördün diye sorabilen, gönül gözüyle bakmasını bilen biriydi illaki. İkinci satır ise tam tasviriydi benim o anki ruh halimin!

Bir ferdi olduğum insanlık, ah ne kadar az idi gerçekten; derinliklerine erişemediği yeraltı ile sonsuzluğa uzanan gökyüzü arasındaki dünyasında, ancak basabildiği toprakla ve varabildiği menzille sınırlıydı; ne kadar âciz, bilgisiz ve çaresizdi!

Ve her bir insan gibi ben de uçsuz bucaksız bir kozmosta ne kadar kifayetsiz ve önemsizdim! Buraya sadece bir beytini aldığım şiirlerin her satırının, sözcüklerin ötesinde bir ruhu, insanın yüreğine saplanan bir görünmez oku vardı.

Okuduktan sonra, iki kitabı da fırından çıkmış taze ekmek kokusunu kaybetmesinler diye, bendeki kafaya bakın siz, valizime temiz bir tülbende sararak yerleştirdim.

Birini Adonis'e verecek, diğerini kendim için imzalatacaktım.

Bir kasım günü, Avrupa'nın en romantik şehri Prag'a, gün akşama kavuşurken vardım. Valizimi bekleyip, pasaport kuyruğundan geçip nihayet yolcu salonuna çıktığımda karşılayıcımın elindeki kartonda adımı görünce yanına gittim.

"Sizi hemen arabanıza götüreceğim ama orada biraz bekleyeceksiniz çünkü on beş dakika sonra inecek uçakta iki konuğumuz daha var," dedi.

Binanın dışına çıktığımızda gördüm ki hava kararmıştı. Oysa uçaktayken ne heveslenmiştim Prag'ın Ortaçağ şatolarını güneş batımında göreceğim diye. Kısmet değilmiş. Yarın çıkar, köprülerden birinin üzerinde yürürüm diye düşündüm, yoğun programın buna izin vermeyeceğini bildiğim halde.

Az yürüdük, Uber benzeri bir aracın yanına vardık, şoför valizimi aracın en arka koltuğuna yerleştirdi. Önde, şoför mevkiinin yanında yaşlı, ufak tefek bir bey oturuyordu, ben bir arka koltuğa, pencerenin yanına geçtim.

"Hoş geldiniz," dedi bana, önde oturan kişi, "ben geleli epey oldu. Diğer uçaklarla gelenleri bekliyordum, siz son musunuz?"

"Değilim ne yazık ki, iki yolcu daha geliyormuş," dedim.

"Eh hiç olmazsa beklerken iki çift laf ederiz," diyordu ki, telefonu çaldı.

Henüz tanışmadığım yolcunun Fransızca yaptığı konuşması uzayınca, ben de kendi telefonumu çıkarıp gelen mesajlarıma bakmaya başladım.

Her ikimiz de telefonlarımıza öylesine kilitlenmişiz ki, zamanın geçtiğini fark etmemişiz. Mesajlarımı okumayı, aracın kapısı açılınca bıraktım. Bir Hintli çift benim yanıma yerleşirken, beni karşılayan kişi de onların valizlerini en arkadaki koltuğa, benim valizimin üzerine yerleştiriyordu.

Yeni konuklar, Delhi'den geliyorlardı. Festivale konuk olan bey, gazeteci ve yazarmış, karısı da ona eşlik ediyormuş. Ben, önde oturan beyaz saçlı yaşlı adamın Adonis olduğunu, Hintli çifte adını söylediğinde öğrendim!

Kediyi merak öldürür derler ya, ben kedi olsam bin yıl yaşardım herhalde. Her şeyin fazlası ifrat! Bana çok fırsatı bu meraksızlığım kaçırtmıştır hayatım boyunca. Arabaya bindiğinde kendini tanıt, karşındakinin de adını sanını öğren, öyle değil mi!

O bana adımı sormayınca ben de ona sormamış, bir edebiyat festivaline katıldığına göre, besbelli ki o da bir yazardır, diye düşünmüştüm. Akşam yemeğinde tanışacaktık nasıl olsa!

Adonis olduğunu öğrenince, atıldım, "Kitabınız Türkçe çevirisi bende!"

"Pardon?"

"Şiir kitabınız var ya Türkçeye çevrilen... işte o bende. Valizimde."

"Ne alaka?" dedi.

"Çünkü ben sizin kitabınızı basan yayıneviyle çalışıyorum," dedim, "sırf size yetiştireyim diye, dün akşam saatlerinde baskıdan ilk çıkan kitabı evime yolladı yayıncım, ben de size getirdim."

"Siz Türk müsünüz?"

Hayda! Oldum olası sinir olmuşumdur sarışınlara Türklüğü yakıştırmayanlara! Tuttum kendimi, "Türk'üm," dedim, "İstanbul'dan katılıyorum. Yazarım."

"Balkanlar'dan da bir yazarın katılacağını duymuştum da sizi o zannettim."

"Eh, çok da yanılmış sayılmazsınız," dedim, "baba tarafım Balkan göçmenidir."

"Ben de göçmenim. Yurdumdaki karışıklıklardan dolayı önce Lübnan'a geçtim, iç savaş orada da peşimi bırakmayınca, yıllar önce Paris'e yerleştim. Kitabımı otele varınca alırım sizden. Türkiye'de ilk kez basılıyor kitabım. Çok merak ediyordum baskısını."

Tam ben göçmen değilim, anayurdumda yaşıyorum diye açıklama yapacaktım da, o son cümlesi vardı ya... çok merak ediyorum kitabımı demişti... bekleyemedim.

Hintli karıkocanın şaşkın bakışları arasında arkamı dönüp, gerideki koltuğa yığılmış valizlere, popom havada balıklama daldım. Hintli çiftin en üstteki ağır valizini itiştirip çekiştirerek zar zor kendi valizime ulaştım ve fermuarını açıp el yordamıyla Adonis'in kitabını bulmaya çalıştım. Yanımda hem okuma yapacağım kitap hem de beni bu festivale davet etmiş olan Michael March'a getirdiğim imzalı kitaplarım vardı. Karanlık arabanın içinde hangi kitabın Adonis'e ait olduğunu anlayamıyordum, üstelik hızlı gidiyorduk, baş aşağı durduğum için midem bulanmaya başlamıştı.

Yanımda oturan Hintli karıkoca, koltuğunda ters dönmüş, poposu havada, başı aşağıda, ne yaptığını anlayamadıkları deli kadın hakkında kim bilir neler düşünüyorlardı! Ben de valizin içinde elime gelen kitapları, eşyalarımı döke saça alıp oturduğum koltuğa bırakıyordum. Kitaplar tükendi. Dışarı saçılan eşyalarımı yine el yordamıyla toparlayıp valize tıkıştırdım ve nihayet önüme dönerek üstlerinde oturduğum kitapları, Adonis'inkini bulana dek altımdan tek tek çekmeye başladım. Bir yandan da otele varana kadar niye bekleyemedim diye kendime kızıyordum!

Sonunda aranan kitap bulundu ve ön koltukta oturan Adonis'e uzatıldı.

Master Şef yarışmasına katılmış, pişirdiği yemeği ilk kez tattıracak aşçı adayı beklentisi içinde heyecanla beklendi ve nihayet kitabı inceleyen Adonis'in sesi duyuldu!

"Miss Aişa, bu kitabın baskısı Paris baskısından çok daha başarılı olmuş. Çok beğendim. Tebrik ediyorum yayıncınızı," diyordu.

Kitabı ben basmışım gibi ağzım kulaklarımdaydı. Meraksız olmanın şüphesiz götürüleri çoktu ama aceleci olmanın da bazı getirileri yok değildi neyse ki!

Adonis baskıyı beğenmiş miydi?

Beğenmişti!

Yanımda oturan Hintli karıkoca, Türkiye'de basılan kitabın Paris baskısında daha iyi olduğunu duymuş muydu?

Duymuştu!

Baş aşağı, popo yukarı çektiğim onca eziyete değmiş miydi?

Değmişti! Yurtta ve cihanda savaş yerine barış isteyenlere vatan haini yaftası yapıştırmak pek moda ya günümüzde, bir yurdum yayıncısının alacağı iltifattan bile koltuklarım böylesine kabarıyorsa, barıştan yana olsam da o yafta bana uymaz!

Ben bu festivale Prag Yazarlar Festivali'nin küratörü olan şair dostumuz Michael Marsh'ın konuğu olarak katılmıştım. Michael, yıllardan beri eşiyle birlikte konuklarını dünyanın değişik köşelerinden seçerek yazarları, şairleri Prag'da bir araya topluyor, kitaplarından okumalar yaptırıyor, edebiyatçıları tabiri caizse, bizim âşıklar gibi sahnede atıştırmak üzere buluşturuyordu. 2017 yılında, Prag'da iki yerli Çek yazarın yanı sıra üç Amerikalı, bir Rus, bir Suriyeli, bir Faslı, bir Ragusalı, bir Hintli yazarla eşi ve Türk olarak ben vardım. Adonis'in ben zannettiği Sırp yazar ise gelememişti.

Tüm yazarlar sabahları otelimizin kahvaltı salonunda buluşuyor, kahvaltı sonrası katılacağımız etkinliklerin mekânlarına birlikte yürüyorduk. Sabah seanslarında okumalar ve paneller yapılıyordu. Serbest bırakılan öğlen yemeklerini ben sıkı dost olduğum ve damak tadımız da çok benzeşen Hintli çiftle birlikte yiyordum. Okumalar ve karşılıklı konuşmalar öğleden sonraki seanslara bırakılmıştı.

Akşam yemekleri ise sunulan ikramın ayak uyduramadığı, görkemli sarayların altın varaklı salonlarında geçiyordu.

Adonis'i dört gün süren festivalin ikinci gününde dinleme ayrıcalığına eriştim. Ayrıcalığına diyorum çünkü o yorgun görünüşlü yaşlı adam, konuşmaya başlayınca gençleşti, dinçleşti, sahnede acıyla kükreyen bir aslana dönüştü. Anadilinde konuşuyor, konuşması İngilizce, Fransızca ve Çek diline çevriliyordu. Yıllardan beri yaşadığı Fransa'nın dilini su gibi bildiği halde, anadilini tercih etmesi, bence duyguların en iyi anadilde ifade edilmesinin yanı sıra bir duruşu da gösteriyordu. Onu İngilizce çeviriden dinlerken, bir yandan da Arapçasına kulak veriyordum ki, dilinin müziğini de duyabileyim. Sözlerinin derinliğini mi yoksa yüz mimiklerinden hatta ellerinden bize taşan duyguyu mu takip edeyim şaşırmıştım. Uzun yıllar önce terk ettiği vatanının özlemini sesine yansıtan Adonis, insanoğlunun asırlar boyunca dizginlenememiş savaş düşkünlüğü ile dini bağnazlığın ruhlarımızda yaptığı tahribatı anlatıyordu. Konuşmasını Arapça yapmakla kalmadı, imzaladığı kitaplarını da yine Arap harfleriyle Arapça imzaladı. Çünkü başka bir ülkede yaşamayı sadece siyasi nedenlerle tercih etmiş bir Suriyeli olduğunu vurgulamak istiyordu. Ülkesinin bugünkü dünya görüşüyle uyum sağlayamasa da yüreği, ruhu ve anadiliyle kendi vatanının insanıydı. Bunu anlamıştım ama takma adının çok ötesine geçen hasletleri vardı, onu da öğrendim. İyi bir şair olduğu kadar değerli bir filozoftu da. Bir dünya insanıydı, bir filantroptu. Aldığı onca ödüle rağmen inanılmaz alçakgönüllüydü, nüktedandı, bilgeydi. Bilemediği tek şey; gurbeti illa bir insanın yurdundan uzakta yaşadığını sanmasıydı. Oysa gurbetlerin en ağırı, gurbet acısını sılada çekmektir.

Vatanı vatan yapan değerlerin, her gün biraz daha yıpranmasına seyirci kalmaktır. İnsanın kendini vatanında öteki hissetmesidir. Ah ne kadar çoktu, öz vatanının çiçeksiz bahçelerinde gezmeye mahkûm olan ötekiler! Öz vatanında bırakın *öteki* muamelesi görmeyi, vatan haini gözüyle bakılanlar, altüst olan değerlerin, yıkılan kurumların taşı toprağı altında kalanlar!

Şu satırları yazarken Adonis'in adıma Arapça imzaladığı Türkçe şiir kitabı kütüphanemde, o birkaç değerli günün hatırası ise belleğimde capcanlı duruyor. Ölüm ötesinde bu dünyadan götüreceğimiz anılara da yer varsa Prag'da tanıdığım Adonis'in hatırası benimle birlikte gider şüphesiz fakat imzalı kitabı için aynı şeyi söyleyemem. Kitap, bu dünyada kalmaya mahkûm! Sekiz torunumun arasındaki yegâne şair, şimdilik Kiara Sitare! Bir ihtimal Adonis'in kitabına o sahip çıkar! Belki de bir kitap müzayedesinde şiire meraklı bir alıcının kütüphanesinde yer bulur kendine ki, ona da eyvallah! Adonis'in adıma imzalı kitabı şiirden anlayan, şiir seven birinde kalsın, bana yeter!

Louis de Bernier

Madem Adonis'i anlattım, Louis de Bernier'i anlatmasam olmaz, hatırı kalır!

Türk okuru onu *Kaptan Korelli'nin Mandolini* ve *Kanatsız Kuşlar* adlı romanlarıyla, sinemaseverler ise yine *Kaptan Korelli'nin Mandolini* isimli ödüllü filminden tanır.

Ben onunla *Sevdalinka*'yı yazma aşamasındayken, 1998 yılında Londra'da tanıştım.

Her yıl olduğu gibi, o yıl da İngiltere'nin değişik üniversitelerinde okuyan oğullarımızı görmek için Engin'le Londra'ya gitmiştik. İngiltere'ye gittik mi uzun kalırdık, çünkü çocuklarımızdan üçü, İngiltere'nin farklı şehirlerindeki üniversitelerde okuyordu, en büyükleri Mete ile Ali de Londra'da çalışmaya başlamışlardı. Beş oğlanın her birine üçer gün ayırsak, on beş gün eder. Ayrıca elbette bizim de gidilecek konserlerimiz, görülecek tiyatrolarımız, sinemalarımız vardı. Ben o yıllarda Resim Heykel Müzesi Derneği'nin yönetim kurulunda olduğum için illaki şehirdeki tüm modern sanat galerilerine dalınıp dernek için fotoğraflar çekilecek, broşürler toplanacak, ayrıca Londra'da yaşayan arkadaşlarımız da ziyaret edilecekti. İşte o arkadaşlardan biri de Londra Büyükelçisi Özdem Sanberk ve eşiydi.

Bir akşam birlikte yemeğe çıktık ve sohbet sırasında ben Bosna'da 1992'de başlayıp dört yıl süren iç savaşla ilgili bir kitap yazma hazırlığı içinde olduğumu söyledim. Kitaba henüz başlamamıştım, savaşın belgelerini incelemekle, Balkan tarihi hakkında sıkı bir araştırma yapmakla meşguldüm.

Özdem Sanberk, "Louis de Bernier diye bir yazar var, adını duymuş muydun?" diye sordu. Hiç duymaz olur muydum! *Kaptan Korelli'nin Mandolini* adlı ödüllü filmini seyrettikten sonra kitabını da alıp okumuştum.

"O da Balkanlar'la ilgili bir kitap yazıyor şu anda. Tanışmak ister misin?"

"Bu mümkün mü?" diye sordum, şaşkınlıktan açık kalmış ağzımı zor toparlayarak.

"Pazara bizim rezidansta öğlen yemeği yiyelim. Eğer işi yoksa Louis de katılsın. Gelemezse, bir başka gün ayarlarım buluşup konuşmanız için," dedi Özlem Sanberk.

Uçtum havalara! Bu çok ünlü yazarla ben yüz yüze buluşacaktım, hem de bir Türk yazar sıfatıyla. Çok heyecanlanmıştım ama biraz da utanıyordum aslında, elimde roman olarak sadece *Aylin* vardı. Referans kitabı, nitelikli Münir Nurettin'in hayatı da Haldun Taner ve Sait Faik ödüllü öykülerim de Türkiye'de bile pek ses getirmemişti ki bir yabancı yazarın takdirine şayan olsunlar. *Aylin*'in çok satışı sayesinde ünlenmiştim tamam da dünyaca ünlü bir yazarın karşısına tek romanla çıkacak olmaktan rahatsızdım. Ah keşke yayıncımı bir beş yıl önce bulmuş olaydım, şimdi en azından üç romanla, *yazar* yaftamı çok daha iyi taşıyor olurdum.

Yahu ben ne diye telaşlanıyordum ki, adamın pazar öğlen ailesiyle ya da sevgilisiyle bir programı olup yemeğe gelmeme ihtimali çok büyüktü. Azıcık hayal kırıklığı, azıcık da rahatlama duygusu birbirine dolanmış olarak yokladı kalbimi.

Ertesi gün, Özdem Sanberk telefon etti ve pazar yemeğine Louis de Bernier'in de katılacağı haberini verdi. Önümüzde iki gün vardı. Telaşa kapıldım. Acaba başka romanları da var mıydı, varsa pazardan önce öğrenmeliydim. Bir şey daha kurcalıyordu kafamı, adı Louis de Bernier olduğuna göre, demek ki Fransızdı.

Bak işte bu husus hiç aklıma gelmemişti! Ya bir de üstüne üstlük Parisliyse!

Modanın merkezinden gelen züppe Fransızın karşısına ne giyerek çıkmalıydım? Yanımda tek bir abiye kıyafet vardı, gerisi etek, blucin ve kazaklar!

Valizimde ne kadar giysi getirdimse tümünü serdim yatağımın üzerine. Birbiri ardına hepsini giydim, çıkardım. Birkaç pantolonu değişik kazaklarla denedim. Pantolonlar ütüsüzdü, kazaklar fazla spordu. Öğlen yemeğine, akşamları giymek için getirdiğim elbiseyi giyecek halim yoktu. Bir koşu en yakındaki butiğe koştum, telaş içinde bir döpiyes seçtim, içine de yakası fiyonk halinde bağlanan beyaz bir bluz aldım, parasını öderken içim sızladı ama Fransız asıllı olma ihtimali yüksek ünlü bir yazarın karşısına bir Türk yazar olarak özensiz çıkmak istemiyordum.

Bir başka sorun da nece konuşacağımızdı? Fransız olduğuna göre İngilizce bilmeyebilirdi hatta kesin bilmiyordu. Ben ömrü hayatımda akıcı İngilizce konuşan tek bir Fransız tanımamışım. Artık dilleri mi dönmezdi yoksa kendilerini beğenmekten tenezzül mü etmezlerdi bir ikinci dili doğru dürüst öğrenmeye, bilemem! Eğer tahmin ettiğim gibi İngilizcesi yoksa, benim lisede Madam Dik'in seçmeli sınıfında edinilmiş, Alp Dağları'nın kayak pistlerinde gruplar halinde kayarken cilalanmış derme çatma, alışveriş Fransızcamla, edebi bir sohbet yapmam mümkün değildi ki!

Engin'e ısrar ettim, söylene söylene telefonu açıp sordu ev sahibimize, Louis de Bernier, adına inat İskoç asıllı İngilizmiş!

Eyvah ki ne eyvahh! İngilizceyi İskoç aksanı ile konuşuyorsa bu adam, yandı gülüm keten helva! Aldı mı beni bu sefer bir başka telaş! Fransızcamı zorlamayı vallahi tercih ederdim, İskoç aksanıyla konuşanı anlamaya çalışmaya.

1985 Eylül'ünde İskoçya'ya Engin'le birlikte uçmuş, Edinburgh'dan araba kiralayıp ünlü göller havzasını da dolanarak ülkenin ta en kuzey noktasına kadar çıkmıştık. Bir ara yolda kaybolduk. Engin ilk gördüğümüz benzincide yol sormak için durdu. Çıktı arabadan, içeri geçti. Az sonra alı al moru mor geldi,

"Tam üç kere sil baştan anlattırdım ama bir türlü adamın ne dediğini anlayamadım," dedi, liseyi de, üniversiteyi de İngiltere'de okumuş olan Engin. Çok mu bira içmişti acaba öğlen yemeğinde?

"Bir de ben deneyeyim," demiştim. Keşke denemeseymişim! Ben de kös kös dönmüştüm arabaya. Kerim üniversiteyi İskoçya'da okurken de oğlumu görmek için sık gittiğim bir şehirdi Edinburgh. Ortaçağ'dan kalma şatolarının yanı sıra dereler ve yemyeşil parklarla bezenmiş şehre bayılırdım ama aksanlarını anlamak için akla karayı seçerdim. Alışveriş ederken, lokantalarda yemek ısmarlarken çat pat idare edebiliyordum da uzun cümleler gerektiren bir yol tarifinde, yanında sözlük taşımanın da faydası yoktu çünkü bir İskoç'un aksanını çözmek, Robert

Burns'un pek çok şiirini ezbere okuyanlar için dahi mümkün değildi. Bunlar aklıma gelince göğsümün üzerine bir iri kedi oturmuş gibi oldu.

Endişeler içinde geçen iki günün sonunda pazar günü geldi çattı ve ben sabah erken kalkıp saçlarıma bigudiler sardım. Bigudilerimi giyindikten ve makyaj yaptıktan sonra çıkardım, başımı öne eğip saçlarımı iyice fırçaladım, rujumu sürdüm. Artık hazırdım.

"Görücüye çıkma vaktin geldi," diye bana laf soktu Engin, "giysilerinin etiketlerini çıkarmayı unutmadın değil mi?"

Misafirliğe giderayak dalaşmayalım diye duymazlığa geldim. Çıktık anacaddeye, bir taksi çağırdık ve ver elini Türk sefaretinin rezidansı!

Biz rezidansa vardığımızda Louis de Bernier henüz gelmemişti.

Özdem'in, eşi Sumru'nun ve Engin'in rahat giyim kuşamının yanında ben, evde yenecek bir hafta sonu yemeğine giden biri gibi değil, yepyeni giysilerim, kabartılmış saçlarımla, yüksekçe bir makama iş başvurusu yapmış orta yaşlı kadın görünümündeydim. Bin kere pişmandım ama olan olmuştu.

Biz üçümüz şerilerimizi yudumlarken, beklenen misafirin geldiği haberi verildi. Özdem Sanberk ayağa kalkıp kapıya yürüdü, ben oturduğum koltukta dikleştim. Salona, ekose gömleğinin düğmelerini zorlayan göbeği rengi atmış blucinin üstüne sarkmış, Doğu Anadolu halkının başına sardığı poşuyu boynuna dolamış, yıllardır tarak görmemiş gibi duran kıvırcık sarı saçları taraz taraz, bakımsız biri girdi. Fiziğinde Fransız veya İskoçyalı havası taşımayan, orta boylu, tombul, derbeder görünüşlü bir genç adam! Madem İskoçmuş, bari ekose gömlek yerine ekose etek giyeydi diye düşünmedim değil. O da aslında hiç benim tarzım olmayan kıyafetime bakarken, aklından neler geçiriyordu kim bilir. Yazarlar illa ciddi görünüşlü olmalı gibisinden bir sanıya kapıldığım için kendime mi kızayım, hiç gereği yokken üstümdekilere harcadığım dünyanın parasına mı yanayım!

Birden bir gülme tuttu beni, içimde tutamadığım gülme dürtüsü suratıma da yansıdı.

Tanıştırıldık. Görünüşünden, İngilizcesini Cokney aksanlı beklediğim adam çok düzgün bir İngilizceyle konuştu... al sana bir sürpriz daha!

Yemeğin sonunda, masadan kalktığımızda ben artık ne göbeğini ne taraz taraz saçlarını görüyordum Louis'in, ne de boynuna doladığı poşunun farkındaydım. Öğrencilik yıllarımdan beri arabayla defalarca baştan başa geçtiğim Balkan ülkelerini Boşnak asıllı olmama rağmen kesinlikle benden çok daha iyi tanıyan, her bir köşesini avucunun içi gibi bilen bu zeki, esprili, bilgili genç adama hayran olmuştum. Üstelik uzun süren yemek boyunca, herkesin lafı bitmiş, bizimki bitmemişti, çünkü tam da o günlerde, ben adını, basımı sırasında *Sevdalinka* koyacağım belgesel roman için Balkan tarihiyle ve özellikle de son savaşın belgeleriyle cebelleşiyordum; o da sonradan Türkçeye *Kanatsız Kuşlar* adı altında çevrilecek olan *Birds Without*

Wings'i yazma aşamasındaydı. Konuşacak o kadar çok lafımız vardı ki, ayrılmadan önce bir öğlen yemeğinde buluşmak üzere sözleştik. Yemeği Oxford Street'in üzerindeki kafelerden birinde baş başa yedik, Balkanlar üzerine toparladığımız notları karşılaştırdık, Balkan halklarının özelliklerinden, âdetlerinden söz ettik ki, bir tanesi anlatmaya değer.

Dört yüz küsur yıl birlikte yaşamış olmanın neticesinde, Sırpça ve Boşnakçaya Türkçeden sızmış çay, kapı, paşa, yorgan gibi üç bin kelime mevcut. Allahaısmarladık ve güle güle yerine de *Allahemanet* diyor mesela Boşnaklar.

Bir gün Louis de Bernier, bir Sırp arkadaşıyla konuşurken, adam onlara özgü bir davranış biçimini anlatmak için, "Bizde bir huy vardır demiş, bir şeyi kafaya taktık mı, katiyen fikrimizi değiştirmeyiz, buna *inat* denir."

Balkanlar gibi Türkiye'yi de karış karış gezmiş olan Louis, "İyi de bu inat Türklerde de vardır, hatta bu sözcük, yani 'inat' Türkçedir," diyecek olmuş. Sırp küplere binmiş, o kadar ki Louis, Sırp'a telefonuna indirdiği Türkçe sözlükten inat kelimesini göstermesine rağmen adamı ikna edememiş. İnatçı olmak pek matahmış gibi, illa sahip çıkmış inat sözcüğüne, inat Sırpçadır, diye tutturmuş.

Keşke inat sadece Sırplara özgü olaydı, bize hiç bulaşmasaydı diye düşünmeden edemedim. Çünkü biz de inat uğruna çok şey kaybetmiş hâlâ da kaybetmekte olan bir milletiz!

Sevdalinka, Louis de Bernier ile buluşmamızdan sekiz ay sonra yayımlandı ama İngilizceye çevrilmesi birkaç yıl sürdü. Kitabın İngilizcesini bendeki adresine göndermiştim, eline geçip geçmediğini bilmiyorum. Onun 1900'lerin sonlarında hâlâ Osmanlı uyruğundaki Balkanlar'ı anlatan *Birds Without Wings* adlı romanını ise ben piyasaya çıkar çıkmaz hemen almış, gözyaşları içinde okumuştum. Bir Balkan köyünde birlikte büyümüş biri Sırp, diğeri Müslüman iki küçük oğlanın masum dostluğunun kirli siyasetin elinde düşmanlığa, hayatlarının da trajediye dönüşen öyküsüydü. Romanın konusu yürekleri burkuyordu ama beni etkileyen, bir Hıristiyan tarafından, Hıristiyan ve Müslüman halklara dair yazılmış bir roman olduğu halde, ilk kez, tekrar ediyorum ilk kez, Türklere karşı önyargısız ilk kitap olmasıydı.

Nerdeyse bir tabuyu yıkmıştı Louis de Bernier. Helal olsun ona!

Kitabı *Kanatsız Kuşlar* adıyla Türkçeye çevrildiğinde, yine hemen satın alıp birçok arkadaşıma armağan etmiştim. Okumayanlara şiddetle tavsiye ediyorum çünkü Balkanlar'da yaşananları Hıristiyan kültürün sultası altındaki dünyamızda, bu kadar önyargısız anlatmış bir başka Müslüman olmayan yazarı, henüz okumuş değilim.

Kader bizi bir kere daha karşı karşıya getirdi Louis de Bernier ile!

2013 yılında, Londra'da British Council'in organize ettiği bir edebiyat festivalinde ne göreyim, panel arkadaşım, Louis de Bernier! Nasıl sevindiğimi anlatamam.

Son görüşmemizin üzerinden tam on yıl geçmişti.

Konuşma yapacağımız British Library Conference Center'da koridorda karşılaştık, birlikte konuşma yapacağımız salonu bulduk, girdik, masamıza yerleştik. Ortada moderatör, bir yanında Louis, diğer yanında ben; konumuz: Writing About Turkey! Yani, Türkiye hakkında yazmak!

Ne konu ama! Şanslıyız, söylenecek o kadar çok şey var ki! Düşünsenize, örneğin İsviçre üzerine konuş deseler; bir William Tell var tarihten dem vurabileceğiniz, gerisi iyi geçinen federasyonlar, bakımlı yemyeşil otlaklarda yan gelip yatmış besili inekler, lezzetli çikolatalar, çeşitli peynirler, pahalı saatler, tertemiz şehirler, şık kayak merkezleri. Ne acı ne ıstırap ne darbe! Süte beş kuruş zam yapmak için halk oylamasına giden bir ülke. Vallahi ilhamı kurur insanın!

Oysa birazdan Louis ve ben, *Kanatsız Kuşlar*'ı ve *Sevdalinka*'yı yazmış iki yazar olarak acılar denizinde yüzecektik. Savaşlar, ayrılıklar, göçler, gözyaşları...

Salon, konuşmacılardan biri ünlü Louis de Bernier olduğu için lebaleb doluydu.

Ben Londra'daki bu oturumda kesinlikle onun şanından istifade ediyordum. Moderatörümüz bizi tanıttı ve herhalde hem daha yaşlı hem de kadın olduğum için ilk sözü bana verdi. Ben de o anda gelen bir ilhamla, nasılsa ana konumuzun hüzün dozu yüksek olacağından, söze Louis de Bernier ile tanışmamızın öyküsüyle başladım. Yani tanışacağım ünlü yazarın Fransız asıllı olma ihtimali karşısında panik yapıp nasıl süslenip püslendiğimi ve her ikimizin de o günkü kıyafetlerimizi anlattım. Hem biz hem de dinleyiciler koptuk. Konumuz da hafifçe kaydı, Balkanlar'da ve Türkiye'de yaşayan halkların acılarından değil müştereklerinden konuştuk, Karadeniz ve Balkan müziğinin ortak coşkusundan söz ettik, Prizrenlilerin Türkçeyi niye Karadeniz aksanıyla konuştuğunu irdeledik, Balkan ve Trakya mutfağının benzer özelliklerinden, ortak yeme alışkanlıklarından, ayran, yoğurt, pastırma, kuru et, kebap, börek ve süt tatlılarından dem vurduk ve elbette her iki halka özgü *inat*'ı da ihmal etmedik. Louis de Bernier kendi inat hikâyesini anlattı ama artık benim de *Sevdalinka*'yı yazarken şahit olduğum bir inat hikâyem vardı.

Sevdalinka'yı yazıp bitirmiş fakat henüz yayıncıma teslim etmemiştim. Kitaplardan ve belgelerden çıkardığım notlara dayanarak yazdığım şehri, kitabı baskıya vermeden bir kere de gözlerimle görmek istemiştim. Saraybosna'ya gittim. Savaştan çıkmış bir şehir nasıl olurmuş ben işte o gün öğrendim.

Binaların üzerindeki kurşun deliklerini özellikle sıvamamıştı Boşnaklar, ibret olsun diye öylece bırakmışlardı. Kurşun deliklerinin adını da gül yarası takmışlardı. Çünkü kurşun betonda patladığında, yeni açmaya başlayan tomurcuğu andıran bir iz bırakıyordu.* Her binada onlarca kurşun izi vardı, her evin önünde ise küçük birer mezar taşı... okuyorsunuz taşlardaki yazıları... on altı ile on dokuz yaş arasındaki gencecik fidanlar şehirlerini savunmak için

* Amazon'un İngilizceye çevirttiği *Sevdalinka*'nın adı bu yüzden *Rose of Sarajevo* yani *Saraybosna Gülü*'dür.

can vermişler. Mezarlık Sırp ablukası altında olduğundan evlatlarını evlerinin önüne gömmüş analar. Babalar tepelerde savaşta zaten. Bahçelerde ne yaprak kalmış ne ağaç. Elektrikleri, havagazları, suları, telefon hatları kesilen halk, ağaçlardan topladıkları yaprakları ve avladıkları kuşları yemişler. Nasıl pişirmişler derseniz, parkın ağaçlarını keserek temin ettikleri odunlarla yaktıkları ateşlerde pişirip yemişler. Dört yıl boyunca hangi yöne baksanız acı. Ama bu diz boyu acının içinde, kocalarıyla oğulları tepelerde savaşır, şehit düşerken, Boşnak kadınları üzüntüden zamansız ağaran saçlarını inadına soğan suyuyla boyayıp yamulmuş topuklu ayakkabılarını inadına giyerek dimdik yürümüşler sokaklarda. Onca yokluğa ve mezalime karşın şehirlerini asla tek etmemişler. Kaçmamışlar. Demek ki inadın dahi işe yaradığı zamanlar olabiliyormuş!

Beni Saraybosna'da Esat adındaki mihmandarım gezdiriyordu. Ben Boşnakça bilmiyorum, o Türkçe bilmiyordu. Müşterek dilimiz İngilizceydi. Arabayla savaşın yapıldığı tepeye tırmanırken bir ara, "Ayşe Hanum," dedi, "bakın, sol tarafınızda şehit mezarlığı var." Cümleyi İngilizce fakat şehit mezarlığını Türkçe söyledi!

"A, Esat sen Türkçe biliyorsun!" dedim ben İngilizce olarak.

"Hayır bilmiyorum!"

"Ama şehit mezarlığı dedin!"

"Şehit mezarlığı Boşnakçadır."

"Olur mu Esat! Şehit de, mezarlık da Türkçe kelimeler," diye ısrar ettim.

"Şehit de, mezarlık da Boşnakça," diye diretti, "ben Türkçe bilmem ki Ayşe Hanum!"

Diyemiyordum ki adama beş yüz yıl Osmanlı uyruğunda yaşadıysan, kelimelerin diline sızmasını önleyemezsin. Biz nasıl 'Perşembe'nin Farsçadan 'Cuma'nın da Arapçadan geldiğini bilmiyor, onları Türkçe kelimeler zannediyorsak, Esat da aynı durumdaydı. Boşnak inadını bildiğimden ısrarcı olmamıştım.

Esat'la aramızda geçen konuşmayı ben de bir başka *inat* örneği olarak aktardım o gün konuklara ve Louis'e. Madem körle yatan şaşı kalkıyordu, Balkanlar'daki beş yüz küsur yıllık beraberlik de bizi inatta birleştirmişti demek ki! Osmanlı'nın kötüye gidişinin nedenlerini görmemekte, hatalarını düzeltmemekteki inadı sonunu getirmişti; Sırp'ın da Tito'nun ölümünden sonra, tek bir kişi dahi olsa bir Sırp'ın yaşadığı her yeri illa Sırbistan eyleme inadı, Yugoslavya'nın dağılmasına ve korkunç bir soykırıma neden olmuştu. Artık kaniydim, hangi coğrafyada olursa olsun, inat sadece huzursuzluğa, mutsuzluğa bazen de savaşa neden oluyordu! Osmanlı'yı yönetenlerin inadı sonucunda batan imparatorluğun küllerinden Atatürk'ün sebatı sayesinde kurulan Cumhuriyetimizi, Allah inatçılardan korusun diye dua etmiştim içimden.

Bizim odanın kapısına bir sonraki konuşma için insanlar yığılmıştı. Zamanımızın dolduğu ihtarını alınca bitirdik konuşmamızı biz iki geveze yazar. Dışarı çıkıp vedalaştık. Sonrasında ise Louis ile bir iki kere yazıştık, hepsi o. Ha, bu arada o gün nasıl giyinmiştik diye soracak olursanız, her ikimizin de üzerinde blucin ve gömlek vardı, boyunlarımızda ise bu sefer poşu ve fiyonk yerine birer yemeni!

Şanghay'da Bir Ali Var

Ali, bir yazar değil.

Ben onu tanıdığımda Şanghay'da yüksek lisans yapmakta olan, Adana'nın bağrından kopmuş bir Türk genciydi. Hayatımın en güzel sürprizlerinden biri oldu Ali. Durun anlatayım:

2018 yılının mart ayında yine bir yazarlar festivaline katılmak üzere Şanghay'a davet edilmiştim. Değişik ülkelerden yazarların davet edildiği festivale katılmayı kabul edersem festivalin ilk ve tek Türk yazarı ben olacaktım. Elbette kabul ettim ve programı istedim. Yazışmaları Türk konsolosluğu aracılığı ile yapıyordum. Konsolosluğun kendi programları hazırdı, orada pek çok Türk işadamı bulunduğu için onlarla birkaç konuşma ve yemek programı ayarlamışlardı. Şanghay festivalinin program akışı henüz hazır değilmiş. Festival komitesi hazır eder etmez yollayacaklarını söylediler.

Son yurtdışı uçak yolculuğumda valizimin tekerleği kopmuştu. Nasıl kopmasın tekerlek, Türkiye'de her şehir bir kitap fuarı düzenlenmeye başladı. Geleneksel kitap fuarlarının olmadığı illerde ise belediyeler kendi kitap günlerini düzenliyorlar. Neredeyse her hafta sonu biz yazarlar havaalanlarında valiz çekiyoruz. Bu kadar sık yolcuğa tekerlek mi dayanır!

Şanghay yolculuğu için bir yeni valiz almaya karar verdim. O güne dek valizlerimin hafif olmasına dikkat ederdim, bu sefer illa aykırı bir renkte olanını seçecektim çünkü birbirine benzeyen çoğu aynı renkteki valizlere birkaç yolcuyla aynı anda saldırmaktan bana gına gelmişti. Sürekli bir valize üç beş kişi birden üşüşüyorduk, herkes sapına kırmızı kurdele bağlayınca renkli kurdele bağlamak da fayda etmeyebiliyordu. Bir keresinde adımın yazılı olduğu etiketi takmıştım valizin sapına, valizler uçaktan savrulurken etiket düşüp kaybolmuştu. Çin havaalanında böyle bir şeyi göze alamazdım. Dolayısıyla, girdim valiz satan bir mağazaya, raflara göz attım, sürüyle siyah, gri, bej rengi valiz vardı. Cart renkli bir valiz istedim. Koyu mavi bir valiz getirdiler. Bir de mor valiz vardı ama lenduha gibiydi. Mavi valizin markasını inceledim, öyle iştah kabartan bir marka da değildi. Harika! Aynı valizin bir orta bir de kabin boyunu satın alıp çıktım.

Mart ayının başında program geldi. Şanghay'ın dünya dillerinin her birinin okutulduğu Dil Bilimleri Üniversitesi'nde, Türkçe öğrenen öğrenciler kitaplarımı okumakta oldukları için, onlarla bir oturum ve öğlen yemeği, Şanghay Yazarlar Birliği'nde, başkan ve üyelerle sabah kahvesi, festival komitesinin organize ettiği gecede Türk edebiyatı üzerine bir konuşma ve bir de benim yöneteceğim bir work-shop! Eyvah!

Benim öğrencilik yaptığım yıllarda lisede ve üniversitede work-shop diye bir etkinlik yoktu. Yazar olmak için de ben hiçbir kursa veya yazarlık atölyesine devam etmemiştim. E, ben ne yapacaktım şimdi? Gitmekten vaz mı geçsem diye düşündüm. Olur mu, dedi Engin, aç telefonu Oya'ya sor! Oya dediği Prof. Oya Başak yıllarca Boğaziçi Üniversitesi'nde edebiyat bölümü başkanlığı yapmış edebiyat hocası! Aradım Oya'yı. Bana work-shop nasıl yapılır, anlat, dedim. Anlattı bir şeyler ama o da benim kuşaktan ya, Ela daha iyi bilir, sen onu ara, dedi. Ela, Oya'nın Koç Üniversitesi'nde ders veren kızı. Bu sefer telaş içinde Ela'yı aradım. Telaşa gerek yok Ayşe Teyze, dedi Ela, bir konu başlığı seç, katılımcılara birer sayfa kâğıt ve kalem dağıt, on dakika zaman ver, on dakika içinde o konu başlığı ile ilgili akıllarına ne geliyorsa yazsınlar. On dakika sonra kâğıtları topla ve yazılanları birlikte okuyun. Yazılanlar üzerine konuşun. Sen eleştirilerini yap. İşte, hepsi bu kadar!

Yetinmedim, Nazlı'yı (Eray) aradım. Birkaç yıl önce, o da önce tırsmış benim gibi ama soruşturmuş, öğrenmiş ve sonunda pek de güzel yapmış. "Korkacak hiçbir şey yok," dedi, "sadece konu başlığını sapta, gerisi Ela'nın anlattığı gibi!"

Eh, madem öyleydi, adını boncuk koyduğum mavi valizimi gönül rahatlığıyla hazırladım, günü gelince de gece yarısına yakın bir saatte uçağıma bindim ve ver elini Şanghay! Hayatımın keyifli ve ayrıca en gurur verici yolculuklarından birini yapacağımı henüz bilmiyordum! Meğer müthiş bir sürpriz hazırlamış bana hayat!

Ertesi sabah Şanghay'da pasaport polisinden sorunsuz geçtim, bir kat aşağı inip valizimi bekledim. Art arda sıralanmış gri, bej, kahverengi ve siyah şahsiyetsiz valizler önümden geçip gittiler ve nihayet benim boncuk gözüktü. İhtiyatlı davranıp bir de kırmızı kurdele bağlamıştım sapına. Kurdeleyi de görünce atladım üzerine, indirdim valizi kayışın üstünden. Amma da ağırmış! Boncuğu arkamda sürükleyerek gelen yolcuların salonuna geçtim ki, Türk konsolosluğundan iki bey beni bekliyorlardı.

Bindik aracımıza, aramızda konuşa konuşa beni bırakacakları otele gidiyoruz fakat benim arkadaki bagajların üzerine koyduğum el çantamdaki telefonum durmadan çalıyor. Engin'e vardığıma dair bir mesaj atmıştım havaalanında, o arıyor olamazdı. Arkadaşlarım, çocuklarım ve yayıncım bu yolculuktan haberdardılar, aramazlardı. Arayan birkaç kere çaldırır, sonra vazgeçerdi! Fakat telefon durmuyordu, her kimse çok ısrarcıydı. Telefon yakınımda olsa sesini keseceğim. Konsolos Kenan Bey, şoföre arabayı durdurmasını söyledi. Durduk, şoför indi arabadan, arkadan çantamı alıp uzattı bana, hemen sesini kıstım fakat bu sefer de sürekli gelen mesajların sesini duyuyorum. Vınn... vınn... sanki bir sinek uçuyor arabamızda. Sonunda sinir içinde açtım gelen mesajı: *Ayşe Hanım, benim valizimi almışsınız. Lütfen beni geri arayın* yazıyor. Şaka mı acaba? Koyu mavi üstelik de sapına kırmızı kurdele bağlanmış bir ikinci valiz gelip beni Çin'de nasıl buldu, Tanrım? Tam *sakınan göze çöp batar* durumuydu bu! Şoför belki geri döneriz diye durdurdu arabayı. Bana gelen aramalar hep aynı numaradandı. Geri aradım. Karşı tarafta çaresiz bir adam çırpınıyordu. Valizimde numunelerim vardı, yarın bana lazımlar. Lütfen Ayşe Hanım... lütfen valizime ulaşmam lazım.

Önce, "Sizin valiziniz ne renk?" diye sordum.

"Mavi. Koyu mavi. Sürüyle valizin arasında kolay bulamak için satın almıştım."

"Ben de öyle ama ben kendi valizimin sapına bir de kırmızı kurdele bağlamıştım," dedim.

"Ben de öyle yapmıştım, benzerleriyle karışmasın diye," dedi.

"Telefonumu nasıl buldunuz?"

"Valize iliştirdiğiniz etikette telefon numaranız vardı."

Doğru söylüyordu, adres ve telefonu mutlaka yazıp takarım valizlerime bu gibi durumlar için de... şu işe bakın ya! Sırf valizim karışmasın diye rüküş bir mavi seçiyorum, kırmızı kurdelesi de cabası... inanasım gelmiyordu bunca tantanadan sonra yanlış valizi aldığıma!

"Hangi otelde kalıyorsunuz?" diye sordu valizini aldığımı iddia eden kişi. Telefonu Konsolos Kenan Bey'e verdim. Onlar aralarında konuştular ve anlaşıldı ki adamın adresi ve benim otel tamamen ters istikametteler. Yol üzerinde az sonra bir başka büyük otel varmış, o otelin lobisinde buluşmak üzere sözleştiler.

Otele varınca indirdik mavi valizi, şu anda adını hatırlamadığım kocaman otelin lobisinde, bol ışığın altında kontrol edince, valiz gözüme oldukça yıpranmış gözüktü. Oysa benim yepyeni valizim henüz ilk yolculuğundaydı. Birkaç paket lokum, birkaç da kitap koymuştum, beni ağırlayanlara vermek için. Kaldırmaya çalıştım... bu valizi kaldırıp bandın üzerine ben nasıl koydum İstanbul havaalanında, böyle ağır olsa tek başıma mümkün değil kaldıramazdım, çekerken ağırlığını fark etmemişim. Ne kafa ama bendeki, rengi mavi diye, valızı bir tek bende var zannetmek!

Salaklığımdan utandım, beni karşılamaya gelen konsolosluk mensuplarına verdiğim zahmetten utandım, henüz tanımadığım kişiyi valizini almak yetmezmiş gibi telefonlarını da uzun süre yanıtlamayarak endişelendirdiğim için de ayrıca utandım.

Gözüme çok büyük ve sevimsiz gözüken otelde, utanç abidesi gibi koltuğumda büzülmüş, valizini yürüttüğüm adamı beklerken, kendi kendime sürekli telkinde bulunuyordum. Birazdan haklı olarak çok kızgın bir adam gelecekti, ters laflar edebilirdi, ne yapsa yeriydi. Sakin, terbiyeli, hoşgörülü olmalıydım. Kabahatli olan bendim! Bir saati aşkın bekleme sürecinin sonunda, nihayet beklenen kişi, kırmızı kurdeleli mavi valiziyle lobiye giriş yaptı. (*Giriş yaptı* demeyi sevmem ama bu kadar hasretle beklenen bir valiz, bu tabiri hak etmişti.)

Fırladım, ben de kendi mavişimi zorlukla çekeleyerek yanına koştum. Her türlü azara hazırlıklıydım, ben art arda özür beyanlarımı sıralarken, valizini yürüttüğüm bey, gülümseyerek olur böyle şeyler diye beni teselli ediyordu.

Büsbütün utandım.

Mavi valizleri yan yana koyduk. Bana ait olan valiz, benim yanlışlıkla aldığımın yanında gıcır gıcırdı ve bir tık daha küçüktü. Diğeri ise yıpranmış ve hantaldı.

Valizini aldığım bey ile aile fotoğrafı çeker gibi, resimlerini çektik valizlerin. Valizlerimizin arkasına geçip bir resim de öyle çektik. Sonra açtık kapaklarını, iyice emin olmak için içlerini de karıştırdık ve gönül rahatlığı ile değiş tokuş ettik. Bu dünyada hâlâ iyi huylu, nazik insanlar varmış ve onlardan biri, bir Türk'müş! Bir sevindim ki o biçim! Bayram ve yılbaşlarında hâlâ mesajlaşırız!

Konsolos ve yardımcıları beni çok güzel bir otele yerleştirdiler, elime tüm programımın yazılı olduğu bir dosya verdiler ve ayrılmadan önce sıkı bir tembihte bulundular. Ertesi sabah, Şanghay'da yüksek lisansını yapmakta olan Ali adında bir Türk genci gelecek, bana mihmandarlık yapacaktı. Şanghay'da kaldığım sürece her nereye gideceksem, beni o götürecekti. "Sakın tek başınıza çıkmayın Ayşe Hanım," dediler, "sokakta kaybolursanız, Çinliler dil bilmezler, işaret dilini de anlamazlar. Harfleri öğrenmeniz imkânsız çünkü adamlar harflerle değil, şekillerle yazıyorlar. Sakın Alisiz sokağa çıkmayın, kaybolursanız sizi bulamayız!"

"Ali konsoloslukta mı görevli?"

"Değil ama bize her zaman yardımcı olur. Çok efendi bir çocuktur."

"Tamam, tek başıma çıkmam," diye söz verdim.

İlk akşam Barbaros'un Şanghay'da çalışan Halil adındaki arkadaşı beni yemeğe çıkardı ve Bund üzerinde bir lokantaya götürdü. Yıllar öncesinde gördüğüm manzaraya, ilk kez görüyormuşçasına, hayretler içinde ve bambaşka bir algıyla bakakaldım. Ben Çin'e ilk kez 1984 yılında, zamanın başbakanı Özal'ın Çin ziyareti sırasında, yanındaki gazetecilerden biri olarak gitmiştim. Pekin o tarihte bile bol gökdelenli modern bir şehirdi, hayalimdeki Çin'i ancak Çin'in içlerine doğru aktığımızda yakalayabilmiştim. O yıllarda Şanghay az sayıda gökdelenleri, ünlü Fransız ve İngiliz mahalleriyle herhangi bir Avrupa şehrini andıran ve ayrıca Çinli kadınların tek tip elbise giymediği yegâne şehirdi. O romantik şehir gökdelen tepelerinin bulutlarda kaybolduğu bir şehre dönüşmüştü. Nehrin üzerinde her yöne akan yük gemileri, irili ufaklı tekneleriyle Nil Nehri'ni hatırlatıyordu, karşı kıyıda ise o güne dek gördüğüm dünyanın en uzun gökdelenleri vardı ama beni en çok etkileyen, nehir boyunca uzanan çok geniş bulvarın üzerindeki mahşeri kalabalık oldu! Halil'in beni götürdüğü lokantanın balkonundan aşağı bakmıştım, hani sinema veya maç boşalmış gibi kalabalıktı derler ya, unutun sinemayı, maçı; bambaşka bir kalabalık düşünün. Yeryüzünün nüfusu sanki yığılmıştı nehrin kenarına, kimi aşağı kimi de yukarı doğru yürüyerek, tuhaf bir ahenkle sanki dönüyorlardı. İnsan selinin birbirinin içinde eriyerek gözümün önünde sürekli akışı, başımı döndürmüştü. Öylesi bir kalabalığı üstelik protesto, gösteri, kutlama filan da değil sadece sakin sakin yürümekte, piyasa yapmakta olan huzurlu kalabalığı bugüne dek o yoğunlukta bir daha hiç görmedim.

Ertesi sabah, hazırlanıp tam zamanında lobiye indiğimde Ali beni bekliyordu. Üzerine bir siyah pelerin atmış, siyah saçları at kuyruğu yapılmış, kara yağız bir delikanlıydı. Şanghay Yazarlar Birliği'ni ziyaret ettikten sonra, Ali beni eski zamanların Çin'inden kalmış yegâne Çin mahallesine götürmek istedi. Nereden bilsin oğullarımdan Ali'nin yedi yıl Singapur'da çalıştığını, benim de birkaç kez onu ve ailesini ziyarete gelip hep birlikte Çin'i, Vietnam'ı gezmiş olduğumuzu. Herhalde Çin'e ilk ziyaretim zannediyordu. Ben de Ali'nin bana yeni şeyler gösterme hevesini hiç kırmadım. İlk olarak bir gece önce yemek yerken karşı kıyıdan saptadığım, dünyanın en yüksek binasına gittik, sonra da Çin mahallesine. Ve elbette sürekli sohbet ettik.

Ali ilkokulu, orta ve liseyi TED Koleji'nde okumuştu, sonra Boğaziçi Üniversitesi'ni bitirmişti, şimdi de burada yüksek lisans yapıyor, cep harçlığını çıkarmak için de yarım gün Versace'de çalışıyordu. Akıllı, kültürlü, yakışıklı bir gençti. Gittiğimiz, dünyanın en yüksek gökdeleninde ve Çin mahallesinde yüzlerce resim çekip öğlen yemeği için bir Türk restoranında mola verdik. Laflıyorduk aramızda... bir ara konu nasıl geldiyse ben, "Doğu Anadolu'ya birkaç kere turist olarak gitmiştim ama asıl *Kardelenler*'i yazarken tanıdım o yöreyi," diyecek oldum, Ali çok heyecanlandı!

"Aaa! Ayşe Hanım, yoksa siz mi yazdınız *Kardelenler*'i?" diye sordu.

"Evet," dedim.

"Sahi siz mi yazdınız?" Uzandı masanın üzerinden, ellerimi tuttu.

"Niye bu kadar şaşırdın Ali?" diye sordum, "Evet ben yazdım ama bu heyecan niye?"

"Çünkü Ayşe Hanım, ben de bir Kardelenim," demez mi!

Deli mi ne! Bu sefer, ben tuttum onun ellerini,

"Bak Ali," dedim, "sen ilkokulu, orta ve liseyi TED'de okumuşsun. Boğaziçi'ni bitirmişsin. Şanghay'da yüksek lisans yapıyorsun, pelerinin ve geniş kenarlı şapkanla yarım gün Versace'de çalışıyorsun. Üstelik erkeksin! Sen Kardelen değilsin, oğlum, sen Kardelen olamazsın çünkü Kardelenler bursla öğrenim gören yoksul ailelerin kızlarıdır."

"Ben de erkek Kardelenim o halde," dedi, "çünkü ben Adana'da hasat zamanı pamuk toplayan bir ana-babanın oğluyum. Mevsimlik tarım işçisi oldukları için pamuk bitince çay, çay bitince bir başka mahsul... anamla babam beni de sırtlarına vurup ekmek parası peşine düştükleri için eğitimim aksıyordu. Adana'daki sınıf öğretmenim, sizin *Kardelenler*'i yazdığınız yıl, TED'in açtığı burs sınavına beni de soktu. Kazandım. Yatılı olarak ilk, orta, liseyi tam burslu okudum. Sonra yine burs sınavına girip, BÜ'yü de burslu okuyup bitirdim. Şimdi de yine bursla yüksek lisansımı yapıyorum, cep harçlığım için de Versace'de yarım gün çalışıyorum. Kıyafetim benim seçimim değil. Versace, çalışanlarından markalarını temsil eden özel bir tarz istiyor. O yüzden böyle giyindim."

Ben şaşkın şaşkın bakarken, Ali cebinden telefonunu çıkardı, karıştırdı biraz, aradığını buldu, göreyim diye uzattı bana. Grup halinde çekilmiş genç kızların resimlerine baktım., "Kim bunlar?" diye sordum.

"Bunlar sizin kitabınızı yazdığınız kızlar. Kader, Selma, Zeliha, Esma..."

"Aaa, koca kız olmuşlar! Tesadüfen aynı okulda mı okudunuz siz?"

"Hayır, ben TED'in Talas'taki okuluna gönderildim, Kardelen kızlar İstanbul'daki TED'de okudular ama tatillerde değişik şehirlerdeki tüm burslu öğrencileri bir araya getirir, hayat dersi için yolculuk yaptırırlardı. Mesela Ankara'da Anıtkabir'i ziyaret ettik, operaya, tiyatroya ve Ankara'nın tüm müzelerine götürüldük. İstanbul'da ise Boğaz'da vapur gezisi yaptık. Adalar'ı, Topkapı Sarayı'nı ve camileri gezdik. İzmir'e de gittik, Çanakkale'ye de. Restoranlara, plajlara götürülürdük, oralarda nasıl davranılmalı, ne giyilmeli öğrenelim diye. Kısacası aklınıza gelebilecek her şeyi öğrettiler, gösterdiler bize hocam. İşte bu gezilerde tanıştık sizin yazdığınız kitaptaki Kardelenlerle. Arkadaş olduk, irtibatı hiç kesmedik."

Sonra Ali bana teker teker, 2002 yılında dokuz ve on iki yaş arasındaki kızların çeşitli yaşlardaki resimlerini de gösterdi.

"Ne yapıyorlar şimdi?" diye sordum. Anlattı. Boş yoktu aralarında. Çoğu öğretmen, kimi hemşire, kimi hekim olmuş. Avukat, kimyager de olmuşlar. Bana, küçücük kızlarken musluktan akan suyu ilk kez gördüklerinde nasıl şaşırdıklarını anlatan kızlardı bunlar. Ben büyümüş hallerine bakarken gözyaşlarımı tutamıyordum. Ayrıca karşımda oturan çocuk... o çocuğun başarısı... Biz ne şanslı insanlardık ki, dünyaya pek en ender yolu düşen bir dâhi, bize nasip olmuştu, Anadolu'nun kızlı erkekli yoksul çocuklarına, güncellenmiş eğitim veren okullarda dünya insanı olma fırsatını tanımıştı. Bir gece önce beni yemeğe çıkaran Halil de Manisalıydı. İzmir Endüstri Meslek Lisesi'ni bitirmişti. Şimdi Şanghay'da bir Alman şirketinde çalışıyordu. Doğru eğitim tüm kapıları açabiliyordu.

"Ali, biliyorum TED'e şükran borcun var ama asıl şükran borcunu, çocuklara çağdaş eğitimi sağlayan Atatürk'e duymalıyız hepimiz," dedim, sesimin titremesine mani olamıyordum. "Onun öngörüsü sayesinde, sen bugün bir dünya insanısın, ben de hiçbir erkeğe muhtaç kalmadan kendi ayakları üzerinde durabilen bir kadınım."

"Bilmez miyim hocam," dedi, "beni Cumhuriyet okulları okuttu. Devletime gönül borcumu ödemek için ben de konsolosluk benden her ne isterse seve seve yapıyorum."

"Aa, hiç para almıyor musun mesain için... hani cep harçlığı olarak filan?"

"Almıyorum. Bugün hayata dediğiniz gibi iki yabancı dil bilen, yüksek lisanslı bir dünya insanı olarak atılıyorsam, bunu devletimin kurduğu sisteme borçluyum," dedi Ali, "yaptıklarım az bile!"

Şanghay'da gördüklerimin arasında özellikle dünyada mevcut tüm dillerini öğreten üniversiteden, katıldığım work-shop'tan ve şehrin beni şaşkına çeviren kalabalığı ile temposundan da söz etmeye niyetliydim, fakat bu gezide her biri bir meslek sahibi olmuş Kardelen kızlar ve Adana'daki tarım işçisi babanın çağdaş eğitimle yetiştiği için artık bir dünya insanı olan oğlu Ali'nin üstüne başka söz söylemeye dilim, yazmaya elim varmadı! Onlar bana bu şehirde verilmiş en güzel armağanlar oldular. Söylemek istediğim sadece şu: Çağdaş eğitim kurumlarımıza sahip çıkamazsak dünya ile buluşamayız çünkü dünyanın batısından doğusuna, ancak doğru yöntemlerle eğitilmiş insanlara yer var. Aklımızı başımıza toplayalım!

Adalet Yürüyüşü'nde HAK HUKUK ADALET diye bağırarak eşitlik istemiştik. Sesimiz kozmosta yanlış kapıya ulaşmış ki Kovid-19 önünde eşitleniverdik hepimiz. Virüs ayırım yapmadan hepimizi vurdu. Bizler virüse karşı maskelendik ama bahçemizdeki villalarında yaşayan kedi nüfusu maskeye ikna edemedik!

Roma'daki St. Regis Otel'in lobisinde postmodern sanat: Tencerelerden ve kâselerden yapıtlar, klasik avizeden sarkan cam topaçlar, kâğıt süsler.

Çok Hünerli Michéle Lamy

Dice-Kayek'in yaratıcıları sevgili Ayşe ve Ece Ege ile.

Gerçek sonrası dünyanın sanatçısı Michéle Lamy.

79 yılının Oscar&Atın Palmiye ödüllü yapımcısı Volker Schöndorf.

Villa Borghese'de Rönenans heykelleri.

Işıklar ve çiçeklerle süslenmiş havuz kenarında kokteyl.

Bizim masada Selimcan Çelik, Barbaros, Belçim Bilgin ve Ece Ege.

Beni *İstanbul 74*'e davet ettiren postmodern kitabım *Tutsak Güneş*.

Keşke Belçim bir gün bana ait bir senaryoda başrol oynasa.

Gece gözüyle Şangay.

Şangay Yazarlar Birliği'ne ziyaret.

Şangay'ın bana en güzel sürprizi Ali ile.

Çin'den kalan son mahallede, Ali ile birlikte.

Şangay'ın gökdelenleri karşı yakada. Meşhur Bund ise turistlerin en gözde mekânıdır.
Bölgedeki binalar yasa ile sınırlandırılmıştır.

Belga, Gül ve Manisalı Cansu'm ile
Parle'de öğlen yemeği.

Gül olmasa ben ne yapardım!!!

Görünmez olsak da varız ve çok eğleniyoruz. Oya, Betin, Rengin, Fatoş yine Betin ve Sevgi.

Tahran'da Loghanteh Kafe'de 1934 yılının gazete arşivinde, Atatürk ve İran Şahı'nın Ankara buluşmasını incelerken.

İranlı kadın yazar Furuğ Ferruhzad'ın mezarında.

Başımdan kayıp duran eşarbı hamam havlusu gibi sardıktan sonra rahat ettim.

Shahzadeh yazar Said Fekri ile şair ve ressam Seyyed Ali Salehi'nin atelyesinde.

Shahzadeh ile İranlı kadın yazar Nahid Tabatabaie'nin evinde.

Saray bahçesindeki bebeğini emziren kadın heykeli.

Tahran'da taktığım eşarp, adına imzalı kitabımı Rus edebiyatı uzmanı Prof. Irwin Weil'e iletmeme vesile olan edebiyatçı dostum Demir Aytaç'ın armağanıdır.

1: Rahmetli Ergül ve Engin gündelik yürüyüşlerinde nefeslenirken.

2: Son yaz! Ayşe, Oya, Ergül ve Engin.

3: Lise yıllarında ben, Eren, Emine ve Lale Moda Kulübü'nde, kıyafet balosunda.

4: Ankara TED İlkokul'dan Sevin ve Emine'mle son resim, 2019.

5: İffet'le gece gündüz birlikte geçen yedi yılın son günü!

6: Betin ve ben ilkokuldayken Betinlerde çalışan ablamızla müsamere sonrasında.

HAZİRAN

Hiç bilmeyiz kimde sıra
Aramızda gezer ölüm
Halkını bostan eylemiş
İstediğini seçer ölüm.

Yunus Emre

BU ÜLKEDE ÖZGÜR OLMAK İÇİN HEYKEL OLMAK VARMIŞ

CAN KIRIKLARI

Sokağa çıkma yasağımız, tam da umduğumuz gibi, Korona ile mücadelede dünyaya örnek gösterildiğimiz haziran başında kaldırıldı. Röntgenim çekilip yeni sol kalçamın en az bir elli yıl daha beni idare edeceği tespit edilince Engin'le hemen arabamıza atlayıp Urla'ya gittik. Nihayet doğaya, ağaçlara, kelebeklere ve denize kavuşuyoruz diye seviniyorduk.

Meğer korkunç bir yaz geçirecekmişiz!

Biz yaştakilerin sokağa çıkma yasağı, saatleri değişmiş olarak devam ediyordu. Bu sefer akşam sekizden itibaren başlıyordu yasak! Hava sıcaklıklarının otuz derece civarında seyrettiği Ege'de, bir akşam mesela, deniz kenarında oturup bir balık yeme lüksümüz olamayacaktı! Bize otuz beş kilometre uzaklıktaki Alaçatı'da yaşayan çocuklarımızın evine akşam yemeğine gidip dönemeyecektik. Demek ki bu virüs güneş battıktan sonra bulaşmaya başlıyordu insanlara, gece baskınları yapan eşkıya gibi!

Ama benim derdim bu değildi. Her yıl olduğu gibi, haftanın en az üç günü birkaç saat süren elektrik kesilmeleri ve yetersiz altyapı yüzünden iletişim kurmak için saatlerce beklemek zorunda kaldığımız internet sistemi de değildi derdim!

Mutsuzluğumun birinci nedeni, ilk torunum biricik Aurelia'mın dört gözle beklediğim, 3 Eylül'de Alaçatı'da yapılacak düğününün Korona yüzünden iptal edilmiş olmasıydı.

Oysa düğün için her şey hazırdı. Kız gelinliğini ta mart ayında İstanbul'da satın almış, dolabına asmıştı bile. Davetiyeler çoktan gönderilmişti. Sadece düğünün yapılacağı mekânın değil, Aure'nin dünyanın dört bir yanından gelecek okul arkadaşlarının kalacağı otellerin, motellerin sözleşmeleri yapılmış, kaparoları verilmişti. Menüye karar verilmişti, süsler seçilmişti. Her şey Korona yüzünden bir anda altüst oldu!

Ben öncelikle evlenecek gençlerin heveslerinin kursaklarında kalmasına üzülmüştüm. Kendi kuşaklarının ilk düğününü dört gözle bekleyen diğer torunlarıma da, verdiği kaparoların bir kısmını geri alamayan oğlumun sokağa atılan parasına da üzülmüştüm ama bir de endişe yerleşmişti yüreğime. Ya ilk göz ağrısı torunumun bir sonraki yaza ertelenen düğününü göremeden Korona'ya yakalanıp çeker gidersem bu dünyadan diye korkuyordum!

Moralimin yerlerde süründüğünü bilen, her yaz sonu Bodrum'daki güzel evlerine konuk olduğumuz en yakın arkadaşlarımız Ergül'le Ayşe, onları ziyarete bu yıl eylülü beklemeden, haziran ayında gitmemiz için ısrar ettiler. Niyetleri iptal edilen düğünden dolayı kırılan kalbimi tamir etmekti! İkiletmedik! Valizimizi hazırladık, bahçemizde yetişen sebze ve meyvelerden bir sepet yaptık, yöremizin ünlü şarapçısından bir kasa şarap alıp hepsini bagaja attık ki, sabah erkenden yola çıkalım! Aynı akşam haberlerde, bir şehirden diğerine gidişlerin zora sokulduğunu öğrendik. Şehir değiştirenler, gittikleri yerde on beş gün kalmak zorundaydılar.

"Bagajı boşaltsınlar, gitmiyoruz," dedi Engin. Haydaa!

"Ne alakası var, işi gücü bırakıp bizim Bodrum'da kaç gün kaldığımızı mı takip edecekler, Allah aşkına?" diye ter ter tepinsem de Engin'in inadını kıramadım.

Temmuzun başında, en küçük torunlar Kiara ve Ziya bizde kalmaya geleceklerdi. Döneceğimiz tarihte yeni bir yasak getirilir de Bodrum'dan zamanında dönemezsek diye mi korkuyordu yoksa bu mazeret bir bahane miydi? Engin, kurallar neyse ona uyardı. Ana tarafından Bulgar göçmeni olup, baba tarafından da Arnavut kanı taşıdığı için de ondaki inat çifte kavrulmuş kıvamındadır. Gitmedik. Kaldık.

Ben yeniden çöktüm bilgisayarımın başına. Her yazdığım sayfayı, bir gün sonra silip yeniden yazarak ve ertesi gün yeni yazdığımı da sileceğimi bilerek yazmaya çalıştım Iıh! Olmuyordu! Kim çalmıştı benim ilham perimi acaba, hiç yazasım yoktu!

Sanki çok neşeliymişiz gibi, daha da keyifsiz günler başladı evimizde.

Denize dahi gitmiyor, yaşlı zeytin ağaçlarının gölgesindeki bahçemizde, yetiştirdiğimiz meyve, sebze ve otlarla haşır neşir bir yaz geçiriyorduk ve sanıyorduk ki, bu yazın önceki yazlardan tek farkı Korona'nın hayatımızı felç etmiş olmasıydı. Her kötülüğün ardında Korona vardı! Aurelia'nın düğünü Korona yüzünden iptal edilmişti.

Ergül'le Ayşe'ye Korona yüzünden gidememiştik!

Torunlar gelmişlerdi ama gelecekleri tarihte eve dönemezsek korkusuyla Bodrum yolculuğunu iptal ettiğimiz çocukları, Selim'le karısı arabaya atıp Mersincik'e, bir arkadaşlarını ziyarete gitmişlerdi.

Yani, Bodrum'a gitmemiş olmamıza da değmemişti!

Bir yandan ya çocuklar gittikleri yerlerde Korona kaparlarsa diye hayıflanıyor, bir yandan da beni Bodrum'dan boşuna mahrum etmiş olan Engin'e dırdırlanıp duruyordum. Haliyle onun suratı da sirke satıyordu ve ben hâlâ tek bir sayfa yazamamıştım! Yazmayınca zaman da geçmiyordu. Urla'daki altyapı o kadar yetersizdi ki elektrikler çok sık kesiliyor, bazen telefonu öğlene kadar şarj edemediğimiz oluyor, internet içinse dakikalarca beklemek gerekiyordu. Öyle İstanbul'da olduğu gibi Netflix'te bir film seçip izlemek filan hayal olmuştu.

Elektrik kesintileri yüzünden televizyonu zor seyrediyorduk!

Ölümümün Korona yüzünden değil, iç sıkıntısından olacağına karar verdiğim günün akşamıydı. Yemekten yeni kalkmıştık. Bahçede oturuyorduk. İçerde unuttuğum telefonum saat dokuz sularında çaldı. Eve koştum, Bodrum'dan bir arkadaşımızdı arayan, peşreve gerek duymadan, damardan verdi haberi.

"Ergül'ü kaybettik," dedi.

"Nerede kaybettiniz?" demişim ben.

"Bahçede. Güzinlerin bahçesinde yemek yiyorduk..."

Koca bahçe, dünya kadar ağaç var içinde. Arayın, bulursunuz diyeceğim de şaşkınlıktan, "Ne zaman kaybettiniz?" diye sordum.

"On dakika bile olmadı... şey... ambulans geldi... Ayşe, kapatmak zorundayım. Çok yakın olduğunuzu bildiğim için size hemen haber vermek istedim de..."

Kapandı telefon. Boş gözlerle telefona baktım, jeton birkaç saniye sonra, nihayet düştü. Telefon da elimden düştü. Bahçeye koştum. Engin, yüzümü görünce ayağa kalktı oturduğu yerden.

"Çocuklara mı bir şey..?"

Konuşamadım. Sesim çıkmıyordu. Başımla hayır işareti yaptım, yaşlar yüzüme yağmur gibi inerken, sadece "Ergül," diyebildim.

Ergül'le* tanıştığımızda ortaokuldaydım. Sadece aynı okulda değil, aynı arkadaş grubundaydık da. Ellilerin sonları Rock&Roll'un gençleri kasıp kavurduğu yıllardı, Ergül çok güzel Rock&Roll yapardı, başarılı bir öğrenciydi ve çok ama çok yakışıklıydı.

Ben okuldan mezun olur olmaz evlenip üniversite okumaya Londra'ya gittiğim için arada geçen birkaç yıl, okul arkadaşlarımla irtibatım kesikti haliyle çünkü o yıllarda mektuplaşmanın dışında, iletişim imkânı sadece telefondu ve değil ülkeler arası, şehirlerarası telefonlaşmak için bile saatlerce beklenirdi dünyanın her yerinde.

Üç buçuk yılın sonunda İstanbul'a elimde üniversite diploması yerine iki bebekle döndüğümde, başına gelenleri duymadığım için Ergül'ün Amerika'daki üniversitelerin birinde yüksek lisans yaptığını varsaymıştım. Robert Kolej'den mezun olduktan sonra, ABD'de kayıt yaptırdığı üniversitesine gitmeye hazırlanırken, aniden babasını kaybedince bütün planları değişmiş. Annesiyle küçük kız kardeşlerinin tek hamisi olarak, babasının işinin başına geçmiş meğer.

Robert'li arkadaş grubumuz da zaten hiç dağılmamıştı. Bıraktığımız yerden başladık, kızlı erkekli bir avuç arkadaş, seksenli yaşlarımıza kadar inişli çıkışlı hayatımızı hep bir arada yaşadık. Evlenenler, ayrılanlar oldu, kadınlı erkekli

* Ergül Aybay

yeni eşler katıldı grubumuza ama ortaokul yıllarının çekirdek grubu biz, hep bir arada kaldık.

Dost canlısı, cömert, kibar, yakışıklı, sevecen, yedirip içirmekten, misafir ağırlamaktan hoşlanan, hayata sımsıkı bağlı biricik arkadaşım, okul ve gençlik arkadaşım, pek çok yolculuğumuzu, hemen her hafta sonumuzu birlikte geçirdiğimiz can arkadaşım, bir anda gitmiş! Bir anda! Yıldızlı bir yaz akşamında, çok güzel bir bahçede eşiyle, dostlarıyla keyif içinde yemek yerken... bir anda! Engin'i gözyaşlarımın gerisinde, hayal meyal görüyordum. Bana inanmadığı için Bodrum'da birilerini aramaya çalışıyordu.

"Neden inanmıyorsun bana?" diye bağırdım.

"Yanlış anlamışsındır belki," dedi. İnanmak istemiyordu. O deli gibi telefonunu tuşlarken, ben gözlerimi kırpıştırıp duruyordum dikildiğim noktada.

Belki televizyonun karşısında uyuyakalmış ve bir kâbus görmüştüm... olamaz mıydı?

Ne kadar zaman geçti, bilmiyorum. Yanıma geldi Engin.

"Doğruymuş," dedi.

"Korona mıymış?"

"Ne Korona'sı, Ayşe! Daha dün akşam konuşmadık mı telefonda, hiçbir şeyi yoktu. Kalbi durmuş!"

Yüzüne avazım çıktığı kadar bağırmak, "Birlikte geçireceğimiz son günlerimizi, senin yüzünden geçiremedik, kural manyağı Engin!" diye haykırmak istedim ama o kadar perişan görünüyordu ki, yapamadım. Galiba duydu içimden söylediklerimi,

"Çok ama çok üzgünüm," dedi, "Bodrum'a gitmediğimiz için gerçekten çok üzgünüm!" Pişmanlığı, üzgünlüğü yüzünden okunuyordu.

"O şimdi çoktan Engin'iyle buluşmuştur, o tarafta daha çok dostumuz oldu artık," dedim, teselli etmek niyetiyle.

Engin'in adaşı Engin Gürak, Ergül'ün ortaokuldan itibaren hiç kopmadığı, o çekirdek grubumuzdan biriydi. İki yıl önce Ergül zor ameliyatını geçirdiğinde evine çıkana kadar başından hiç ayrılmamıştı. Ergül'ü evine çıkardıktan sonra, doktoru yürümesini tavsiye ettiği için sabah yürüyüşlerini Engin yaptırıyor, akşamüstleri de evi çok yakın olan Engin Gürak uğruyordu Ergül'e. Ergül çoktan iyileşmişti ama bu rutini değiştirmek istemedi. Yaşlarımız ilerledikçe daha da düşkün olmuştuk birbirimize de sorun, isim benzerliklerindeydi. Bir Ergül, iki Engin ve üç Ayşe'yle, isim açısından çok kafa karıştırıyorduk, özellikle de iki adet '*Engin-Ayşe*' çiftinden dolayı. Bu yüzden birbirimizi soyadlarımızla çağırır olmuştuk. Bir akşam Engin Gürak, gece sapasağlam yattığı yatağından kalkmadı. Ayşe, kızı ve arkadaşları delilere dönmüştük. İnsanı uykuda alan ölümlerin en güzeli, ne yazıktır ki gidenin yakınlarını hazırlıksız yakaladığı için çok ağır yaralıyordu. Enginimizin acısı henüz küllenmemişken ve Ergül'ün içimizde çok zor sönecek yangını tüm harıyla sürerken, bir başka gençlik arkadaşımızın haberi geldi İstanbul'dan.

Erbil* de gitmiş, Ergül'den tam bir hafta sonra.

Urla'da kaldığımız sürece, temmuz ve ağustos ayları içinde kimi Ergül ve Erbil gibi çok yakınımız, kimi iş hayatından tanıdığımız, kimi komşu olduğumuz ama hepsi kendi kuşağımızdan, tam altı kişinin ailesine baş sağlığında bulunduk. Pamukkale Üniversitesi Güzel Sanatlar Bölümü Başkanı Prof. Tahsin Hancıoğlu, resim hocası ressam eşi Yüksel, bizden çok daha gençtiler ama Tahsin Hoca da zamanından çok önce bu kervana katılmıştı. Yaz yağmuru gibi art arda geliyordu bizi sarsan ölüm haberleri.

Bu arada, ani bir kararla Ayasofya Müzesi camiye dönüştürülmüştü.

Cumhurbaşkanı, virüsün bulaş hızına ve hasta sayısına biz sıradan vatandaşlardan çok daha vâkıf olduğu halde, yaz ortasında Ayasofya'yı ibadete açmış, memleketin dört bir yanından yüz binleri Sultanahmet Meydanı'na çekmişti.

Televizyon ekranlarında iç içe geçmiş o mahşeri kalabalığı görünce hem onlar hem de virüsü taşıyacakları kişiler adına hayıflanmamak için televizyona bakamamıştım birkaç gün boyunca. Üzerinde çok laf döndürebileceğimiz bu konuyu Engin'le konuşacak gücümüz dahi kalmamıştı. Biz yaştakilere akşam saat sekizden sonra sokağa çıkma yasağının sürdüğü günlerde, Anadolu'dan yüzlerce otobüse doluşarak veya uçaklara binerek akın akın İstanbul'a toplu

* Erbil Sertel

namaza gelecek yüz binlerce insanın Korona'yı büsbütün patlatmaması için duacı olduk, ancak!

Yasaklardan dolayı tatsız tuzsuz, kayıplardan dolayı ise gözyaşları içinde acısı bol bir yaz geçiriyorduk. Bu korkunç yazın son kurşununu, İstanbul'a döneceğimiz tarihten bir hafta önce yiyecekmişim, alnımın tam ortasına.

Emine'nin* gidişiyle!

Annem beni Eminelere kolumdan çekiştirerek götürürdü, onun annesi de Emine'yi bize, itiştire kakıştıra getirirdi. Biz dört-beş yaşlarında, örgülü saçlı, çöp bacaklı iki sıska kız çocuğu, annelerimize çaktırmadan birbirimizi tekmelerdik masaların altında.

Annelerimiz arkadaş diye, biz de illa arkadaş olmaya mecbur muyduk yani!

Onun Ankara'da, Karanfil Sokak'taki evinde kendi mahalle arkadaşları vardı, benim Kızılay Meydanı'ndaki Soysal Apartmanı'nda kendi arkadaşlarım!

İlkokula da birlikte başladık Emine'yle, aynı sınıfta ama değişik şubelerdeydik. Bence en güzel ve en iyi öğretmen, benim öğretmenim Leman Hanım'dı, Emine ise en iyi öğretmenin kendi öğretmeni olduğunu savunurdu. Hiç geçinemezdik.

İlkokulu Ankara'daki TED'de bitirince, İstanbul'daki Robert Kolej'e yatılı yollandık. Aynı sınıfa, aynı yatakha-

* Emine Yazıcıoğlu Gedik

neye düştük ve o yılın sonunda, *büyük aşklar nefretle başlar* iddiasının canlı misali olarak, ayrılmaz iki arkadaştık artık!

Benim için Emine arkadaştan da öteydi, sanırım kardeşim olmadığından ben Emine'yi kız kardeş yerine koymuştum.

O benden altı ay küçüktü, sırayı bozdu, benden önce gitti.

Beni çocukluğumuzun, ilk gençliğimizin, ilk yasak delmelerimiz, ilk sigaralarımızın, ilk flörtlerimizin, yetmiş beş yıl boyunca yaşanmış, birbirinin içinde eriyen acı ve tatlı rengârenk anılarımızla baş başa bırakarak, kör kuyulara atarak gitti çünkü tüm o anılar onunla birlikte hatırlanırken, birlikte gülerken, birlikte eseflenirken anlam kazanırdı. Emine'nin gidişiyle, Ankara'daki çocukluğum sislerin ardında kaldı. Üşüdüm. Bir yaz günü nasıl üşüdüm, anlatamam.

Çocukluğumun Ankara günlerinden, bana en yakın Betin* ve Alev kaldılar sadece. Onları incinmesinler diye pamuklara mı saraydım, eskimesinler diye buzlara mı yatıraydım. Acele edip önüme geçmesinler sakın diye, diz çöküp yalvarsa mıydım onlara, bilemedim de... nihayet dank etmişti kafama; bizim kuşağın gemisi demir almıştı limandan.

Değişik iskelelere uğrayıp bizleri tek tek toplayarak yol alıyordu.

---

* Betin Akay

Yüzleşmeliydim gerçeğimle, yolum sona ermek üzereydi. Bu ruh halinde neden yazı yazamadığına şaşmak da niye! Zamansız insan da umutsuz insan gibi, ne işe yarardı ki? Panik yaptım.

Katiyen gidişim yaklaştı diye değil, ben her sonun aslında bir başlangıç olduğuna inananlardanım; mart ayında başladığım ve aylardır elimde savsaklanıp duran kitap için panik yaptım. Hastaneden eve çıktığım günden itibaren oturup yazacağıma, ipini koparmış başıboş bir uçurtma gibi, sağa sola savruluyordum.

Ne yazdığımı bilemeden tuşlara basıp durduğum, yazarlık anılarımı yazıp sonradan çoğunu sildiğim sayfaları da tamamen silmeye karar verdim bilgisayarımdan çünkü hiçbir işimi yarım bırakmayı sevmem ben! Yarım kalacağına, hiç olmasın daha iyi diye düşündüm!

Aynı günün akşamı, bir süredir Berlin'de yaşayan Barbaros'a telefon ettim.

"Hiç bitmeyecek sandığım ilham pınarım kurudu Barbaros," dedim, "içimden hiçbir şey yazmak gelmiyor! Benden yeni bir kitap yok, bunu bil!"

"O halde yeni kitap yazmayın, *Hayal*'in devamını getirin sadece," dedi Barbaros.

"Ne demek devamını getirmek? *Hayal*'i yazdım, basıldı, bitti. Hatta yayıncı değiştirdiği için yeni kapakla bir kere daha basıldı. Yetmedi mi?

"Ama *Hayal*'in üzerinden neredeyse yedi yıl geçti. Geçen zaman içinde yeni romanlar ürettiniz, kitaplarınız birçok dile çevrildi, yurtdışında birçok etkinliğe katıldınız, tüm bunları anlatmanız için ilhama ihtiyacınız yok ki!"

"Kime ne bunlardan?"

"Ne demek kime ne! Bir yazar olarak, okurlarınıza anılarınızı bırakmak istemez misiniz? Ayrıca romancılığınız üzerine tezler yazılmadı mı sizin? Gelecek kuşakların edebiyat okuyacak gençleri arasında, kitaplarınızı incelemek isteyenlere kaynak bırakmak istemez misiniz?"

Barbaros'a, "Hayır, hiç umurumda değil," diye yalan söyledim çünkü her yazar kalıcı olmak için yanar tutuşur.

Bir sessizlik oldu önce, sonra Barbaros'un sesini duydum.

"Nasıl umurunuzda değil! Asla inanmıyorum söylediklerinize! İstanbul dışındaki üniversitede okuyan bir genci evinizde kabul edip arşivini açan, saatlerce hatta günlerce sorularını yanıtlayan siz değil miydiniz?"

Barbaros bunları söylerken, yüreğime ince bir sızı geldi oturdu.

Burnumda ekşimsi tarhana kokusu, genzimde acı biber tadı vardı, bir tas sıcak çorbanın buharında ise mutfak masamda karşıma oturmuş bana sorular soran genç adamın esmer yüzü... Vedat Yeşilçiçek!

2010 yılındaydık, *Ayşe Kulin'in Hayatı, Sanatı, Eserleri* adlı doktora tezi için ta Çanakkale'den gece otobüsüyle gelmiş, verdiğim tarifle metroya binmiş, evimi bulmuştu. Sabahın erken bir saatiydi, ona kahvaltı ikram etmiştim. Biz konuşurken öğlen yemeği saati geçmişti ama soruları bitmediği için, bana memleketi Uşak'tan getirttiği köy tarhanasından çorba pişirmiştim ikimiz için. O mutfak masasında oturmuş, yanıtlarımın notunu alırken, ben de çorbayı karıştırıyordum, dibi tutmasın diye. Akşamın geç saatlerine kadar kalmıştı ki, bir kez daha İstanbul'a kadar gelmek zorunda kalmasın. Çorbayı öğlen saatlerinde, çayı saat altıya doğru içmiştik. Ne çok konuştuk, didikledik, deştik durduk o güne dek yazdıklarımı!

Ben de bir ayna tutmuştum yazdıklarıma, Vedat'ın sayesinde yazdığım romanlarda ne demek istediğimin belki de ilk kez farkına varmıştım.

Soruları bitmeyince akşam omlet ve salata yaptım. Mutfak masasında hiç kalkmadan son otobüs saatine kadar oturduk. Geç saatte nihayet ayrılırken, ekmek arası peynirli sandviçler verdim yanına yolluk olarak. Arada telefonla da çok görüştük, yazıklarıyla ilgili. Bana aylar sonra, önce altı yüz sayfayı aşan tezini ve defalarca Uşak tarhanası gönderdi. Bayramlarda, yılbaşlarında mesajlaştık, telefonlaştık. Derken bir sessizliğe büründü çok güzel soyadlı Vedat Yeşilçiçek!

Merak ettim, araştırdım. Keşke araştırmasaymışım.

Çiçeği erken solmuş Yeşilçiçek'in.

O zamandan beri ne vakit acılı tarhana çorbası içsem, çorbamın dumanında kara gözlü bir Anadolu fidanı belirir acısı hem boğazımı hem yüreğimi yakarak. Doktora tezi için bir kadın yazarı seçmiş ama ömrü kendi gibi başka fidanlar yetiştirmeye yetmemiş, dalından erken koparılmış bir Cumhuriyet çocuğu!

Çok istiyorum ya bir kurumun arşivime sahip çıkmasını, biraz da Vedat Yeşilçiçek'in 617 sayfalık göz nuru, onca emeği heba olmasın, bir kütüphanenin rafında yerini alsın diyedir, belki de!

Barbaros, hattın öbür ucunda, ta Berlin'de,

"Sorumluluk duygusu yüksek biri olduğunuz için, sizden sonrakilerin de başvurabilecekleri bir kaynak kitap bırakmak istersiniz diye düşündüm," diyordu. Zorladım kendimi Barbaros'u yanıtlarken. Sesimin rengi değişmiş olmalı.

"Ne oldu, üzdüm mü sizi?" diye sordu.

"Yok, üzmedin," dedim, "belki de haklısın Barbaros, evet romanlarımla ilgili tez yazmak isteyenlere yol gösterebilecek bazı notlar bırakmak fena fikir değil. Var çünkü böyle gençler. O sözünü ettiğin kişi, Vedat Yeşilçiçek'ti. Arada başkaları da oldu kitaplarımı tez konusu yapan. Son tez, mavi gözlü çocuk Doğuş Demir'e ait."

"Mavi gözlü çocuk?"

"Kim olduğunu hatırlamak için telefona mavi gözlü çocuk diye kaydetmişim, dilime öyle yerleşti, kusura bakma."

"Ben de tam bunu söylüyorum zaten, başkaları da çıkacaktır," dedi Barbaros, "onlar için yazın işte!"

Mavi gözlü çocuk Doğuş'la da evimin mutfağımda yemek yemiştik. Doğuş da ilk gelişinde, annesinin harmanladığı çörek otuyla ev yapımı biber ve domates salçalarını getirmişti, bana artık hayatta olmadığını bildiğim Vedat Yeşilçiçek'i anımsatmıştı.

Biri Uşaklı diğeri Trakyalıydı. Birinin kara diğerinin nazar boncuğu mavisi gözleri vardı. Hayatlarının baharındaki bu iki genç adamın beni tez konusu edinmelerinden çok daha önemli olan müşterekleri, her ikisinin de yörelerinin tatlarını, kokularını ta nerelerden hiç üşenmeden otobüslerde taşıyarak yurdum insanının o paylaşımcı, cömert karakterini yansıtmış olmalarıydı ki, tam da ben umut denizinden demir almak üzereyken beni kendime getirmişler, onca hırsızın, arsızın, vicdansızın ve zır cahilin yanı sıra vatanımda vicdanlı, duyarlı, çalışkan ve aydınlık ufuklara yürüyen insanların da olduğunu hatırlatmışlardı bana.

Doğuş Demir ile Vedat Yeşilçiçek işte o güzel insanlardan ikisiydi. Pırıl pırıl gençlerdi.

Doğuş, *2000 Sonrası Türk Televizyon Dizilerinde Edebiyat Uyarlamaları...* diye başlayan, çok uzun başlıklı tezini sunacağı gün, kendi çocuklarımdan biri sınavdaymış gibi heyecan çekmiş, evimde bir odadan ötekine yürüyüp durmuştum. Sınavdan çıkar çıkmaz, müjdesini telefonla vermişti, ben bir çay sofrası hazırlamıştım bizim evde, başarısını kutlamak için. Bir süre sonra da tezi ulaşmıştı elime. Hâlâ mesajlaşırız, hâlâ ara sıra bir paket gelir ondan, anneciğinin el emeği salçalarını, dağlardan topladığı kuprivalarını* içeren. Onları pişirdiğim yemeklere katarken Doğuş'u ve rahmetli Vedat Yeşilçiçek'i anarım, Doğuş'a başarılar, Vedat'a rahmet dilerim bütün kalbimle.

"Orada mısınız?"

Barbaros'un diğer uçta olduğu telefon kulağımdayken, nerelere kanatlandı yine benim aklım! Ben ki şu yukarıdaki hatıralarımı 2000'li yılların içinde biriktirmişim, bunca anı saniyelere sığmasaydı, şimdi bana orada mısınız diye soran Barbaros, yaşlanmış olurdu! Hani Eurovision Şarkı Yarışması'na ilk katıldığımız yıl, Semiha Yankı bir şarkı söylemişti, sözleri '*sevmek ömür sürer, sevişmek bir dakika*' olan, işte tıpkı şarkıdaki gibiydi yaşamın yıllara yayılırken, anımsamanın saniyelere sığması!

En güzel yıllarımızı bize bir kez daha yaşama imkânını tanımayan Tanrı'nın, saniyelik teselli mükâfatı olmalıydı hatırlayabilmek ki buna da bin şükür!

Ya hiç hatırlamasaydık!

"Buradayım! Dinliyorum seni," dedim Barbaros'a.

"Diyordum ki, *Hayal*'in devamı olabilecek bir kitaba, tüm arşivinizi koyabilirsiniz. Geleceğin genç edebiyatçılarına istedikleri takdirde başvurabilecekleri bir kaynak bırakmış olursunuz."

"Yani otur son kitabını yaz, diyorsun bana, öyle mi?"

---

* Isırganotlarını.

"Hayır, kendi hayatınızı anlattığınız serinizin son kitabını yazın diyorum," dedi Barbaros, "aslında onlara hayatınızı anlattığınız kitaplar demek pek doğru olmaz çünkü otobiyografilerinizde, ülkenin toplumsal tarihini de kendi yaşamanızla birlikte örüyorsunuz. Bu bir türlü ilerlemediğini söylediğiniz kitap da zaten şu anda yaşadığımız Korona günlerinin resmini çizmiyor mu? Bence otobiyografik serinizi mutlaka tamamlayın, sonra ne istiyorsanız onu yazarsınız."

"O elimdeki ilerleyemeyen kitabı ben sildim!"

"Aa! Yapmayın ya! Yeniden yazamaz mısınız?"

"Yok, yazamam!"

"Deneyin bir kere lütfen... hatırlayabildiğiniz kadarını... olmadı, artık elinizden ne çıkarsa..."

"Hay Allah! Keşke silmeseydim, çok pişmanım şu anda!"

Tam da o sırada odaya girmiş olan Engin, "Neyi sildin sen?" diye sordu.

"Ameliyat sonrası başlayıp bir türlü içime sindiremediğim şu Korona günleri vardı ya... onu sildim işte!"

"Ben onu yedeklemiştim," dedi Engin, "elektrikler gidip geliyordu ya geçenlerde, sen belki unutursun yedeklemeyi diye ben yazdığın dosyayı hafıza çubuğuna almıştım ama son hafta yazdıklarını kaydetmemiştir."

Son hafta bir satır dahi yazmamıştım zaten.

"Barbaros, Engin hafızaya almış yazdıklarımı!" diye bağırdım.

"Her eve bir Engin lazım," dedi Barbaros, "madem metin bulundu, bari devamını getirin, dediğim gibi *Hayal*'in bittiği yerden başlayın, daha sonra basılan kitaplarınızı anlatın. Hatta sizde iz bırakmış bazı yurtdışı gezilerinizi de anlatın. Böylece biyografik serinin son kitabını da yazmış olun, ne dersiniz?"

"Düşüneyim," dedim isteksizce.

Yazdıklarımın uçmadığına sevinmiştim ama içime bir türlü sinmeyen bir kitaba devam etmek o kadar zor geliyordu ki! Kapattım telefonu, Engin'e yazımı yedeklediği için doğru dürüst teşekkür etmek niyetiyle ondan yana döndüm ama o çoktan diğer odaya geçmiş, televizyonu açmış bağırtıyordu. Benim bulunduğum yere kadar geliyordu dinlediği tartışmanın sesi.

Yıllardan beri algı operasyonu yapmak üzere, yüksek sesle ve öfkeli bir tonla, beyin yıkama makinesi gibi konuşan o ekran yüzlerinden biri, yakın tarihimizi kafasına göre değiştirmiş, atıp tutuyordu yine.

"Kıs şu televizyonun sesini," diye seslendim Engin'e.

Beni duymadı ama kanal değiştirdiğini anladım çünkü bu kez bir başka ses, dramatik bir tonlamayla bugün yine biri eski sevgilisi, diğeri boşanmak istediği kocası tarafından öldürülmüş iki kadından söz ediyordu!

Ne kadar alışılmış, sıradanlaşmış bir haberdi... haber değeri bile yoktu artık!

Neredeyse günaşırı bir kadının öldürüldüğü ve bu durumun kanıksandığı bir ülkede yaşıyorduk. Belli bir yöne giden trenin içinde ters yöne dahi koşmuyorduk artık. Geçmişe rotalanmış trenimizde, itiraz etmeden ve uygun adım naftalin kokulu Ortaçağ'a, koşar adımlarla ilerliyorduk! Oysa biz, on yıllarca süren savaşların ardından, yanmış yıkılmış topraklarda bin bir bulaşıcı hastalıkla mücadele etmiş, yüzde doksanı zır cahil halkın çocuklarını yeni harflerle, on yıl içinde ilkokuldan üniversite sona kadar bedelsiz eğitmeyi başarmış, mucizeler yaratmış kuşağın torunları ve torun çocuklarıydık.

Nasıl düşmüştük biz bu hale!

Her Allah'ın günü kuş avlar gibi serinkanlılıkla vurulup veya bıçaklanarak öldürülen kadınlarımızla, içi boş bir sözcükten ibaret kalmış adalet kavramımızla, sansürlenen sanatımızla, tehdit altındaki sivil kuruluşlarımızla, içleri boşaltılmış kurumlarımızla yok edilmiş ifade özgürlüğümüzle, küçücük çocuklarımızın beynini yıkayan yobazlarımızla, her türlü talana ve yalana eyvallah diyen televizyon ekranı hokkabazlarımızla iyice farkındaydık artık; bizim kuşak Cumhuriyet'in inişli çıkışlı akışı içinde, en güzel günlerini çocukluk ve ilk gençlik döneminde yaşamıştı!

Yetmişlere kadar, hava çok sık bulutlanmış ama güneş hiç kararmamıştı ufkumuzda. Umut hiç azalmamıştı. Darbelere rağmen her geceye bir güneş doğmuştu. Her darbe sonrasında çekilen acılar, yeniden sandığa gidebilmenin tesellisiyle geride bırakılabilmişti. Sandıktan çıkanlar iyi idare edememişlerdi ülkeyi.

Zaten dünyaya hâkim olan sistem, hayırlı bir sistem değildi, o sistemin bir parçası olarak bir gün bedel ödemek zorunda kalacaktık biz dünyalılar.

Benim yurdumda ise bedel daha çabuk ödeneceğe benziyordu. Suyun doğal akışını tersine çevirmek için çabalayan iradenin, o güne kadar iyi kötü işleyen kurumlarını bırakın yıpratmayı, yok etmeyi başardığı ülkemizde, özgürlüğü tatmış olan bizim kuşak, perişandık!

Haydi bizler yaşlanmıştık, zaten yolun sonuna gelmiştik. Eğer içinde yaşadığımız siyasi iklimin geri dönüşü olmayacaksa, dünyada az zamanımız kaldığı için Engin'le ben şanslı sayılırdık, ama ya bizim hâlâ yolun başında, hayatlarını kazanmak zorunda olan çocuklarımız... ya kimi üniversiteyi yeni bitirmiş, kimi de daha ilkokul sıralarındaki torunlarımız, onların ufkunda kümelenen bulutlar, ne badirelerden geçmiş bizlerinki kadar dahi ışık sızdırmıyordu. Korona virüsü de cabasıydı! Umudu yitirmenin diğer adı depresyon muydu yoksa? Gönül yorgunluğu muydu, bıkkınlık mıydı?

Meğer ne müthiş bir şeymiş umut!

Babamın beni ilk kucağına aldığı an hissettiklerini, bir an için olsun, ben de hissedebilmek için neler vermezdim.

"Muhittin kollarında tuttuğu küçük mucizeye baktı... Gittiği yolsuz, susuz, ışıksız köyler, üzerinde uyuduğu bitli mitiller, ağzında yumuşatmaya çalıştığı kaskatı ekmekler, iyi,

doğru, güzel her şeye direnen önyargılı kafalar, zaman zaman içine düştüğü o derin yorgunluk! Hepsi silinip gitmişti. Kulaklarında kuşlar cıvıldıyordu. Yüreğine ışık doluyordu. Muhittin'in yorgun bedeninin her hücresi yenileniyordu.

On yıl öncesinde Anadolu'ya ilk çıktığı günlerin yüreği umut dolu, heyecanlı genç mühendisi olmuştu yeniden! Çocuğuna pırıl pırıl bir ülke hazırlamak hâlâ mümkündü, hâlâ elindeydi. Ayşe büyüdüğünde ışıksız susuz yolsuz tek bir belde kalmamalıydı, okulsuz tek bir kasaba, okuma yazma bilmeyen tek bir insan!

Umut, yeniden umut! Her yeni can bir umuttu. Her yeni gün bir umuttu!"

Böyle bitirmiştim *Umut* adlı biyografimin son sayfasını.

Her yeni gün bir umuttu çünkü biz, topaklarımızın beşte dördünü kaybetmemize rağmen hastalıklı, bitli, aç, çok yoksul ve çok cahil halkıyla, bembeyaz bir sayfaya destan yazmak üzere küllerinden doğabilmiş bir milletin, onurlu ve umutlu çocuklarıydık! Ben denizleri berrak, havası mis gibi, akarsuları şırıl şırıl, toprağı verimli bir vatana doğmuştum. Ülkemde yoksulluk diz boyuydu. Adaletsizlik hep vardı. Ama en azından doğa pırıl pırıldı. Zaman içinde yoksulun da beli doğrulacak, eğitim herkese ulaştığında adalet de sağlanacak beklentisi içindeydik.

Hani, neredeydi o umut şimdi? Neredeydi o ışıklı ülke?

Babam, yoksul genç Cumhuriyet'in şartlarını zorlayarak fedakârca yurtdışında ihtisas yaptırdığı mühendislerden biri olarak, ışıksız, okulsuz tek bir köy, kasaba kalmasın diye kendini heba, ailesini ihmal ederek, barajlarına, köprülerine teknik bilgisini, alın terini, enerjisini cömertçe akıtmıştı. Dağlarında taşlarında, yol gitmez köylerinde at ve eşek üzerinde aylarca, yıllarca gezmişti.

O vatan mıydı, bu her gün bir kadın öldürüldüğü halde kimsenin kılının kıpırdamadığı, her geçen gün biraz daha kabalaşan, yoksullaşan, itibarsızlaşan, cahilleşen ülke?

Umut'un son sayfasında doğan ben, büyürken, babamın su ve ışık taşıdığı, yol ve köprü yaptığı Anadolu'da gün gelmiş onunla birlikte gezmiştim. Siyah önlüklü beyaz yakalı köy çocukları vardı okula giden. Köylü çocuklarından yetişen kaymakamlar, valiler, devlet adamları, bürokratlar vardı makamlarında. İşgal altındaki yıllarda, Pozantı'da bittiği için asker sevkinde yetersiz kalan demiryolları, ülkenin bir ucundan diğer ucuna yolcu ve yük taşıyorlardı. Üç beyazlar denen şeker, un, çimento, basma ve kâğıt fabrikalarının bacaları tütüyordu. Vatan evlatlarının ürettiği aşılar sayesinde bulaşıcı hastalıkların kökü kurutuluyordu.

Babamın kuşağı kendine düşen görevi yerine getirmişti.

Bir sonraki kuşakta aynı şevk ve heyecan kalmamıştı ama değişen dünya koşullarına uyum sağlamak için o kuşak da bir çaba içindeydi. Cumhuriyet'in ilkokuldan üniversite sona kadar bedava eğitim verdiği okullarda okuyup mühendis, doktor, hâkim, savcı, idareci, polis, subay olmuş köy, kasaba çocuklarıyla doluydu ülke.

Tam da o günlerdeki başbakanımız, devlet bursuyla okumuş bir köy çocuğu olan Çoban Sülü'ydü; babamın kırklı yılların başında bizzat kurduğu Devlet Su İşleri'nde yetişmiş genç mühendislerden biri olan Süleyman Demirel'di.

Yıllar akmış, orta yaşa gelmiştim. Babamın alın terinin döküldüğü barajların ve köprülerin yanı sıra başka barajlar ve köprüler, daha geniş yollar vardı artık.

Gaflet uykusuna yeni dalmış olan ben, Atatürk'ün büyük rüyası gerçekleşti zannetmiştim. Oysa her gün alıp okuduğum gazetemde bir yazar, üşenmeden yazıyordu cesur kalemiyle:

"*Dinsel gericilik ülkemizde yıllardır bir siyasal sömürü aracı olarak kullanılıyor. Bir yandan Türk İslam sentezci 12 Eylül Atatürkçülüğü, bir yandan Sağcı partilerle güç kazanan Tarikat egemenliği... bu egemenlikle iç içe gelişen İslam bankerlerine sırtlarını dayamış yayınevleri, gazeteler, dergiler, bakanlıklarda köşebaşlarını tutmuş İslamcı bürokratlar... 12 Eylülcülerin dokunmadıkları yasadışı kuran kurslarında yetişen gençlik dinsel gericiliğin sakalını sıvazlıyarak bugünkü lükslerini yaşayan, ağızları Davidof pürolu, bilekleri Rolex saatli sözde liberaller.*

Tarikat-Ticaret-Siyaset! Bu üçgen içinde kazanılan milyarlarla İslamcı cihada sürüklenenler ise kimsesiz yoksul halk çocuklarıdır," diye de yazıyordu,

"*Atatürk'ün çağdaşlaşma çabaları, bugün Amerikan destekli Araplaşma eğilimleriyle, milliyetçilik ilkesi ise İslam ümmetçiliğiyle yer değiştirilmeye çalışılmaktadır,*" diye de yazıyordu. Bugün ne yaşıyorsak tümünü yazıyordu.

Öldürdüler bunları yazan gazeteciyi.

28 yıl önce, arabasına konan bir bomba ile paramparça ettiler Uğur Mumcu'yu ama araştırıp yazdıklarının ve o sırada derin uykudaki bizlere aktarmaya çalıştıklarının, gelecek kuşaklara aktarılmasına mani olamadılar.

Birileri hâlâ okuyorlar Uğur Mumcu'yu ve bugün durduğumuz yere nasıl vardığımızı, ancak onun dürbünüyle baktıklarında anlayabiliyorlar. Yılların içinde edindiğimiz tecrübeyle hepimiz biliyoruz, doğruyu söyleyenler gün geldi bombalarla paramparça edildi, gün geldi kurşunlandı, domuz askılarıyla helalara gömüldü. Cinayetlerin sorumluları asla bulunamadı! Tüm bunları seksenlerde, doksanlarda, iki binlerde yaşayarak gördük hepimiz.

Bunları görerek, bilerek ama görmezden gelerek yaşayanlar bizdik. Benim kuşağım ve benden sonra gelen kuşaklardı. Cumhuriyet değerleri günbegün erozyona uğrarken mışıl mışıl uyumuştuk.

Şimdi Anadolu'da son model arabalar, çok kanallı televizyonlar, son teknolojinin ürünü telefonlar, semaya uzanan gökdelenler, sırtı yere gelmeyecek sermaye sahipleri var ama artık beyaz yakalı, siyah önlüklü öğrenci çocukların sadece hayali kalmış hatıralarda. Takkeli, cüppeli kişiler, Milli Eğitim'in içine çöreklenmiş, özellikle de köy çocuklarının hurafelerle beynini yıkıyor, el kadar çocukları kız-erkek diye ayrıştırıyorlar. Kızları şeytanlaştırırken, erkek çocukların kulaklarına fısıldadıkları telkinlerle, geleceğin kadın katillerini yetiştiriyorlar. Yeni düzende, içi boşaltılmış hukuk, kadınların ölümlerine göz yumuyor, kadın katillerine kravat indirimleri yapıyor. En acısı da bugün yönetici kadrolarını dolduranların yakın tarihimizin ve kurtuluşumuzun gerçeklerini bilmiyorlar olması! Milli Mücadele'nin en zorlu günlerinde, vatanı işgalden kurtarmak için ölüm gömleğini giyenler hakkında, *adi, eşkıya, kudurmuş haydutların en kısa zamanda ortadan kaldırılması bir farzdır* yazılı kâğıtları Yunan uçaklarıyla Anadolu halkının üzerine yağdıran vatan hainlerinin cenazelerine tam kadro gidiyorlar devletin valileri, kaymakamları, milletvekilleri, belediye başkanları, üniversite rektörleri.

Onlara, hakaret ettikleri insanlar sayesinde vatan sahibi olabildiklerini, hakaret ettiklerinin kurduğu Cumhuriyet'in bahşettiği imkânlarla, köylerinde davar gütmek yerine, devletin yüksek kademelerinde bulunduklarını kimse söyleyemiyor.

Kimse o cesareti bulamıyor çünkü kendilerini eleştirme cesareti gösterenleri artık sadece vatan hainliği ile itham etmekle kalmıyorlar, sonu süresi belli olmayan mahkûmiyetlere duçar ediyorlar.

Yaşamakta olduğumuz şu dönemde, dünyada az zamanım kaldığı için şanslıyım aslında, çünkü sadece benim ülkemde değil, dünyanın her yanında insanlar hızla cehaletin, bayağılığın, basitliğin, görgüsüzlüğün, kabalığın uçurumuna yuvarlanıyor.

Böyle bir dünyada benim ne işim var?

Ama Allah'ın verdiği ömür yaşanacak madem, karalar bağlayacağıma bari güzel şeyler düşüneyim. Sadece yazarlık hayatımın ömrüme kattıklarını düşünsem yeter de artar moralimi yükseltmeye. Doğuş ve Vedat'ı yazarlığımın armağanları olarak anlattım sizlere. Başka armağanlarım da var, biri Manisalı diğeri Antalyalı Cansularım gibi.

Can suyu kızlarımı yazar olmasaydım hiç tanımayacaktım. Önce Manisalı Cansu girdi hayatıma. Lise öğrencisiydi, babası onu hafta sonlarına denk gelen Ege bölgesindeki tüm imza günlerime arabasıyla taşırdı. İmza boyunca yanımda durur, kitaplarımın ön sayfalarını açarak imzaya hazırlar, yaşlı, çocuklu ve hamile okurları sıranın önüne alırdı. Birkaç yıl sonra üniversiteye başladı, babacığını kaybetti ve ona verdiği sözü tutmak için üniversiteyi bitirdikten sonra yüksek lisans da yaptı. İmza günlerime gelmeyi hep sürdürdü. Manisa'da nişanlanırken nişan yüzüklerini ben taktım, evlenirken düğün konuşmasını ben yaptım. Bana armağan ettiği zincir ve ucundaki nazarlık, verdiği andan itibaren boynumda. Sadece ameliyata girerken, Cansu'nun içten sevgisinin sembolünü üzerimde taşımanın uğuruna inandığım için çok hayıflanarak mecburen çıkarmıştım.

Antalyalı Cansu ise bir başka can suyudur benim için. Yıllar önce Antalya'da bir imza gününde tanıştıktan sonra, hayatımın içinde kaldı hep. Kış aylarında başımdan çıkarmadığım kırmızı, mavi, mor berelerin hepsini o ördü, bir yanı Ayşe Kulin diğer yüzü Mağco yazılı kahve fincanını eliyle boyadı, güçlü sezgileriyle iyi ve kötü günlerimin ön habercisi oldu; diğer Cansu gibi o da benim can kızım artık.

Ben ve Engin artık hep unutuyoruz, çocuklarla, torunlar da bazen unuturlar ama bu iki Cansu hiç unutmadılar doğum günlerimi.

Eren Üstüner ise beni kitaplarımdan dolayı seven ve bana bir ekslibris* yapan genç dostumdur. Ekslibrisimi tasarladığında Gazi Üniversitesi'nin Güzel Sanatlar Bölümü'nde okuyordu. Yayıncımın *Sarajevo of Love & War* adıyla İngilizceye çevirttiği *Sevdalinka*'nın iç kapağında kullanmıştım. Ankara'daki imza günlerimden birinde tanıştıktan sonra, askere gidene kadar Ankara'da düzenlenen tüm imza günlerime geldi.

Eminem tesettürlüdür. Hiç üşenmez imza günlerime bana eliyle pişirdiği patlıcan dolmalarını ve salçaları taşır ta nerelerden. Kendi de başarılı bir yazar, aynı zamanda bir iş kadını olan Sema Soykan var Adana'da. Hayatım boyunca işime en yarayan, bele bağlanan çantamı ve kendi butiğinden seçtiği sayısını unuttuğum şallarımı hediye etti bana. Adana'dan Sema'yla buluşmadan ve ayrıca House of Kamer'e uğramadan dönmek artık benim için mümkün değil.

Didim beldesi ise benim için her şeyden önce Hayri Bey ve ailesidir.

---

* Kitabın iç kapağında veya ön sayfasındaki kişiye özel desen.

Hayri Kandemir beni bir yaz günü Didim'e imzaya çağırdığında sanırım henüz doksanlı yılların başındaydık. İmza, sahilin önünde uzanan caddede akşam sekizde başladı, sabahın üçünde bitti. Sanmayın ki bu benim marifetimdi, Didim halkı tam da o yıllarda nüfusunun büyük bir kısmını oluşturan İngiliz yazlıkçılar başta olmak üzere, güneş doğana kadar cadde üstündeki kafelerde keyif yapar, sahilde dolaşır, kumlarda yan gelip yatarlardı. Yılların içinde Didim'e lüks oteller yapıldı. Rus turistler akın ettiler. Sonra başka bir rüzgâr esti, İngilizler evlerini Türklere satıp gittiler, biracılar kapandı. Lüks oteller zaman içinde yıprandı ama tüm bu anlattıklarım oladururken, Hayri Bey beni her yıl imzaya çağırmaya devam etti, bir tek benimle de yetinmedi, imzaya her geçen yıl daha fazla yazar kattı, sonunda çok geniş kapsamlı ve iki haftaya yayılan, Didim Belediyesi'nin himayesinde büyük bir festivale dönüştü Didim imzaları. Ayrıca tüm katılımcı yazarların adını taşıyan kitap görüntüsünde bir de Yazarlar Heykeli dikildi Didim Parkı'na. Didim'in tatil beldesi kimliğine kültür beldesi sıfatını da ekleten Hayri Kandemir ailesinin çabalarıdır. Artık Hayri-Behiye-Ege üçlüsünü anmadan düşünebilmem mümkün değil denizi ve havası muhteşem olan Didim'i.

Üsküplü Necmettin Metin Usta'yı ise yıllar önce Kocaeli'ndeki ilk imza günümde tanıdım. Boşnak kökenli olduğumu öğrenince kendi de suyun öte tarafından göçmüş olduğu için beni hemşerisi bilmiş, el emeği göz nuru dökerek inanılmaz incelikte ve gerçekten el mahareti isteyen bir küçük tekne maketi getirmişti bana. Üzerinde kibrit çöplerinden yapılmış gemicileri vardı. Meğer çok değerli bir maket ustasıymış Necmettin Bey. Kocaeli Kitap Fuarı'na her imzaya gidişimde Necmettin Bey'i beni elinde bir başka minik tekne maketiyle beklerken bulurdum. Yılların içinde oluşan tekne maketi koleksiyonumu, torunlarım ilgilenmezlerse, Sunay Akın'ın oyuncak müzesine armağan edeceğim. Balkanlar'la ilgili yolladığı kitapları, belgeleri, fotoğrafları ve çok işime yaramış olan Boşnakça-Türkçe sözlüğü de terekeme sahip çıkacak bir kütüphane veya kuruma.

Orhan Kemal'in küçük oğlu Işık Öğütçü'yle aynı yayınevinde çalıştığımız için İstanbul'un içinde ve dışındaki tüm kitap fuarlarına birlikte gider, havaalanı eziyetlerini birlikte çekerdik biz dört silahşörler; bana hep *anacığım* diye hitap eden Işık, benim *gelin kız* dediğim eşi Erunç, ben ve Gül. Bu dörtlüyü gidişlerde cumartesi sabahlarının ilk, İstanbul'a dönüşlerde ise pazar günlerinin son uçaklarında yan yana otururken görürseniz bilin ki ya imzaya gidiyoruz ya imzadan dönüyoruzdur. Hay Allah, bakın yine unuttum pandemi sürdükçe imza günlerinin hayal olduğunu!

Ama hayal kurmak serbest öyle değil mi? Teknoloji henüz hayallerimize sızabilecek çipleri tasarlamadığına göre bol bol hayal kurun arkadaşlar çünkü Çinliler boş durmuyor, hayalleri ele geçirmeleri yakındır. Dünyanın en başarılı on üniversitesi Çin'de. Bütçelerinin en büyük payını araştırma ve teknoloji eğitimine ayırmışlar. Hindistan, Japonya, Malezya ve hatta İran da öyle yapmış.

Bizim üniversite rektörleri arasında ise tokalaşmak için yabancı bir kadının elini tutmanın ateş tutmaktan daha korkunç olduğunu söyleyebilenler bulunurken... yok, hayır... kendimi karamsarlıklara kaptırmadan, ben yine imza günlerine döneyim ve gönülden bir selam da kitapçı dostum Ömer Önal'a göndereyim bu satırlardan.

Ömer Bey'in küçük kitapçısı Alaçatı'nın tüm lokantalarının, butiklerinin bulunduğu, trafiğe kapalı sokağın üzerindedir. Pandemi hepimizi esir almadan önce, Ömer Bey imza günleri için dükkânın önüne küçük bir masa koyardı ve tüm Alaçatı halkı bu sokağın üzerinde aktığı için imzalar bereketli geçerdi! Ben, torun-torba katılabildiğim yegâne imzalarımı işte bu kalabalık sokakta o küçük masada yapmıştım çünkü çocuklarım her yaz Alaçatı civarında bir yazlıkta buluşurlardı, benim açık havadaki imza günlerim de tüm torunların tatilde olduğu yaz aylarına denk gelirdi. Torunların her birinin kitaplarımın ön sayfalarını açıp imzaya hazır etmişliği vardır. Dilerim o eğlenceli imza günleri birer anıya dönüşmez, Kovid'in üstesinden gelinir, yine devam ederiz de... o mekânda tekrarını hiç istemediğim, bir anı olarak kalmasını yürekten dilediğim bir imza günüm var ki, onu da paylaşayım sizinle:

Bir yaz günü yine Alaçatı'da Ömer Bey'in dükkânında imzadaydım. Kuyruk uzundu. Sekizde başlamıştım, saat on bire geliyor ama imza tüm hızıyla sürüyordu. Bir ara, önüme bir fincan ıhlamur bırakan Ömer Bey'in eşine sordum, durum nedir, diye. Çok kalabalık var, dedi, uzun yazmayın, sadece imza atın siz. Ayağa kalkıp durumu görmek istedim... sahiden kuyruk hiç azalmamış gibiydi. Önüme uzatılan her kitaba, başımı hiç kaldırmadan, sadece sevgilerimle yazıp çabuk çabuk imzalamaya başladım. Ara sıra başımı kaldırıp kuyrukta bir azalma var mı diye bakıyordum, yoktu. Derken hiç kitap uzanmadı önüme... oh be... nefeslendim, omuzlarımı hareket ettirdim... kitap hâlâ yok... demek imza bitti ama az önce önümde yığılma yok muydu benim? Başımı kaldırdım, aaaa! Bırakın kuyruğu, tek bir kul yoktu sokakta! Kedi bile kalmamış! Ödüm patladı. Benim imzam bitmiş olabilirdi ama sokağın kendi kalabalığına ne oldu ki? Bir anda püf, insanlar yok olmuş! Korku filmi seyreder gibiydim. Dehşet içinde fırladım yerimden, kitapçıya daldım. Ömer Bey'le eşi yüzleri bembeyaz, hayalet gibi dikiliyorlardı dükkânın ortasında.

"Ne oldu?" dedim, "Bunca insan bir anda nereye kayboldu? Deprem ihbarı mı yapıldı?"

"Darbe oldu Ayşe Hanım!"

Benim boş boş baktığımı görünce, "Olmuş yani... biri televizyonda duymuş, söylenti yayılınca bir anda kuyruk dağıldı, şu ilerideki küçük meydanda bir televizyon var, herkes oraya koşuştu," diye açıklama yaptı, "haydi gelin hep beraber gidip biz de bakalım."

Darbe! Tanrım! Mete'nin en küçük kızı Alaçatı'daki evlerinde Gülseren'le kalıyordu, anası, babası, ablaları henüz gelmemişlerdi Türkiye'ye. Hemen onlara gideyim diye düşündüm, korkmasınlar... arabam... araba Engin'deydi. İmza öncesinde bir şeyler atıştırmıştım karşı lokantada, ben imzaya geçince Engin arabayı alıp bir arkadaşıyla buluşmaya Dalyan'a gitmişti. Saat on iki sularında gelip alacaktı beni, Urla'ya dönecektik.

"Siz gidin Ömer Bey," dedim, "ben Engin'e ulaşayım, gelir bulurum sizi."

Telefonlar kitlenmişti. Hat alamıyordum. Mesaj attım bana mutlaka geri dön diye. Kaldım mı Alaçatı'nın orta yerinde, arabasız! Selim'in evine yürüyebilirdim ama onlar da hafta sonu Bodrum'a gitmişlerdi birkaç günlüğüne."

Mete'nin evi çok uzaktı, oraya kadar asla yürüyemezdim. Birçok denemeden sonra nihayet çevir sesini alınca Gülseren'i aradım, uyku sersemi açtı kız.

"İyi misiniz siz?" diye sordum.

"Uyuyoruz. Yani ben uyuduğuma göre, çocuk da uyumuştur. Hayrola?"

"Darbe olmuş diye duydum da..."

Kalkıp pencereden dışarı bakmış olmalı, az zaman geçti, "Burada darbe filan yok!" dedi, "Kız mışıl mışıl uyuyor, şimdi baktım."

Kapattım telefonu. Tam o sırada Engin aradı.

"Neredesin sen? Darbe oldu!" diye bağırdım.

"Ne darbesi? Darbe yok, harika bir mehtap var! Vacit'le çok leziz bir balık yiyoruz."

"Engin, balığını çabuk bitir ve kalk gel, yaklaşınca ara, ben araba parkında seni bekliyor olacağım," dedim.

"İmza bitti mi?" diye soruyordu, inanmamıştı bana!

Telefonu kapatıp herkesin toplaştığı meydana yürüdüm. Televizyonda konuşan kişi her ne söylüyorsa, tam tersi alt metin olarak akıyordu ekranın altında. Hangi birine inanacaktık? Haberci idareyi ordunun ele aldığını söylerken altyazı hükümetin işbaşında olduğunu yazıyordu. İnsanlar şaşkındı. Deli tavuk gibi oradan oraya koşturup duruyorlardı. Her kafadan bir ses çıkıyordu. Ben alçak bir duvara oturup sakinleşmeye çalıştım. Hayırdan çok felaket getirmiş kaç darbe görmüştüm ben. On yedi yaşımın heyecanıyla elde bayrak bağıra çağıra sokaklarda yürümüştüm. Öykündüğüm ihtilalin yıllar sonra halk arasında onulmaz bir bölünmeye neden olduğunu idrak ettiğimde, sıdkım sıyrılmıştı darbelerden. Kalktım oturduğum duvardan, Ömer Bey'le eşini buldum, sarıldık birbirimize, her ne olduysa, vatanın hayrına olsun, demekten başka çaremiz yoktu. Darbeyi kimin yaptığını da bilmiyorduk, gerçek olup olmadığını da. Kötü bir şaka dahi olabilirdi. Eğer gerçekse, bu da hayatımın postmodern darbesiydi demek ki!

"Ben park yerine gidiyorum, Engin birazdan burada olur," dedim Ömer Bey'le eşine. Boşalmış sokaklarda park yerine doğru yavaş adımlarla yürürken benim de herkes gibi kafamın içi yanıtlanmamış sorularla doluydu. Darbelere dair tecrübeyle sabitlenmiş düşüncem ise şuydu: Darbe sorun çözmez, sorun getirir. Çözüm isteyen sandığa gitsin!

Ben döneyim dostlarıma... Telefonuma Yüksel Ressam diye kayıtlı olan Yüksel Hancıoğlu, 2020 yazında kaybettiğimiz rahmetli Prof. Dr. Tahsin Hancıoğlu'nun eşidir. Ben her ikisini de yıllar önce, Denizli'deki Pamukkale Üniversitesi'ne bir konuşma yapmak için çağrıldığımda tanımıştım. Karıkoca, üniversitesinin Güzel Sanatlar Bölümü'nde hocaydılar. Tahsin Hoca, resim bölümü başkanıydı ama bence keşke edebiyat bölümünde de bir kürsüsü olaydı. Osmanlıcaya ve Divan edebiyatına hâkimiyeti inanılmazdı çünkü. 2020 yazının yaprak dökümünde, sadece benim hayatımdan değil, Pamukkale'nin kültürel yaşamından da çok değerli bir kültür insanı eksildi Tahsin Hoca'nın gidişiyle. Bana Denizli'yi sevdiren, kalan ömrüme yetecek kadar havlu, çarşaf, bornoz sahibi eden, Gümüşlük'teki köy evimi yağlıboya tablolarıyla donatan, yıllardır gönderdiği cevizlerle, ceviz tiryakiliğimin sorumlusu ressam Yüksel'le oğlu Memo'nun ömrüne katılsın çok değerli Tahsin Hoca'nın dünyamızda yaşayamadığı yılları.

Madem Denizli'den ve Yüksel Hancıoğlu'ndan söz ettim, 2014 yılının martından bir ukde kalmıştır içimde, onu da paylaşayım.

Yüksel Hancıoğlu'nun düzenlediği iki gün iki gecelik bir sohbet ve imza etkinliğinde bulunmak üzere Denizli'deydim. Sabahları okul ziyaretine gidip öğrencilere birer konuşma yapacak, ilk günün öğlen yemeğinde üniversitenin, ertesi gün de bir derneğin konuşmacı konuğu olacaktım.

Denizli'ye vardığım gunun akşamına, dostlarıyla bir akşam yemeği ayarlamıştı Yüksel. Eşi Tahsin Hoca hayattaydı, onların yakın dostlarıyla birlikte, çok güzel bir restoranda çok keyifli bir akşam geçirdik. İkram bol, sohbet koyuydu, gece uzadı. Oldukça geç yattım.

Sabah erkenden kalkmak gerekiyordu çünkü sabahın sekizine bir kahvaltı programı vardı. Yüksel bütün iyi niyetiyle bana şehrinin her köşesini gezdirmek, göstermek istiyordu. Ayrıca benim geleceğimi duyan okurların taleplerini geri çevirmeye Yüksel'in yüzü tutmamış, her iki günün de nerdeyse her saatine bir ziyaret veya etkinlik koymuştu. O kadar ki, kitaplarımı çok seven yaşlı bir teyzenin evine dahi on dakikalık bir ziyaret sıkıştırmıştı. Hesaplayamadığı, uğradığımız hiçbir yerden onun öngördüğü saatte ayrılmanın mümkün olamayacağıydı.

İkinci ve son günün sabah kahvaltısından sonra, bizi bekleyen okulu ziyaret ettik. Öğretmenler de ikram hazırlamışlardı... çay, kahve, ev yapımı kekler, börekler. Yeni kahvaltıdan kalmışız ama yemeseniz olmaz... ikram sonrasında bir sınıfta konuşma! Başka sınıflar mahzun kaldılar diye, hesapta olmayan bir başka sınıfta, kısa da olsa ikinci konuşma. Önüme uzatılan kitapları aceleyle imzalama... Oradan ayrıldık, Yüksel beni Buldan'a dokumaların yapıldığı köye götürdü. Bezleri tezgâhlarda dokunurken göreyim istiyor. Dükkân sahibi de illa ikramda bulunmak istiyor. Çay, kahve, un kurabiyesi! Oradan çıkınca Paşabahçe fabrikalarını ziyaret ettik. Renk vermedim, camların üflenmesini de ilk kez görüyormuşum gibi seyrettim... ve elbette ikram, çay, kahve, kek! Bu arada her uğradığımız yerden, ben itiraz etsem de armağanlarla çıkıyoruz. Yalvarıyorum, vermeyin uçakta bunları taşıyamam diye, biz kargoyla yollarız, diyorlar! Çarşaf ve havlu imal eden bir fabrikaya da uğradık. Çay, kahve, kuru pasta... benim artık midem ağzımda... Türkler ikram sever. Kabul etmezsen alınabilirler. Her gittiğimiz yerde özel hazırlıklar yapılmış, hanımlar evlerde börekler, çörekler, kekler pişirip getirmişler, en azından tadına bakmak lazım. Araya Yüksel söz vermiş olduğu için bir de o beni çok seven yaşlı teyzenin evini sıkıştırdık. Eve mahallenin hanımları doluşmuşlar, her birinin elinde tadına bakılacak bir el açması hamur işi ve imzalanacak kitaplar. Neyse ki sevilmek güzel bir duygu!

Öğlen yemeği yiyeceğimiz mekâna geldiğimizde, galiba şehir kulübüydü, ben artık nerede olduğumuzun bile farkında değildim, tükenmiştim. Rengim atmış, ayıp olmasın, gönüller kırılmasın diye üst üste içtiğim çaylardan gastritim azmış, reflü ağzımın içinde, yüzüm bembeyaz. Yüksel beni arkalarda bir odaya aldı dinlenmem için. Konuşma yapacağım yemek salonundaki kalabalığın sesi geliyordu kulağıma. Odadaki kanepeye uzandım. Gözlerimi yumdum. İçim çekiliyordu, bir süre uzanırsam toparlanırım diye düşünüyordum. Tam o sırada kapı vuruldu, herhalde kitap imzalatmak isteyen biri gelmişti yine. Yüksel gitti açtı, beni görmek isteyen biriyle konuşuyordu. Yüksel'in sert yanıtını duydum. Aslında dünyanın en nazik insanıdır ama o sabah beni fazla zorladığının bütün iyi niyetiyle yaptığı programın çığırından çıktığının o da farkındaydı, her kimse gelen, içeri sokmuyor, şu anda dinleniyor, imza konuşma sonrası yapılacak gibisinden bir şeyler söylüyordu. Yattığım yerde, kapıdaki kişinin, "Ben imza istemeye gelmedim, bir şey getirmiştim, verip çıkacağım... yabancı değilim ben... beni tanır kendisi," dediğini duydum. Doğruldum. Genç, hoş bir kadın bana doğru geliyordu. Adını söyledi, hatırlamış mıydım?

O anda içeri annem girse hatırlayacak halde değildim. Oda etrafımda fırıl fırıl dönüyordu. Bir yandan da... ah midem! Yutkundum, boş gözlerle bakıp "Hatırlayamadım," dedim.

"Ben size elimdeki paketi bizzat vermek istedim," dedi, "rahatsız ettiğim için özür dilerim." Belli ki gücendi. Elindeki paketi ve zarfı önümdeki sehpaya bırakıp hemen çıktı.

"Ben bunu da diğerleriyle yollarım İstanbul'a," diyerek aldı paketi Yüksel, zarfı da çantamın içine attı. Tansiyon aleti getirtmiş. Tansiyonumu ölçtüler. Yüzlerinden anladım, beğenmediler. Kaç diye sormadım bile, biliyordum ne halde olduğumu ben.

Yüksel, "Siz burada bir yirmi dakika dinlenin, ben kapının önündeyim, kimseyi sokmayacağım içeri," dedi. Çıktılar tansiyonumu ölçen kişiyle birlikte.

Onlar gidince uzandım yine kanepeye, gözlerimi kapattım, sessizce yattım bir süre. Nabzım biraz sonra normale döndü. Yüksel beni almaya geldiğinde rengim de yerine gelmişti. Tuvalette yüzüme soğuk su çırptım, saçlarımı taradım, kendime geldim. Yemek programını herhangi bir aksilik olmadan sonlandırdık. Uçağıma zamanında yetiştim. Yerime oturduğum zaman, Denizli'deki o genç kadının bıraktığı zarfı çıkardım çantamdan. Çok kısa bir mektuptu.

Okudum:

08/03/2014, Denizli

Sevgili Ayşe Kulin,

24/04/2003 yılında başkanlığını yaptığım Hasan Tekin Aka Lisesi ve ikinci başkanlığını yaptığım Çınar Lions Kulübü için, Merhum Valimiz Recep Yazıcıoğlu'nun değerli katkılarıyla geldiğiniz Denizlimizde on bir yıllık aradan sonra tekrar görüşeceğimiz için çok mutluyum. Kulübümüzün düzenlediği ebru kursunda size hediye etmek üzere hazırlamış olduğum vazo ve tepsiyi umarım beğenirsiniz. Güle güle kullanın,

Sevgiler, saygılar.

Sunay Erdoğan.

Sunay Erdoğan! Elbette!

Yüzleri ve isimleri hep unuturum ama anıları asla!

O hiç kimselere benzemeyen, kendi şahsına münhasır, zekâsı, birikimi, yüksek ahlaki değerleriyle, devlet tecrübesi ve insan sevgisiyle Türk bürokrasisinin başına konmuş ender devlet kuşlarından biri olan rahmetli Vali Recep Yazıcıoğlu'nun, Denizli valisiyken, yine bir konferans sonrası verilen akşam yemeğinde tanıştırdığı güzel genç kadın! Peş peşe döküldü anılar...

Rahmetli Yazıcıoğlu ile ben *Köprü*'yü yazdıktan sonra, *Bir Köprü/Bir Vali/Bir Yazar* isimli konuşmalar yapmıştık, değişik şehirlerin üniversitelerinde. Arardı beni, yine bir program var, zamanı uydurabilirsek gidelim mi, diye sorardı. Ana konumuz, Fırat'ın üzerine imece usulü yaptırdığı köprüydü. Bir yazar ve bir vali, kendi açımızdan anlatırdık köprünün yapım aşamasını. Bu işten para kazandığımızı zannedenler oldu. Gülüp geçmiştik rahmetli Vali ile. Peki-yi, neden yapardık bunu? Ben kendi hesabıma ileride devlette çalışmayı düşünen gençleri, ahlaklı olmaya özendirmek için yapardım. Üzerine en ufak bir gölge düşmemiş, alnı ak bir bürokratın kızıydım çünkü ve onurlu olmanın, zengin olmaktan daha zor ama çok daha itibarlı olduğunu bilirdim. Valinin gayesi ise merkezden uzakta yaşayan halkların kaderinin, güçlendirilmiş yerel yönetimlerle ve yan gelip yatarak değil çalışarak, mutlaka bir işin ucundan tutarak değişeceğine olan inancını paylaşmaktı.

Uçakta mektubu okurken gözlerim yaş içindeydi, çocukluğumu, babamı ve Vali Recep Yazıcıoğlu'nu özlemiştim. İnsanların çok güzel olduğu o günleri de...Ve o günlerden bir genç kadın... Sunay Erdoğan! Ah ben nasıl tanıyamamıştım onu. Reflü boğazıma kadar çıkmamış olsaydı, konuşabileydim... keşke!

Denizli'den gönderilen kargo dört gün sonra geçti elime.

Ziyaret ettiğimiz yerlerde itirazlarıma rağmen ısrarla armağan edilen havlular, çarşaflarla benim de Buldan'dan eşime dostuma vermek üzere satın aldıklarım çıktı kutudan bir de uzunca bir paket! Açtım paketi... Sunay Erdoğan'ın benim için ebru kursunda yaptırdığı vazo ve tepsi! Koştum Sunay Erdoğan'ın hâlâ başucumda duran mektubuna. Ne bir posta veya e-posta adresi, ne telefon numarası! Yüksel'i arayıp sordum, bulabilir miydi acaba bana Sunay Erdoğan'ın herhangi bir iletişimini?

Denedi ama bulamadı. Ebrularına teşekkür edemedim. Odaya girip kendini tanıttığında yüzüne hödük gibi bakmamın nedenini anlatıp özür dileyemedim! Zaten telefonunu da bulmuş olaydım, arayıp, siz odaya geldiğinizde aşırı yorgundum, midem ağrıyordu, tansiyonum çıkmıştı, kafam zonkluyordu... gibisinden bir açıklamayla, yapılanı geri döndürebilir miydim? Hayır.

Hayatta en çok kalp kırmaktan korkarım ben.

Korktuğum başıma gelmişti işte, Sunay'ın kalbini kırmıştım.

3 Mart 2014 yılında istemeden de olsa, Sunay Erdoğan'ın kalbini kırdığımı aradan on yedi yıl geçmiş, ben unutmamışım. Bari bu satırlardaki özrümü kabul etsin.

Kendi okumasa bile, belki onu tanıyan biri okur, ona anlatır ki, benim için emek verip yaptığı ebru vazoyla tepsi on yedi yıldır evimi süslüyor. Eğer bu dünyadan gitmeden önce yazarlık arşivimi kabul edecek bir kurum bulursam, Sunay'ın ebruları da diğer okurlarımın benim için çizmiş, boyamış, yaratmış ve yazmış olduklarının arasında, arşivimin bir parçası olacak.

Benim Remzi Kitabevi'nde, 1996 yılında *Aylin* ile başlayan profesyonel yazarlık serüvenimin bugüne kadarki en yakın tanığı, tüm imza günlerimin emektarı, havaalanlarının çilekeşi, arkamı toplayanı, unuttuğumu hatırlatanı, o da suyun öte tarafından geldiği için çoğu kez sarışınlığımızdan dolayı artık kızım zannettikleri (yirmi yıl öncesinde kardeşim zannediyorlardı) Gül'dür.* Ne yazık ki onu arşivimin en değerli parçası olarak herhangi bir kurumun rafında saklamak mümkün değil. Gül, her zaman benim kalbimde olacak. Everest Yayınları'na geçtikten sonra tanıdığım diğer asistanım, basın ilişkilerimi yürüten sevgili Belga** da öyle.

Evet, gerçekten çok dostum var sırf yazarlığımdan dolayı tanımış olduğum. Adlarını yazmaya kalkışsam sayfalar tutar. Nasıl da değmiş bunca yıl asla vazgeçmeden, umudumu yitirmeden yazar olmak için beklemiş olmama!

---

* Gül Bakioğlu

** Belga Alınak Çavuşoğlu

Böyle değerli dostları, manevi çocukları, eşsiz anıları olan birine hiç yakışmıyor moral bozukluğu... Haydi Ayşe, toparla kendini...Toparla!

"Ayşe! Sen kendi kendine mi konuşuyorsun?" diye sordu, yanımda beliren Engin.

"Yoo," dedim, "deli miyim ben?"

"Neyi toparlıyorsun?.. Öyle diyordun da..."

"Demedim... Şey... içimden konuşuyordum..."

"İçin çok dolmuş olmalı ki, dışına taştı. Bir yandan arkadaşlarımızın ani ölümleri, bir yandan Korona belası... çok yıprandın sen," dedi Engin, "biz haftaya dönelim mi İstanbul'a, ne dersin? Bir değişiklik olurdu ikimize de."

Nihayet ona da dank etti demek ki, torunlar gittiğinden beri iyice laçkalaşıp ağaçların altındaki şezlonglarda ot gibi yaşayadurduğumuz.

Korona yüzünden şehirlerarası yolculuğa yeni bir yasak getirilmeden atladık arabamıza, bomboş yolları aşarak dört saat sonra İstanbul'da bulduk kendimizi. Yolda Gamze gelin aramıştı, evinizde yemek yoktur, doğru bize gelin akşam yemeğini yer öyle gidersiniz, demişti. Ben tamamen unutmuştum o günün yedi eylül olduğunu, çocuklarım bana doğum günü sofrası hazırlamışlar meğer! Çok güzel bir sofra, pastam, mumlarım, elbette 79 tane değil, yediyi temsil eden kallavi mumun çevresinde dokuz adet mini mum. Nefesim zor yetti hepsini üflemeye.

İstanbul'daki hayatımıza güzel başladık böylece... düzelteyim, birkaç saat için güzel bir başlangıç yaptığımızı zannettik.

HAYATIMIZIN İKİNCİ **PPP** DÖNEMİ ve **P** YOLCULUKLARI

Evimizdeki ilk sabaha uyandığımızda, öğrendik ki çoktan bitmiş olması gereken Plazadaki **P**anik, bir dairede iki Korona vakası tespit edildiği için yine zirveye tırmanmıştı. Tüm bina saat başı dezenfektanlarla temizleniyordu, ana kapıdan giriş çıkış yaparken yine ateşimiz ölçülüyordu ve binada dolaşanlar çift maske takmaya başlamışlardı. Asansör düğmelerine dirseklerimizle bastığımız için çoğu zaman yanlış katlarda duruyor, zemin yerine bodrum katına iniyorduk mesela. Eller yine aşırı kolonya ve dezenfektanda hışır hışır olmuştu, alışverişler eve sokulurken kapı dışında bekletilmeye başlamıştı.

Kısacası **P**andemi/**P**anik/**P**laza üçgenine geri dönmüştük!

Madem ömrümüzün ikinci **P** dönemine girmiştik, ben de **P** yolculuklarımı yazayım dedim, bari bir ses uyumu olsun uyumsuz hayatımızda!

PEN SLOVENYA

PEN, İngilizcede dolmakalem demek. Kalem anlamına da gelir ama *pencil* kurşunkalem için daha yaygın kullanılır. *PEN* aynı zamanda dünya kalem erbabının yani yazarların uluslararası kuruluşudur. Yazarları ve barışı temsil eder.

Derneğin Türkiye şubesinin son başkanı da benim yakın arkadaşım Zeynep Oral'dır. Ben sadece bir üyesiyim.

Yıllardan 2015, mevsimlerden bahardı. Telefon çaldı. Karşımda Zeynep!

"Bana sakın hayır deme," diye girdi söze ve neden ona evet dememi istediğini anlattı. Özetle, durum şuydu:

Uluslararası PEN, mayıs ayında dört gün sürecek bir yuvarlak masa toplantısı kararı almıştı. Ev sahipliğini Slovenya PEN'i üstlenmişti ve bu yüzden toplantı Slovenya'nın Bled kentinde gerçekleşecekti. Bled, karşıt ideolojilere sahip ülkelerde veya değişik siyasi iklimlerde yaşamalarına rağmen *barış* temalı şiirleriyle öne çıkan şairleri bir edebiyat ortamında buluşturmayı başarmış bir şehirdi. Bu buluşma edebiyatın dünya barışı için ne kadar önemli olduğunu göstermişti.

Bled şehri, bu sefer de edebiyatçılara, gazetecilere ve siyasi konularda barış ağırlıklı yazı üretenlere kucak açıyordu, birbirleriyle tanışmaları ve yazdıklarını paylaşmaları için. Toplantıya Zeynep, Türkiye'nin yeni PEN başkanı olarak davetliydi ama çok önceden yapılan programından ötürü gidemiyordu. O tarihte, gidebilecek diğer PEN üyelerinin de çeşitli manileri vardı, ben gider miydim?

"Tamam, konuşma metnini bana ver, okurum senin adına," dedim.

"Ben yarın akşam uçuyorum. Konuşmayı da sen hazırlayacaksın," demez mi!

"Benim yazacağımı beğenmezsen ne olacak?"

"Katılan kişi sen olduğuna göre, elbette benim adıma değil, kendi adına konuşacaksın," dedi "konu belli zaten; o konuda sen ne düşünüyorsan, onu yaz."

Mehtabın suyuna altın tepsi gibi aksettiği göl kenarındaki şehre yolculuğum işte böyle başladı. Slovenya, Ortaçağ şatolarıyla donatılmış bir Doğu Avrupa ülkesiydi. Ulusal kimliğine bir zamanlar Yugoslavya olan ülkenin dağılmasıyla kavuşmuştu. Betonlaşmamış, hiç bozulmamıştı. Yemyeşildi. Bizim kaldığımız otel gölün tam kenarındaydı ve odalarımız gölün ortasındaki küçük adanın yegâne şatosuna bakıyordu. Biz konuklar üç gün boyunca gölü kaplayan sisi delerek yükselen şato burçlarının ardında doğan güneşle, sanki bir masala uyandık. Rapunzel, sevgilisinin yukarı tırmanması için uzun saçlarını kesin bu şatonun pencerelerinin birinden sarkıtmıştı bahçeye. Bulunduğumuz ortamın bu denli romantik olmasına karşın, konu başlığımız bir o kadar gerçekçiydi; yazının gücünü kaybetmeye başladığı bu dijital çağda, yazı yazmanın, edebiyat üretmenin zorluğu üzerineydi.

2015 yılının baharında, Gezi Direnişi sırasında susturulan seslere ve kalemlere oksijen sağlayan tek nefes borusunun, sosyal medya yazışmaları olduğunu hâlâ unutmamıştım çünkü hiç hoşlanmadığım hatta çok gereksiz bulduğum sosyal medyanın işlevselliğini ilk kez o günlerde idrak etmiştim ben!

Bu nedenle de konuşmamı, insanlar hatta halklar arasındaki irtibat kesildiğinde, bu olanağı sadece yöresel değil, dünya çapında sağlayabilen sosyal medya üzerine hazırlamıştım. Engin'e yazımı gösterdiğimde şaşıp kalmıştı; ben sosyal medyayı övecek bu dünyadaki son kişiydim çünkü.

Oturumda yazarlar makalelerini okumaya başladığında, hepsi edebiyatın artık can çekişiyor olmasından kelime gücünün azalıp birtakım şekillerin söz ve duygu yerine geçmesinden, gençlerin giderek yazıdan uzaklaşıp sıkıştırılmış harflerle yazmaya başladıklarından, kitap yerine elektronik kitabı tercih etmelerinden yakındılar.

Ortak kaygı edebiyatın hayatımızdan uzaklaşmakta olduğu idi.

Biz konuşmacılar ülkelerimizin baş harfine göre sahne alıyorduk. Türkiye'nin T'sine sıra en sonda geldi. Konuşma başlığımın adı *Kafası Karışık Bir Yazar*'dı. Kürsüye yürüdüm ve söyleyeceklerim çok uzun olmadığı için okumadım. Göz teması yaparak konuşmayı tercih ettim. Kısaca diyordum ki, yeni bir çağa girdik! Bu çağ, bilginin saniyeler içinde tüm dünyayı dolaşabildiği, kutuplarda yaşayan bir insanın Afrika'dakiyle dahi anında iletişim kurabildiği yepyeni bir çağ! İdeolojilerle beyin yıkamanın çok zorlaştığı bir zaman dilimindeyiz çünkü tüm dünya parmaklarımızın ucunda. Sızlanmak yerine, bu çağa ayak uyduralım çünkü yarının gençliği, ne yaparsak yapalım, kitabı sadece elindeki tabletten okuyacak. Belki de büyük bir isabet olacak çünkü kâğıt için ağaç kesimine gerek kalmayacak. Ülkeler arasındaki sınırlar hâlâ tel örgülerle ayrılmış olabilir ama elimizdeki şu alet (telefonumu gösterdim) dünyanın değişik uçlarında yaşayan her birimizi saniyeler içinde birbirimize bağlıyor. Devletler fiziki sınırları dikenli tellerle ayırmayı sürdürürken, insanlar fikri sınırları aşarak, birbiriyle sosyal medyada buluşuyor ve birbirlerini etkileyebiliyorlar. Edebiyat da mecburen çağın değişimine uğrayacak; asla ölmeyecek ama şekil değiştirecek! Unutmayın ki Galileo dünyanın yuvarlak olduğunu söylediğinde idamla tehdit edilmiş, hatta yakın tarihteki Mozart da zamanında alışılmış müzik kalıplarının dışına çıktığı için çok hırpalanmış, bir ara müzisyen dahi sayılmamıştı. Ama mevcut kurallar asla sonsuza kadar direnemiyor, insanlar sonunda değişime teslim oluyor çünkü zamanın ruhu bizden daha güçlü!

İşte bu minval üzerine yaptığım konuşmamı bitirirken, tek bir alkış sesi geldi kulağıma. Alkışlar illa beğeninin göstergesi değildir, bazen de tepki için gelir ya alkış, çekinerek o tarafa baktım. Bir kadın ayağa kalkmıştı.

"İki gündür bütün oturumlara katılıyorum, duyduğum en umut verici konuşmayı az önce dinledim. Bize yeni bir pencere açan Türk'ü alkışlıyorum," dedi.

Diğerleri de alkışlamaya başladılar. Böyle anlarda hep elim ayağıma dolanır. Hemen gidip yerime oturdum. Etrafımı sardılar, sorular sordular. Bu sayede İsviçre'den İsviçre PEN'i temsilen katılan bir Türk'le, Zeki Ergas'la da tanışmış olduk. Bana dedi ki, "Ne ilginç; en genç konuşmayı konuşmacıların en yaşlısı yaptı."

Bir an bu saptamaya sevineyim mi üzüleyim mi bilemedim. Katılımcıların kitapçığını karıştırırken ne göreyim, meğer Zeki Ergas benden birkaç yaş büyükmüş. Hayret, yaşını hiç göstermiyordu... acaba ben de pek çok kişi gibi yaşımı çakmasa mıydım artık her yere?

Ne tuhaf, hayatımda ilk kez yaşım bana batmaya başlamıştı. Seksene çeyrek kala kapıldığım komplekse bakın hele! Yoksa bu gereksiz duygu, yaşlanma kompleksi değil de ölüm korkusu olmasın sakın! Anneanneme benzemek için yetmişli yaşların sonunu mu bekledim ben? Yaşıtlarım fire vermeye başlayınca, ben de korkuya kapıldım zahir!

Bu arada yine Zeki Ergas'tan duymuştum ki bir sonraki Uluslararası PEN başkanlığı için en güçlü adaylar, kadınlar arasındaydı. Demek kadınların siyaset dahil pek çok alanda en yüksek mevkilere gelebildikleri dönem nihayet başlamıştı. Sevindim! Üst yönetimleri kadınlar ele geçirmedikçe dünyamızın asla huzura kavuşamayacağına dair inancım, tam da o sıralarda, her gün biraz daha güçleniyordu.

Ben kendi vatanımda çok uzun yıllardan beri, hatta aklım ermeye başladığından bu yana demeliyim, bizi yöneten siyasetçilerde duygusal zekâ, samimiyet ve merhamet eksikliği olduğuna emindim. Değişik bir nefese, değişik bir bakış açısına ihtiyaç vardı ki bunu da ancak kadınlar kotarabilirdi. Demek, Uluslararası PEN'in başkan adaylarını saptayanlar da benim gibi düşünmüşlerdi. Çok sevindim. Yavaş da olsa emin adımlarla kadınlar, yönetici katlarında yerlerini almaya başlıyorlardı. (Beyler, haklı olarak aramızdan çıkma kötü örnekleri işaret ettiğinizi görür gibiyim ama siz de biliyorsunuz ki, istisnalar hiçbir zaman kaideyi bozmuyor!) Sadece insana ve çocuğa değil, doğaya da çok daha şefkatli yaklaşacak bir anlayışla, içine hapsolduğumuz sistem belki de kadınlar sayesinde değişecekti zaman içinde.

Umut, sen ne güzel şeysin be!

PEN AMERİKA

PEN Amerika'nın 2018 yılının nisan ayında, New York'tan yolladığı davetiye, bu sefer doğrudan benim adıma gelmişti.

2018 yılının dünya edebiyatındaki başlığı *Göçmen Olmak* haliydi ve benim *Kanadı Kırık Kuşlar* adlı belgesel romanım, *Without A Country* adıyla İngilizceye tam da o yıl çevrilmiş, İngilizce konuşulan ülkelerin kitapçı raflarında yerini yeni almıştı.

Konusu, Hitler Almanya'sında kürsülerinden kovulan Yahudi dinine mensup profesörlerin Atatürk tarafından, İstanbul Üniversitesi'ni modernleştirmek üzere davet edilmeleri ve Türkiye'deki hayatlarıydı.

Gelenlerin kimi çok mutlu kimi çok mutsuz olmuştu. Mutlu olanlar hayatlarına Türk uyruğuna geçerek devam etmişlerdi. Uyum sağlamayanların Avrupa kıtasında gidebileceği bir başka ülke yoktu. Hitler korkusundan kimse onlara kucak açamıyordu. Şanslı olanlar kapağı Amerika'ya atmışlar, diğerleri Almanya'ya geri dönmek için Hitler'in yenilgisini beklemek zorunda kalmışlardı. Beni *Göçmen Olmak* konulu oturuma davet ettiren de işte bu kitabımdı. Barbaros'la birlikte PEN Amerika'nın konukları olarak bu kez de New York'a bir sefer eylemiştik!

19-22 Nisan arasındaki programın ilk günü çok yoğun ve yorucuydu ama bir o kadar da ilginçti. İlk günümüzde, değişik ülkelerden gelen ve birbirini hiç tanımayan on dört yazar, bir minibüsle Westhbeth Gallery'e götürülmüştük. Burası daha önce harabeye dönmüş bir depo veya han mıydı, pek emin değilim. Birkaç yıldır belediyeye ait bir binaymış, tamir görmüş ve odaları ressamlarla heykeltıraşlara tahsis edilmişti. Dünyanın çeşitli yerlerinden gelmiş yazarların her biri, bir başka sanatçının atölyesinde, her oturumun yarım saat süreceği beş ayrı okuma yapacaktı. Maksat, yazı ve söz sanatını resim-heykel sanatıyla kaynaştırmaktı. Yarımşar saatten toplam üç saat sürecek okumalardan sonra, giriş katındaki geniş holde birbirimizle tanışacağımız kokteyle katılacaktık... elbette halimiz kaldıysa!

Hepimiz ellerimize verilen tariflerle kendi odalarımızı bulduk. Neyse ki, okumalar sona erdiğinde, yazarlar değil, dinleyiciler yer değiştiriyor, dinlemek istedikleri diğer yazarın odasına geçiyorlardı. Biz yazarlar bulunduğumuz odada her neyin üzerine tünedikse artık, orada oturmaya devam ediyor, yeni konuklarımızı ağırlıyorduk. Çünkü okuma yaptığımız yerler şövalelerin, boya kovaları, boya tüpleri ve fırçaların yığıldığı boş mekânlardı. Kimi odalarda yerlere minderler atılmıştı, kimi odada ise benim konuşma yaptığım yer gibi, geçici olarak sandalyeler dizilmişti. Sandalyelerin karşısına da benim oturmam için biraz yüksekçe bir tabure konmuştu. Bina o kadar eskiydi ki, her an bir köşeden bir farenin çıkmasını bekliyordum çünkü eski binalarda veya bahçe içindeki evlerde hep bir fare beklentisi içine girerim ben. Yedi yıl yatılı okuduğum okulun kocaman bir bahçe içindeki binasında, ambarı ararken yolunu şaşırıp yatakhaneye sapmış çok fareyle karşılaşırdık. Çocuklarımı büyüttüğüm evimiz de yine büyük bir bahçe içinde eski bir evdi, ayakkabılarımızdan sevimli fındık fareleri silkelediğimiz olurdu. Kısacası bir kadına yakışmayacak ölçüde tepkisizimdir farenin varlığına. Beklentime rağmen New York'ta ressam atölyesinde yaptığım okumaların tümü faresiz geçti!

Akşamüstü tüm okumalar bitince kokteyl için hepimiz giriş katındaki geniş holde buluştuk. Barbaros'un da, benim de açlıktan karnımız zil çalıyordu. Büfenin yerini boşuna aramışız, büfede sadece içki ikramı vardı. Patates çipsleri ve çeşitli çerezler istasyon masalarının üzerine serpiştirilmişti. Bir daha karşılaşacağımızı sanmadığımız yazarlarla tanışmaktan feragat edip Barbaros'un üyesi olduğu Soho House'a attık kendimizi. Tıklım tıkış dolu restoranın ancak barında yer bulduk, bar iskemlelerine tüneyerek karnımızı doyurduk. Ah nerde bizim Tepebaşı'nda, tarihi binası içindeki muhteşem manzaralı, leziz mezeli Soho House, nerede buradaki tıklım tıkış karanlık mekân! Aynı kıyaslamayı birkaç yıl önce, değişik ülkelerde şubeleri olan İtalyan Lokantası için de yapmıştım. İstanbul'daki şubesi, New York'takinden katbekat daha şıktı, ferahtı, homurdanmadan servis yapan güler yüzlü garsonlara sahipti ve pizzaları çok daha lezizdi. Bu düşüncemi tam Barbaros'la paylaşacakken sustum, botoks yaptırmıyorsun bari dilini tut, dedim kendime; çünkü alıştığımız lezzetlere, mekânlara, dostlara hatta giysilere düşkünlüğümüzün artması, bir yerde okumuştum, kesin yaşlanma işaretiydi! Gördüğünüz gibi, elimden geleni esirgemiyordum genç kalmak adına!

Bizi New York'a getiren esas oturum ikinci günün programıydı.

Bu sefer de Chrystie Street'te Dixon Place diye bir yere götürüldük. Yine girdik adresi pek itibarlı ama kendi pek eski ve yıpranmış bir binaya, dar merdivenleri tırmanıp etkinliğin yapılacağı alana geldik. Konuşmacılar için simsiyah bir fonun önündeki sahneye yan yana beş sandalye dizmişler. Dinleyiciler basamaklarla yükselen salondaki koltuklarda oturacaklardı besbelli. Ne var ki, dinleyicilerin oturacağı bölüm, tıpkı bir sinema salonu gibi karanlıktı. Fazla bekletmeden biz yazarları hemen sahnedeki yerlerimize aldılar. Adlarımızın bulunduğu sandalyelere oturduk. Konuşacak olan biz üç yazarın ve İngilizce bildiği halde nedense ille İspanyolca konuşmak istediği için tercümanla gelmiş olan Marcos Aguinis'in çevirmeninin üzerine, gözlerimizi kamaştıran çok sert bir ışık patladı. Karşımızdaki dinleyiciler bu ışık sayesinde, bizleri yüzümüzün en ince çizgisine kadar görüyorlardı ama biz onları seçemiyorduk. Dişçi sandalyesinde otururken, gözüme vuran ışıktan çok rahatsız olurum ben, hep sımsıkı yumarım gözlerimi. O anda yine içimden gözlerimi yummak geliyordu, ayrıca ilk kez yüzlerini göremediğim bir kalabalığa konuşacaktım. Tedirgindim kısacası. Bizleri sorularıyla yönlendirecek olan Laurie Gwen Shapiro da geldi ve yüksekçe taburesine yerleşti. Shapiro, The Stowaway'in yazarıydı, Antarktika'ya ulaşmak için ölüm kalım savaşı veren bir gencin macerasını anlatmıştı. Sahnedeki bizler de canlarını kurtarmak için vatanından kaçmak zorunda kalanların öykülerini anlatmak için oradaydık. Hüzünlü bir oturum olacaktı belli ki! Yıldırım hızıyla bir düşünce geçti aklımdan, acaba hepsi birbirinden acıklı öykülerimizi anlatırken, dinleyiciler, yüzümüze yansıyacak duygularımızı da görebilsinler diye mi böylesi sert bir ışık seçilmişti?

En baştaki sandalyede Sharon Bala adında Sri Lankalı genç kadın oturuyordu. Daha iyi bir yaşam için ölümü göze alarak bir tekneyle Kanada sahillerine ulaşan Sri Lankalı göçmenlerin menzile vardıklarında, terörist sanılarak hapse atılmalarının romanını yazmıştı. Onun yanında ben oturuyordum. Benim yanımda Arjantinli ünlü yazar Marcos Aguinis vardı. Şu tesadüfe bakın ki, benim çok iyi bildiğim bir hikâyeyi yazmıştı Aguinis. On altıncı asırda Yahudi olduğu için vatanından kovulan (ve büyük ihtimalle Osmanlı İmparatorluğu'na sığınan) bir entelektüelin, engizisyon sorgulamaları sırasında maruz kaldığı işkenceleri kaleme aldığı kitabından okuma yapacaktı. İnsanoğlunun vatansız kalmasının acısını kâğıda dökmüş biz üç yazar ve bir moderatör, yaptığımız konuşmalarla, karanlıkta oturdukları için yüzlerini göremediğimiz dinleyicileri çok duygulandırmış olduğumuzu, her birimize sordukları sorulardan ve seslerinden anladık. Öyle duygu yüklü bir oturum olmuştu ki, o salonda yazarı ve seyircisiyle kaç kişiysek, sanki ömrümüzün sonuna dek, hiçbir göçmene sınırımızı ve yüreğimizi açmazlık edemeyecektik. Keşke Trump da dinleyiciler arasına olaymış o gün, belki o da etkilenirdi.

Vatan kaybetmenin acısını kimimiz bizzat yaşayarak, kimimiz benim gibi çok yakından izleyerek öğrenmiştik. Ben mesela, vatan hasretiyle yanan bir babaannenin torunuydum. Babaannem, inme indikten sonra yedi yıl yattığı yatağında, ısrarla yüzü hep duvar tarafında duran goblen yastığa dönük uzanmıştı, yeşil bir vadide çağlayarak akan dere resminin işlendiği yastık, ona doğup büyüdüğü Banya Luka'yı hatırlattığı için! PEN New York'taki o oturumda bir kere daha emin olmuştum; gurbeti bizzat tatmayanlara ancak edebiyat öğretebiliyordu vatansız kalmanın nasıl dayanması zor ve keskin bir kalp ağrısı olduğunu!

PEÇ

Gözlerinizi kapatın ve içi kütüphane olarak düzenlenmiş bir otobüs hayal edin. Çepeçevre raflarda çeşitli kitaplar dizili. Uzunca bir tahta masanın etrafında tıpkı bir kütüphanede olması gerektiği gibi oturma yerleri, ayrıca bir köşede çay ocağı ve buzdolabı var.

İşte bu *otobüs/kütüphane*, Diyarbakır'dan yola çıkarak Malatya, Gaziantep, Urfa gibi Güneydoğu Anadolu illerini, Kars, Van, Erzurum gibi Doğu Anadolu illerini, Trabzon, Samsun gibi Karadeniz illerini aşıp Ankara, Eskişehir üzerinden Kütahya, Konya gibi Orta Anadolu kentlerine yönelecekti. Sonra rotasını güneye çevirip Antalya'ya kadar inecekti. Daha sonra, Ege Bölgesi'nde elbette Muğla ve İzmir'e de uğrayacak ve dümeni Bursa'ya kırıp Marmara Bölgemize girecek, İstanbul'da nefeslenip Edirne'ye, varacaktı!

Türkiye'nin tam yirmi dört şehrinde konakladıktan sonra, Bulgaristan'a geçecekti. Sofya, Bükreş, Peç, Viyana, Venedik ise yurtdışındaki duraklarıydı. Zürih ile Basel'e de uğradıktan sonra ver elini *Otobüs-Kütüphane*nin son durağı, Essen!

Sıkı durun! *otobüs/kütüphane*, uğradığı her kentte, o ülkelerin sanatçılarını, yani yazarlarını, ressamlarını, müzisyenlerini, oyuncularını birbirleriyle buluşturacaktı. Birlikte okumalar yapacaklar, resimler boyayıp sergileyecekler, şarkılar söyleyecek oyunlar sahneleyeceklerdi.

Böyle bir otobüse hiç bindiniz mi siz?

Ben bindim. Sırası gelince otobüsü de anlatacağım ama önce projeyi tanıtayım size. Projenin adı, *YOLLARDA*'ydı.

Hayatım boyunca şahit olduğum, sanatı aracı ederek barış, kardeşlik ve empati duygusunu geliştirmek adına yapılmış en muhteşem projeydi bu. Ülkelerarası kültür buluşmalarının en samimisi, en akıllısı, en renklisiydi. *YOLLARDA* projesinin maliyetini Avrupa Birliği'nin Kültür Köprüleri Programı yüklenmiş, güzergâhını Goethe Enstitüsü organize etmişti.

Otobüs/kütüphane, 9 Mayıs 2009 tarihinde, Türkiye'den yola çıkmıştı, yolculuğu 25 Haziran 2010 tarihinde Essen'de son bulmuştu. Bir yıl süren bu otobüs yolculuğuna kardeşlik ve birliktelik ruhunun bin yıl sürmesi umuduyla çıkılmıştı. Üzeri gökkuşağı gibi rengârenk boyanmış otobüs, kitaplı, resimli, müzikli bir yaşam biçimini kentten kentte, ülkeden ülkeye taşımıştı. Halkların birbirini tanıması, anlaması, sevmesi, kültür farklılıklarını birbirinin içinde eritmesi için tepip durmuştu yolları.

Otobüs yolcuları vardıkları her durakta kültür alışverişi yapmışlardı. Kitaplar, şiirler okunmuş, fotoğrafçılar resimler çekip sergiler düzenlemiş, müzisyenler ülkelerinin müziklerini tanıtmış, dansçılar yöresel danslarını sergilemişlerdi. Barış ve dostluk için sadece sanat değil, damak tatları da paylaşılmıştı.

Otobüs, Avrupa ülkelerinin sanatçılarını Türkiye'ye, Türk sanatçıları yurtdışı sanat duraklarına taşımıştı. Ben de işte o şanslı sanatçıların yazar hanesine düşenlerinden biriydim. İstanbul'dan Macaristan'a uçakla gitmiştim ama kaldığım dört gün boyunca, katıldığım her etkinliğe *otobüs/kütüphane*yle götürüldüm.

Üç gün boyunca Peç şehrinde pek çok okulu ziyaret ettik.

Macar çocuklarına Türk kardeşlerini ve Türkiye'nin güzelliklerini anlattım. Bazı kitaplarımdan okumalar yaptım. Sorularını yanıtladım. Onların kitaplarından bölümler okudum ve şarkılarını dinledim, danslarını seyrettim.

Son günümüzün öğlen yemeğine aramıza Türkiye'den gelen genç bir grup katılmıştı. İncecik kumral bir kız, esmer, toraman bir genç adam, birileri daha... kim olduklarını bilmiyordum, büyük ihtimalle Almanya'da yaşayan genç Türk yazarlarıydı. Benim uzağımda oldukları için yanımda oturanlara sormuştum kim olduklarını. İstanbul'dan gelmişler. Benim konuştuğum genç, ışıkçıymış. Akşamki gösteri sırasında sahne ışıklarını o ayarlayacakmış. Son gecemizde bir gösteri olduğunu biliyordum, bir konserle kapanacaktı etkinlik. Masadaki diğer gençler de herhalde sahne düzeniyle ilgileneceklerdi. Başka soru sormamıştım.

O akşam erken yedik yemeğimizi, "Yollarda" otobüsümüzle konser mekânına götürüldük. Orta Avrupa şehirlerinin görkemli konser salonlarını gözüm aramadı desem yalan olur. Bizimki pek mütevazı bir mekândı. Herhalde ya bir okulun tiyatro salonundaydık ya da bir kültür merkezinin. Fonu tamamen siyah perdeyle kaplanmış karanlık sahnede, bir müzik dinletisi için çok fazla sandalye vardı.

Siyah fonda kaybolmuş piyanoyu neden sonra gördüm. Hayret! Tam kadro bir orkestra düzeni! Oysa ben solo müzik haydi bilemediniz, bir kuartet bekliyordum. Oturacağımız koltuklara gecenin programı bırakılmıştı, koltuğuma oturunca hemen bir göz attım programa.

Bir şaşkınlık daha! Viyana Klasik Müzik Orkestrası! Vay be!

Piyanodaki solist, Tuluğ Tırpan! Kim ola ki? Daha önce adını hiç duymadığım bir piyanistti. Meğer Almanya'da yaşıyormuş! O yüzden tanımıyordum herhalde. Sahnedeki iskemle sayısına ve piyanoya bakılırsa, besbelli bir piyano konçertosu dinleyecektik. Ah ne iyi! Vokalde Sertap Erener vardı. Sevindim. Dansçı, Su Güneş Mihladiz. Haydaa! Gel de çık işin içinden! Konçertoda dansçı ne alaka! Kafam karıştı. Çok beklemedik, salonun ışıkları karardı.

Birinci bölüm simsiyah sahnede bir ney sesiyle başladı.

Karanlığın içinden perde perde yükseldi ezgi... ışık siyah zemine vurdu... yerde, bir kırmızı şalın altında bir şey vardı... o şey kımıldadı... bir kol uzandı şalın içinden, bir baş... bir kol daha... çok yavaş hareketlerle bir can kıvranarak, çırpınarak doğdu dünyamıza adeta ve elindeki şalı hiç bırakmadan, kâh ona sarılarak, kâh ona bürünerek, onunla hemhal olarak, yavaşça ayaklandı, dönmeye başladı... dönüyordu... dönüyordu... hiç durmadan, hiç yorulmadan... dünyamız gibi hem kendi etrafında hem de görünmez bir yıldızın yörüngesinde dönüyordu. Ara sıra yavaşlıyor, ara sıra hızlanıyordu. Bazen bir kolunu yukarı uzatıyor, şal işaretparmağının ucunda göğe doğru yükseliyordu, dansçıyı çok uzunmuş gibi algılıyorduk, bazen bir yılan gibi bedenine dolanıyor, şal olmaktan çıkıp o bedenin bir parçası, bır uzvu haline geliyordu. Bazen dansçıyla aynı yöne dönüyordu şal, bazen başını alıp tamamen ters yöne. Ney ise dansçının her devinimi ile kâh bir çığlığa, kâh bir çocuğun şen sesine dönüşürken, dansçı sahnede bir Mevlevi dervişinin sebatıyla dönüyordu. Üzerinde kendi derisi gibi ten rengi, tüm vücuduna yapışmış bir giysi vardı. Giysi ışık oyunlarıyla bir bukalemun gibi renk değiştiriyordu. Dansçının bedeni yeşillendiğinde bir filizi, griye dönüştüğünde bir yılanı andırıyordu mesela; akarsu oluyordu mavileştiğinde. Yoksa ben mi böyle yorumluyordum sahnedeki mucizeyi? Olabilirdi çünkü ben büyülenmiştim. Dansçı bir ara yukarıya, tavana doğru yükselmeye başladı... giderek uzayan boyuyla kendi etrafında dönedururken, birden tam tersi oldu, anbean kısaldı, küçüldü, dönüşü yavaşladı, önce dertop oldu sonra da şalın altında kayboldu.

Dansçı yok oldu sahnede! Ney usul usul sustu.

Tüylerim diken dikendi. Tek bir ney ile tek bir bedenin böylesine uyumlu ve güçlü gösterisine ilk kez şahit oluyordum. Sersemlemiştim. Mest olmuştum. Sahnedeki insan bize doğumla ölüm arasındaki yolculuğu anlatırken ney de hayatın tüm tınılarını üflemişti. Sonra sahnede kaybolan dansçı usulca şalın altından çıktı, eğilip selam vermeden önce karşımızda bir an dimdik durdu. Bir kadındı. Yüzünü gördüm. Tanrım! Bu dünkü yemekte, sofradaki incecik kız değil miydi?

Sahnede şalıyla doğumla ölüm arasındaki yaşamı anlatan, yarım saat hiç durmadan dönen, işaretparmağının ucundaki dans partneri şalını da değişik yönlere döndürerek devleşen dansçı evet, meğer o incecik narin kızmış!

Burcu Karadağ'ın neyini dinlemek ve Güneş Su'yu bir kere daha seyredebilmek için neler vermezdim, ah bir bilseniz!

Ara verildi... çok kısa bir ara... öksürenler, kıpraşanlar, aralarında fısıldaşanlar vardı ama kimse dışarı çıkmadı. Ben elimdeki programı bir kere daha dikkatle incelerken, orkestranın siyahlar giymiş müzisyenleri tam kadro sahneye girip yerlerine oturdular, arkalarından orkestra şefi geldi ve yerine geçti, en son gecenin solisti Tuluğ Tırpan gözüktü sahnede, piyanosunun yanında durup selamladı bizleri. Piyanisti de gözüm ısırıyordu bir yerden. Hatırladım yahu! Dün öğlen yemeğinde bize katılan esmer genç adam! Piyanist olacağı aklımın ucundan geçmezdi. Tekrar baktım elimdeki konser programına... al bir sürpriz daha, dinleyeceğimiz eserin bestecisi de Tuluğ Tırpan'mış! Konser başladı. Ben eserin Doğu ezgileriyle bestelendiği beklentisindeydim. Yanılmışım, dört dörtlük klasik bir konçerto dinliyordum. Hele piyanoda Tuluğ Tırpan inanılmazdı. Yurtdışında dinlediğim bir Türk müzisyenin hem bu kadar başarılı bir besteci hem de muhteşem bir yorumcu olmasından duyduğum gururla nerdeyse havalanıp tavana yapışmak üzereydim. Ara sıra arkamı dönüp Macar dinleyicilerin yüzlerine bakıyordum, ne hissettiklerini görmek için. Huşu ve hayranlık içinde dinliyorlardı

An geldi, tınılar Doğu'ya doğru kaydı... bütünlüğü bozmayan, dozunda bir Doğu baharatı serpildi müziğe, derken Sertap'ın kristal sesi... tekrar piyano. Sadece ben değil, salondaki herkes mestti. Çıt çıkmıyordu salonda. Konçerto sona erdiğinde, o kadar çok alkışlamışım ki, avuçlarımın içi kıpkırmızı olmuştu. Yerimden fırlayıp Tuluğ Tırpan'ı ve Sertap'ı kucaklamak istiyordum. Akşam yemeğinde şarabı bir kadeh fazla içseydim vallahi yapardım ama kontrolü kaybetmeyip, tıpkı Burcu Karadağ ve Güneş Su'ya yapmış olduğum gibi uzun uzun alkışlamakla, bravo diye üst üste bağırmakla yetinmiştim.

Beni Peç'e götüren "Yollarda" eşsiz bir projeydi, Peç gezisinin kapanış gösterisi ise olağanüstüydü. Son nefesimde dahi hatırlamaya değer bir dans ve müzik şöleniydi, o geceden bende kalan. Size bir nebzesini olsun aktarabildimse ne mutlu bana!

İRAN/PERSIA

Ülkenin Türkçede bugünkü adı İran ama biz tarihteki adını Pers İmparatorluğu diye biliriz. En yaygın dil İngilizcede ise Persia'dır adı. Bu yüzden **P** bölümüne kısa İran yolculuğumu da katmak istedim affınıza sığınarak, çünkü ben Goethe'nin altmış yaşını geçmişken Hafız'ı okuyunca hayran olup bu şairi bir de anadilinden okuyabilmek için Farsça öğrendiğini duyduğumdan beri, İran'ı görmek istemişimdir.

Tahran'a gitmeme Türkiye'den İran'a kültür turları düzenleyen yazar Şahzadeh İgual vesile oldu. Aynı yayın grubuyla çalıştığımız için tanışıyorduk. İran'daki devrim sırasında, 1990'lı yılların başında Türkiye'ye göçen ailelerden birinin kızıydı. İlk gençliği ve tahsil hayatı burada geçen Şahzadeh'in Tahran'daki çocukluk anılarını anlatan üç de Türkçe romanı* vardı ve beni konuk ettiği turu, Türk-İran yazarları arasında bir köprü kurmak amacıyla düzenlenmişti.

Tahran'ı kendi ülkemin üç ayrı denizine kurulmuş şanslı liman şehirleriyle mukayese etmeme imkân yoktu elbette, Tahran Ankara gibi bir kara şehriydi. Ağaçlı geniş caddeleri, belli bir yüksekliği aşmayan binalarıyla, yemyeşil parklarıyla çok iyi planlanmış, temiz, ferah ve uygar bir şehirdi. Dağlara yaslanmış kentler arasında kesin ayrıcalığı vardı. Şahzadeh bana önce şehrin saraylarını gezdirdi. Gülistan Sarayı'nı, Sadabat Sarayı ile bahçesindeki yeşil ve beyaz köşkleri gezdik. Çiçekler içindeki havuzlu bahçelerde dolaştık. Ayna kırıklarından yapılmış kristal saray ise gerçekten olağanüstüydü. Özellikle o sarayı gezerken bana bir ara neler kaçırmış olduğuma dair bir imada bulundu

---

* *Tahran'ın Kırmızı Sirenleri, Rolls Royce'u Taramışlar Baba, İsfahan'ın Gözyaşları.*

rehberim. Saraylar, Allah'ı var etkileyiciydiler ama (*Hayat*'ı okuyanlar bilir) ne on altı yaşımdaki aklımla ne de bugün, özgürlüğümü hiçbir altın ya da kristal kafese değişmem ben diyerek devam edeyim ve saray bahçesindeki çocuğunu emziren kadın heykeline geleyim!

Günümüzün siyasi ortamında, Dolmabahçe Sarayı bahçesinde faraza, böyle bir heykel bulunsa yerinden sökülüp bir depoya atılırdı. Oysa saray bahçesindeki heykel ana, hepimizin gözü önünde bebeğini rahatça emziriyordu ki ben bunu İran'ın siyasi rejimine rağmen sanata duyduğu saygının bir işareti olarak kabul etmiştim.

Müze ve saray gezmelerinin dışında da güzel işler yaptık Şahzadeh'le.

Şair ve ressam Seyyed Ali Salehi'nin yazı atölyesine ve İranlı kadın yazar Nahid Tabatabaie'nin evine konuk olduk. Biz iki kadın yazarın sorunlar benzer olduğu için, konuşacak çok lafımız oldu haliyle. Artık aramızda olmayanları da ihmal etmeyip İranlı kadın yazar Furuğ Ferruhzad'ın mezarını ziyaret ettik. Bir ülkenin mezarları da uygarlığının mihenk taşıdır, bugünün rejimi ne olursa olsun, mezarlara gösterilen özenden bu topraklarda derin bir kültürün yaşanmış olduğunu belliydi.

Tahran'da kafama göre de takılmak istedim. Benim seçimimle, rasgele girdiğimiz her parkta, çimenlere uzanmış kızlı erkekli gruplar hep birlikte sohbet ediyorlardı. Açık hava kahvelerinde de yine masalarda kız-erkek karışık neşeli öğrenci grupları vardı. Başlarındaki eşarplardan saçları gözüken kızların çoğu blucinli, spor ayakkabılıydı.

Ben de öyleydim de başımdaki eşarp kayıp duruyordu. Kasım ayında olduğumuz için yanıma birkaç yün eşarp almış, son anda ne olur ne olmaz diyerek bir de ipek eşarp atmıştım valize. Tahran'da valizimi boşaltırken, aceleyle çektiğim eşarbın, edebiyat sevdalısı dostum sevgili Demir Aytaç'ın yıllar önce armağan ettiği eşarp olduğunu fark edince sevinmiştim. İran'ın edebiyat ortamına edebiyat sevdalısı birinin enerjilerini taşıyan eşarpla giriyor olmamın kesin bir hayrı olmalıydı. Demir, bana yazarlığımın kazandırdığı en değerli dostlarımdan biriydi. Tanıştığımızda henüz çalışma hayatının içindeydi, şimdiki gibi zamanının tümünü edebiyata ve yazmaya ayıramamıştı ama sevdiği yazarların izini sürecek vakti bulmuş olmalı ki, tanışmıştık. Tahran'da hava, beklentimin aksine çok sıcaktı, mecburen o tek ipek eşarbı kullanıyordum ve ipeğin saçta durmayacağını bilmediğimden, başımdan kaydığını da fark etmiyordum. Şahzadeh sık sık elini uzatıp sürekli omzuma düşen eşarbı başıma çekiyordu. Sonunda eşarbı saçlarıma hamam havlusu gibi dolayıp ucuna bir düğüm attım da nihayet rahat ettim ve öğrenmiş oldum bizim başörtülü hanımların neden eşarpların altına illa kep taktıklarını.

İlk akşamımızda, yazar Said Fekri'nin evine akşam yemeğine davet edilmiştik. Etli pilavlarının dünyanın en lezzetli yemeklerinden biri olduğunu ve sadece edebiyatçıların değil, sıradan insanların da bu şehirde şiirle iç içe yaşadıklarını öğrendiğim geceydi. Ayrıca, tıpkı bizler gibi son derece misafirperverdiler İranlılar.

Bir de sürpriz bekliyormuş beni Tahran'da.

Ertesi sabah Şahzadeh ve Said Fekri ile birlikte, kaldığım otelin lobisinde oturuyorduk. Hoş bir genç kadın yaklaştı, elindeki kitabı uzattı. Lacivert kapak bana bir şey hatırlatıyordu ama üzerindeki yazı Farsça olduğu için sökemiyorum. Kitabı evirir çevirirken, jeton düştü! Benim *Gece Sesleri* adlı romanımın kapağıydı bu.

"Farsçaya mı çevrildi?" diye sordum, "Hiç haberim olmadı."

Genç kadın beni Türkçe, "Sadece bu değil, pek çok kitabınız çevrildi Farsçaya," diye yanıtladı. "İranlı okurlarınız sizi çok seviyorlar."

Meğer kitaplarımın çevirmeniymiş. İran'da çeviri için yayıncıdan izin almak gibi bir mecburiyet olmadığı gibi yabancı yazarlara telif ödemesi de yokmuş. Çevirmenim önce *Aylin*'i çevirmiş, bakmış ki satıyor kitap, gerisi gelmiş. Ne yapabilirdim ki, memnun oldum demekle yetindim. Oldum da!

İran'da bir Türk yazar olarak tanınmanın ayrıcalığı para ile ölçülemezdi.

Nitekim ertesi gün beni götürdükleri, dekoru 1930'lu yıllardan beri hiç dokunulmadan muhafaza edilmiş Loghanteh Kafe'de, Türk yazar olduğumu öğrendiklerinde bana bir ayrıcalık yaptılar.

Önüme 1934 yılının ciltlenmiş gazete arşivini getirip koydular.

İran Şahı'nın Atatürk'ün konuğu olarak Ankara'ya yaptığı ziyaret, günbegün fotoğraflarıyla birlikte arşivdeydi. Şahzadeh'e Özsoy Operası'yla ilgili haberi bulmasını rica ettim. İlk Türk operası, İran Şahı'nın davet edilmesi şerefine, Atatürk'ün isteğiyle çok kısa bir zamanda bestelenmişti. Konuyu da yine Atatürk seçmişti: İran'ın çok eski bir destanı olan *Şehname*'deki öyküde, ikiz kardeşler doğum anında lanetlenir ve ayrı düşerek düşman olurlar. Kara büyü ikizler ölmeden önce bozulur, iki kardeş barışır ve kucaklaşırlar. Ankara Halkevi'nde sergilenen ilk operamız sona erdiğinde, yüz yılları birbirine dargın geçiren iki ülkenin o günkü liderleri Atatürk ile Şah Rıza Pehlevi seyircilerin alkışları arasında kucaklaşırlar.

Dahası da vardır; Şah Atatürk'ün dişlerini çok beğenince, Atatürk dişçisi Prof. Kantaroviç'i İstanbul'dan Ankara'ya çağırır. Gece treniyle gelen Kantaroviç, Şah'ın ağız ölçülerini alır, ziyaret bir hafta daha uzatılır ve Şah ülkesine yeni dişleriyle döner. Böylece iki ülke arasında sıcak, samimi bir dostluk kurulur. O gün bugündür, ilişkilerde iniş çıkışlar, bazı gerginlikler yaşansa da dostluk bozulmadı.

Tahran'da dolu dolu yaşanan dört gün çabucak geçti.

İstanbul'a dönmeden önce havaalanında son bir basın toplantısı düzenlenmişti.

Bize ayrılan odaya girdik. Kadınlı erkekli birçok gazeteci vardı. Gezi boyunca çevirmenliğimi de yapan Şahzadeh ile yan yana oturduk. Soruların çoğu Türk edebiyatıyla ilgiliydi. Basın toplantısının sonuna doğru, Tahran'ı nasıl buldunuz, en çok ne hoşunuza gitti gibisinden malum sorular da geldi. Ben de tüm saflığımla Longhateh Kafe'deki 1934 yılının gazetesinden söz ettim ve onlara İran Şahı Rıza Pehlevi'nin dişlerinin o yolculukta, Atatürk'ün dişçisinin tarafından yaptığını söyledim. Bence iki devlet liderine dair çok hoş ve insani bir hikâyeydi... Ölçüler Ankara'da alınıyor, dişler İstanbul'da hazırlanıyor, Ankara'da takılıyor... Mutlu son! Ben bu diş hikâyesinin gazetecilerin hoşuna gitmesini beklerken derin bir sessizlik oldu, herkesin başı önündeydi nedense! Hay Allah! Acaba dişten bahsetmek mi ayıptı bu ülkede? Soru dolu gözlerle Şahzadeh'e döndüm, kulağıma eğilip fısıldadı. Dişten değil ama Şah'tan bahsetmek olmamış!

Ben ne bileyim İran'da Şah'tan söz etmenin cıs olduğunu! Bir kahraman gazeteci başka bir soruyla sessizliği bozana dek sürmüştü sessizlik.

Bu son dakika *gafı* dışında Demir Aytaç'ın eşarbı uğurlu gelmiş, İran seferim benim açımdan çok verimli geçmiş, İran'a dair bazı önyargılarım silinmişti. Çok hoş insanlar tanımıştım. Sıradan İranlıların dahi şiirle yatıp kalktıklarına bizzat şahit olmuştum. Ama, 1944 yılında vefat etmiş Rıza Şah'tan söz ettiğimde gözlerin yere inmesinden bir kere daha emin olmuştum ki, bizim coğrafya böyledir... bu coğrafyada mutlaka aşılamayan bir eşik vardır; ne kadar mantıksız olsa da o eşiğe takılıp kalınır! Bu yüzdendir bizlerin büyüyemeyen çocuk yanımız. Siyasi meşrebimize uymayan tarih sayfalarımızı yok sayar, tarihimizi belgelere rağmen kafamıza göre değiştirmeye kalkarız. Geçmişimize sevabıyla günahıyla sahip çıkamayız. İnancı değişik olanları hor görürüz. Başka siyasi partilere oy verenleri düşman belleriz... dört kadın almak, bir eve kuma doldurmak, hatta on üç yaşındaki kız çocuğuna dahi nikâh kıymak inanç ve töre icabıdır ama her ikisi de bekâr iki yetişkinin nikâhsız birlikteliğini ahlaksızlık sayar ve hep haklı zannederiz kendimizi, biz büyüyemeyen büyükler.

İstanbul'a dönerken uçakta düşündüm de bu kısa gezinin bende bıraktığı ilk intiba tanıştığım her İranlının derin bir kültüre sahip olduğuydu. Ne var ki İran'ın bulunduğu bölgede kuralları halkın iradesi değil yönetimi ele geçirmişler koyuyordu. Buna rağmen ileride bir gün ülkelerimizi yönetenlerin tarihleriyle barışmasını, gezi süresinde tanıdığım değerli dostlarımı tekrar görmeyi ve Tebriz ile Isfahan'ı da ziyaret edebilmeyi diledim.

Korona yüzünden biricik torunumun Cenevre'deki nikâhını ancak resimlerinden izledik.

Slovenya'da Bled'de PEN toplantısında diğer yazarlarla (otel odalarımızın manzarası eşsizdi).

Yüksel Hancıoğlu ile Denizli'de.

Adana'da Sema Soykan ile,
bir konuşma sonrası.

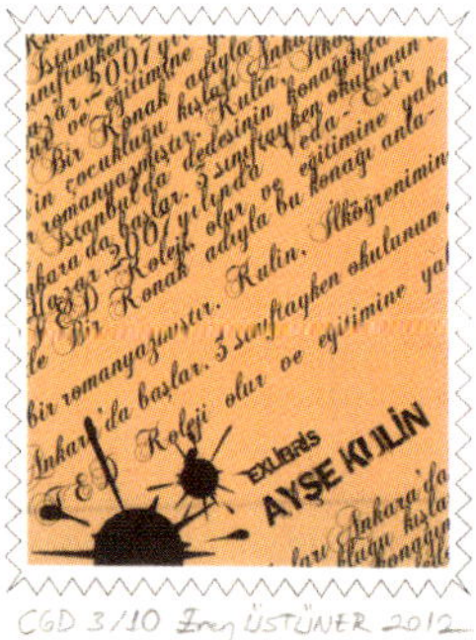

Eren Üstüner ve bana özel ekslibrisi.

Manisalı Cansu'mun düğününde
hepimiz çok mutluyuz.

Doğuş Demir'in tezinin kabulünü bizim
evde çay partisiyle kutluyoruz.

Fuarların ayrılmaz dört silahşörü Işık Öğütçü
oğlum, eşi Erunç gelin ve elbette Gül.

40 yıl sonra bile hepimiz hep okuldaki
o kızlardık.

Antalyalı Cansu'm ve bana eliyle boyadığı
kahve fincanı.

Prof. Dr. Türkan Saylan'ımızı aramızdan ayrılışının 12. yılında manevi kızı Prof. Ayşe Yüksel ile birlikte bu kez Almanya'nın Stuttgart şehrinde, Baden Würtenberg ÇYDD başkanı ve opera sanatçısı Ahmet Gül'ün düzenlediği etkinlikte andık. Arkasından köpeği Bilbo ile mahsun gözlerle bakakalışımızın üzerinden yıllar akmış ama sahnede de olsak, yağmur altında da, sevgisi, özlemi ve emaneti hep yüreğimizde.

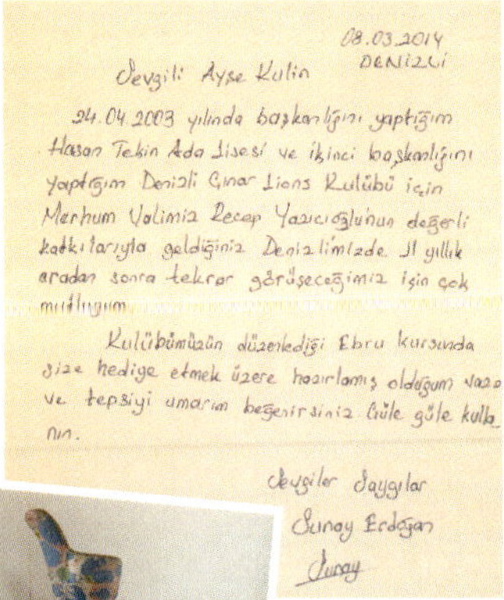

08.03.2014
DENİZLİ

Sevgili Ayşe Kulin

24.04.2003 yılında başkanlığını yaptığım Hasan Tekin Ada Lisesi ve ikinci başkanlığını yaptığım Denizli Çınar Lions Kulübü için Merhum Valimiz Recep Yazıcıoğlu'nun değerli katkılarıyla geldiğiniz Denizlimizde 11 yıllık aradan sonra tekrar görüşeceğimiz için çok mutluyum.

Kulübümüzün düzenlediği Ebru kursunda size hediye etmek üzere hazırlamış olduğum vazo ve tepsiyi umarım beğenirsiniz. Güle güle kullanın.

Sevgiler Saygılar
Sunay Erdoğan
Sunay

İki genç öğrenci Gamze Yeşilleten ve Serli Kare'nin benim için yaptıkları seramik eser.

Sunay Erdoğan'a el emeği zarif ebru vazosu için çok gecikmiş ama çok içten teşekkürlerimle.

Adını bilmediğim bir okurumun verdiği küçük paketten çıkan uzun kız, o gün bu gündür evimde aynı koltukta oturuyor.

Necmettin Metin'in ceviz kabukları ve kibrit çöplerinden yaptığı göz nuru tekne ve tayfalar.

Hayatımın çok değerli anılarını hatırlatan bu güzel kız da bana yazarlık kapısını açan sevgili dostlarım Erduranların armağanı.

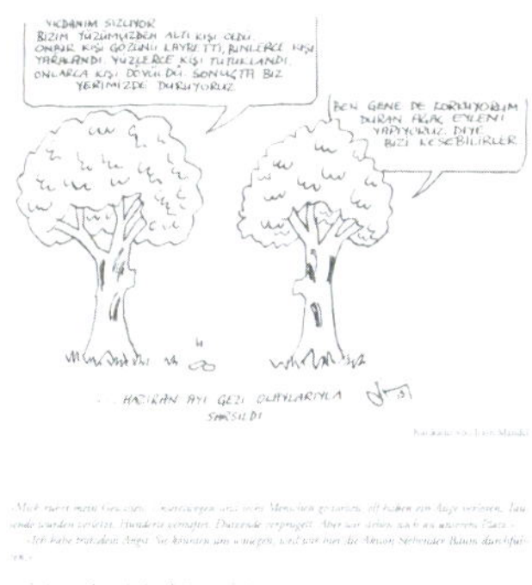

Gezi sonrası Almanya'da basılan kitap ve kitapta yer alan "Ağaçlar ve İnsanlar" adlı öyküm için çizilen karikatür.

Rita Rosen ile editörlüğünü yaptığımız *Alman ve Türk Kadın Yazarlar* antolojisinin Türkçe ve Almanca basımları.

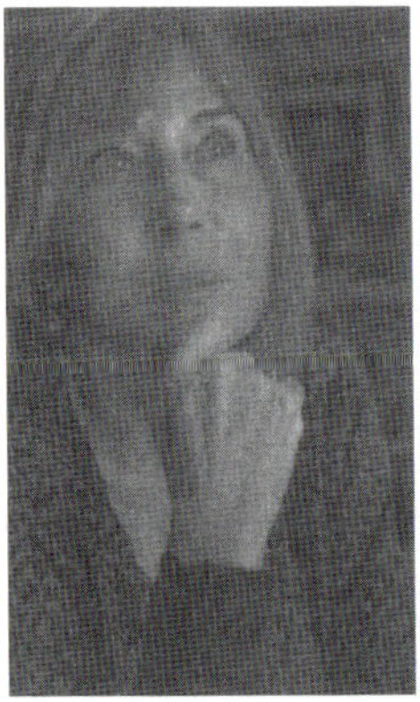

Ayşe Kulin je bila rojena med drugo svetovno vojno v Istanbulu. Študirala je politologijo v Londonu. V osemdesetih je začela delati kot umetniški vodja v gledališčih in kot scenaristka pri televiziji. Za to delo je prejela prestižno nagrado angleškega združenja dramatikov. Film Sooči se s soncem, ki je bil posnet po njenem prvem romanu, je bil leta 1986 tudi nagrajen. Sledile so številne nagrade za romane in novele. Njena dela so prevedena v več kot dvajset jezikov. Leta 1978 je bila med ustanovitelji Amnesty International v Turčiji, leta 2008 pa je bila ambasadorka dobre volje pri UNICEF-u.

DER SCHMALE PHAD adı ile Almancaya çevrilen BİR GÜN kitabımın tanıtımı için beni Almanya'nın kuzeyinden güneyine, batısından doğusuna birçok şehir ve kasabada uzun bir okuma turuna çıkaran Unionsverlag'a teşekkür borçluyum. O sayede hem Alman kültürü ve okuruyla tanıştım hem de Goethe'nin hayranı oldum.

Türkiye'de 24 şehir ve Avrupa'da 6 ülkeyi kapsayan ülkeler arası kültür buluşmasını gerçekleştiren Yollarda projesinin afişi.

Yollarda'nın benim katılmış olduğum Pecs durağının afişi.

2017 Prag Yazarlar Festivali'nde bana ayrılan sayfa.

İstanbul'u Okuyorum konulu 2010 Ruhr Kitap Fuarı'nın çok çok hoşuma giden broşürü.

2004 yılının aralık ayında Avrupa Parlamentosu'nda konuşmacı olarak katıldığım Turkey&The European Union/ Reasons For A Historic Choice adlı oturumunun programı. Benim katıldığım oturumun diğer konuşmacıları Mehmet Ali Bayar, Semih İdiz ve tarihçi Prof. Stephanos Yerasimos'du.

Okuma ve konuşma yaptığım bazı fuarların afişleri.

HÜSRAN

Şakaklarıma kar mı yağdı ne var
Benim mi Allah'ım bu çizgili yüz
Ya gözler altındaki mor halkalar
Neden böyle düşman görünürsünüz
Yıllar yılı dost bildiğim aynalar?

Cahit Sıtkı Tarancı

KIM BU AYŞE KULIN ACABA?
NELER YAZMIŞ
AYŞE
KULIN
Bunakca

GÖRÜNMEZ OLMAK

PPP dönemini noktalandığıma göre, Barbaros'un önerisini kabullenip, *Hayal*'den sonra yazdıklarımın dökümünü yapmanın zamanı geldiğini düşünüyordum. Bunun için ilham gerekmediğini Engin ve Barbaros kafama birkaç kez kakmış olduklarından, otobiyografik serinin resmigeçidini, ilhamsız bir ruhla yazmaya başladığımı itiraf ediyorum. Siz de göreceksiniz zaten, ilhamsız her yazı tuzsuz yemeğe benzer!

Otobiyografik kitapların dizisi *Veda* ile başlıyor, *Umut*, *Hayat-Hüzün* ile devam ediyor, *Hayal* ile son buluyordu. Elimdeki kitabı bitirmek ve yayımlatmak nasip olursa aynı seri bundan böyle *Hazan* ile son bulacak.

Ben bu serinin arasında en çok *Hayal*'i severdim çünkü ömür boyu kurduğum hayalin, yani bir yayıncı bularak yazdıklarımı bastırabilmemin gerçekleştiği anı anlatıyordu bu kitap. O anı yakalamak üzere nefes nefese koşarken, iyisiyle kötüsüyle başıma gelenleri kapsıyordu. Ayrıca okuruma karşı hep samimi olmayı seçtiğim için her bir kitabımı hangi şartlarda, hangi duygular içinde ve nasıl yazdığımı da özetlemiştim *Hayal*'de. Güçlü duruşlarıma da tanık olmuşlardı okurlarım, dağılmış hallerime de. Nelere üzüldüğümü, nelere katlandığımı, nelere sevindiğimi öğrenmişlerdi. *Dönüş* dahil, yazdığım tüm kitaplarımın dökümü *Hayal*'deydi.

Ne var ki, ben *Hayal*'den sonra altı kitap daha yazmıştım. Bu altı kitabın da hangi amaçla ve hangi şartlarda yazıldığını, henüz bitmemiş, elimdeki son kitabıma dahil etmeliydim ki, ileride ilgilenen olursa, *Hayal*'in kapsamında olmayan kitaplarıma dair aradıklarını, adını *Hazan* koyacağım kitapta bulsunlar!

Hazan yani sonbahar!
Hazan benim sonbaharım olacaktı.

Diyeceksiniz ki, seksen yaşına varmaya dokuz ay kalmış, hâlâ sonbaharında mı sanıyorsun kendini? Yıllar var ki *Görünmez Kadın* olmuşsun, kış mevsiminden dem vursana! Kitabın adını *Kış* koysana!

Kitabın adını niye *Kış* koymadığımı yazmadan önce, *Görünmez Kadın* olmak ne demektir, size onu anlatayım:

Görünmez Kadın, bir kadının gençliğini geride bıraktığının hatta orta yaşı da geçip erkekler tarafından artık cismen görünmez olduğunun yüzüne tokat gibi çarpılmasından sonraki halidir! Benim kabulümdür; kendi gerçeğini göremeyenlere, gerçeği başka birilerinin öğretmesi kaçınılmaz oluyor çünkü!

Neden derseniz ruh, kadın-erkek ayırmaksızın asla yaşlanamadığından, ait olduğu bedenin ihtiyarladığını bir türlü algılayamıyor. Beden yaşlanıyor, gözler görmez, kulaklar duymaz, dizler tutmaz, cilt kırış kırış oluyor ama o haddini bilmeyen ruh, her daim hep genç! Sabahları saçını tararken veya tıraşını olurken aynada aksini gören ruh gözüne perde inmiş gibi asla kabul edemiyor yaşlandığını!

Bir de suç ortağı var... Gönül!

Aşkı da tutkuyu da ilgiyi de bilgiyi de eğlenceyi de, şan şöhreti de istemeye devam ediyor bu ikisi, ta ki bir kişi veya bir olay hatta bazen *Uslan artık ey gönül, ihtiyar olmaktasın* gibisinden bir şarkı, akıllarını başlarına getirene dek!

Ruh ve gönül ikilisi hadlerini bilmeyi öğreniyorlar sonuçta!

Bende de öyle oldu. Altmışlı yaşların ortasını geçmiş olmalıydım, henüz otuzların başındayken erken ağarmaya başlayan saçlarımı hâlâ esas rengine boyatıyor, gençliğimde kalın oldukları için o kadar heves ettiğim halde köfte dudak olurum diye bir türlü boyamaya cesaret etmediğim dudaklarımı, artık incelmiş olduklarından, çeşitli rujlarla itina ile renklendiriyordum. İlk botoksum beni hain bakışlı bir kediye benzettiği için son botoksum olmuştu ve neyse ki etkisi altı ayda tamamen geçmişti. Dudaklarımı ise asla elletememiş, ördek kardeş yerine dudaksız kaz kardeş olmayı kabullenmiştim. Gelin görün ki, sürü psikolojisi işte... çevremdeki yaşıtlarımdan geri kalmamak için vitamin takviyesi adı altında yüzüme birtakım iğneleri ara sıra yaptırmanın da bir payı olmalıydı kendimi bir türlü yaşlı hissedemememde!

Arkadaşlarımın da benden farkı yoktu. Mezuniyetimizden beri kimiyle hiç ayrılmadığımız, kimiyle de yılda en az üç-beş kere bir araya geldiğimiz sınıf arkadaşlarımızla buluştuğumuzda, memleketin sorunlarını irdelemek, birbirimize yemek tarifleri vermek ya da torunlarımızdan bahsetmek yerine, ergenler gibi kıkırdayarak okuldaki yaramazlıklarımızı, fıkırdayarak ilk flörtlerimizi yâd etmenin nedeni, yaşlandığımızı algılayamamış olmamızdandı.

Hepimiz hep okuldaki o kızlardık!

Beni gençliğimden beri değişmeyen kilom, bir başkasını sürekli gittiği spor salonları, bir diğerini yaptırdığı yüz bakımları yanıltmış olabilirdi ya da kişi çok sık gördüğü insanlardaki değişimi fark edemediği gibi, kendi yüzündeki çöküşü de fark edemiyordu belki. Hepsi mümkündü ama esas suçlu, yaşlanmaya direnen ruhtu, bence.

Bana gençliğimi geride bıraktığımı, Allah onlardan razı olsun, adlarını dahi bilmediğim, hiç tanımadığım erkekler öğretti.

Nasıl mı? Anlatayım:

Ben hayatım boyunca yurtiçinde ve dışında tek başıma o kadar çok yolculuk yapmıştım ki, bir arkadaşım adımı Marko Polo takmıştı. Bu yolculuklarda olumlu olumsuz çeşitli gözlemler, tecrübeler edinmiştim.

Biri şuydu: Uçakta, trende, otobüste veya vapurda eğer yanımda bir erkek oturuyorsa yaşı kaç olursa olsun, iyi yolculuklar dileğiyle bir sohbet başlatır, ineceğimiz durağa geldiğimizde, beni arabasıyla veya bineceği taksi ile gideceğim yere bırakmayı teklif ederdi. Ben de her seferinde ya babamın ya eşimin, son yıllarda oğullarımdan birinin, artık hangisi döküldüyse dudaklarımdan, beni almaya geleceğini söyler, nazikçe reddederdim.

Günlerden bir gün, sanırım altmış yedi yaşındaydım, yurtdışına giden bir uçak yolculuğunda koltuk komşum, bırakın bu tür yolculuklarda âdet olduğu gibi yan komşusuna iyi uçuşlar dilemeyi, yemek servisi yapıldığında bile bir afiyet olsun demedi, terbiyesiz herif! Yerine oturdu, kitabını açtı okudu, gözlerini yumdu uyudu, yemeğini yedi yine kitabını okudu. Tuvalete gitmek için ayaklandığında ve ona yol vermek için yerimden kalktığımda dahi, baş hareketiyle olsun bir teşekkür yok! Uçağı terk ederken de kadın-erkek fark etmez, çoğu benden genç insanların genelde yaptığı gibi, yukarıdaki valizimi indirmeme yardım filan etmeden yürüdü gitti!

Ben bu davranışını adamın kabalığına yormuştum.

Zaman içinde, değişik araçlarda yaptığım yolculuklarda, ister istemez gerçeğin farkına varmaya başladım... ben galiba görünmez olmuştum!

Var mıydım, yok muydum, yoksa ben bir ruh muydum?

Neyse ki cismen varmışım, safi ruh değilmişim. Çünkü herhangi bir taşıtta yan koltukta oturanlardan ahbaplığa kalkışanlar artık sadece, varacağımız şehre ne maksatla gittiğimi öğrenmek isteyen meraklı kadınlardı.

Böylece öğrenmiş oldum ki, biz kadınların, erkeklere gorunur olabildiğimiz bir yaş sınırımız vardı! Onlara karşı cins olarak görünmez olduğumuz yaş, altmışlarımızda başlıyordu. İstediğimiz kadar bakımlı, genç görünüşlü olalım, botoks, dolgu ve benzeri malzemeye avuçla para dökelim, yüzümüzü gerdirelim, yaşımıza dair bir koku mu salıyorduk nedir, karşı cins kendine mahsus özel bir algı ile yutmuyordu şişirilmiş yanakların, kalınlaştırılmış dudakların görüntüsünü.

Ayrıca, *burası çok önemli*, yurdum erkeğinin ilgisi akıllı kadına, değerli kadına hatta güzel kadına değil, genç kadına odaklıydı. Tevekkeli, anneannem ikide bir gençliğiniz kıymetini bilin der dururdu annemle bana ve ben bu cümleyi deli saçması bulurdum!

Gençliğimde hiç anlayamamışım anneannemin dramını.

Zavallı canım, kırk yaşında dul kalmıştı! Bence kadının en nefis yaşı olan kırklı yaşlarını, alımlı ve hoş bir kadın olarak erkekleri peşinde koşturarak geçirmek yerine, benim peşimde koşarak geçirmişti. Ben on dokuzumda evlenip yurtdışına gidince, hayatını dolduran yegâne torunu da erken kaybettiği kocası ve kıymetini bilemediği gençliği gibi uçmuş gitmişti elinden!

Hayıflanmasın da ne yapsaydı anneannem!

Oysa ben, fırtınalı da ne kelime, bora ve tayfunlarla baş ederek geçen gençliğimi her şeye rağmen doyasıya yaşamıştım. Çocuklarıma annelik etmiştim, uzun yıllar tabiri mazur görün eşek gibi çalışmıştım ama aynı zamanda dünyanın neredeyse dört bir yanını gezmiş tozmuş, çok da eğlenmiştim. Gençliğime doymuştum kısacası. Bu yüzden olmalı, erkekler nezdinde görünmezlik kazandığımı anladığımda bir rahatlama gelmişti üzerime ki, sormayın gitsin!

Artık imalı cümleleri duymazlığa, davranışları görmezliğe gelme numaralarına, şüpheye mahal vermeyen durumlarda ise terbiyeyi bozmadan hayır deme çabalarıma son! İhtiyaten ve çoğu zaman yerli yersiz, dört çocuk, birçok torun sahibi olduğumu belirtmeye son! Bu yaka çok mu açık, bu topuk çok mu yüksek, bu makyaj aşırı mı vesvesesine de son! Ve nihayet ara sıra suratıma vitamin diye batırılan iğnelere de son, son, son! Oh be! Bundan böyle uzun-kısa, açık-kapalı ne istersem giyerim, yüksek sesli kahkahalar atarım, meyhanelerde coşulduğunda, şarkılara bet sesimle eşlik eder ister çiftetelli oynar ister göbek atarım!

Bugüne bugün erkekler nezdinde yok-say payesi kazanmış kadındım ben artık! Bu paye ile önümde sere serpe yaşayacağım uzun yıllar vardı, yine çalışarak, gezerek, öğrenerek ve gülüp eğlenerek!

Yaşasın hayatımın Görünmez Kadın Çağı, demiştim!

2020 yılında yaşıtımız erkeklerle de eşitlendik, nitekim!

Kovid-19'un esiri olduğumuzdan beri ben yaştakiler, kadınlı erkekli zoraki görünmez olduk! Bizleri görmek için pencerelere, balkonlara bakın, ey ahali!

Her neyse, biz dönelim kitabımın adına!

Hazan adı *Kış*'tan çok daha uygun düşecekti hayatımın bu dönemini anlatacağım kitaba. Çünkü benim yüz yaşını gören bir anneannem ve geçirdiği beş ameliyata rağmen elden ayaktan düşmeden doksanına varabilmiş bir annem varsa, işaretler öyle gösteriyordu ki ömrümün kış mevsimine, eğer yaşarsam seksenlerin sonunda ulaşacaktım. Ve eğer hâlâ aklım başımda olarak yaşıyorsam, o zaman *Kış Mevsimindeyim Ömrün* veya *Ömrümün Kışı* adını verebileceğim bir başka kitap daha yazardım, belki! *Kış* başlığını doksanlı yaşlarımda kullanmak üzere, naftalinleyip dolaba kaldırdım.

Doksanlarımda eğer bunamışsam, hücreleri azalmış beynimle irtibatını henüz yitirmemiş parmak uçlarımdan saçılacaklara, *Bir Bunağın Anıları* diyebilirdik!

Madem *Bir Delinin Hatıra Defteri* vardı, *Bir Bunağın Anıları* niye olmasın!

Ben bu *Bunak Yazar* konusunu da konuşayım Barbaros'la diye düşündüm.

Barbaros benim oğullarımla yaşıt olduğuna göre, ben bunadığımda onun aklının başında olması bekleniyor. Belleğimden savrulacakları *Bunakça* adı altında toparlardı ve geçmişini silmiş, geleceği ise olmayan bir belleğin ürününü irdelemeyi, belki çok ilginç bulabilirdi psikiyatrlar. Bir de bakmışınız bu sayede bunaklarla ilgili yepyeni bir veri çıkmış ortaya. Hatta edebiyat alanında yeni bir başlık açılmış,

Bunak Yazarlar veya *Yazar Bunaklar Edebiyatı* adı altında!

Başlığın isim analığının onuru da bana ait olurdu!

Aslında böyle her Allah'ın günü, gece-gündüz yazıp duran insanlarda, bunamasalar bile bence mutlaka vardır bir gariplik! Tıpkı sorumluluk gerektiren makamlarda oturup çetrefil işlerinden dolayı çok stres altında kalan bazılarının, masal kahramanlarını gerçek kişiler, destanları da tarih zannetmeleri ve tarihi yeniden yazmaya kalkışmaları gibi, biz yazarlar da dünyaya sözcüklerin merceğinden baktığımız için gerçekle hayalin iç içe geçtiği bir atmosferde yaşarız. İpin ucu kaçar bazen, şu anda olduğu gibi.

Her mesleğin kendine özgü halleri vardır, hasılı!

DÜŞÜN DÜŞÜN ZORDUR İŞİN

Engin de, ben de Urla'yı bırakıp İstanbul'a döndüğümüze biraz pişmandık.

Kaybettiğimiz arkadaşlarımızın yokluğunu onlarla birlikte yaşadığımız şehirde çok daha fazla hissediyorduk. Üstelik, İsviçre ekim ayında pandemi nedeniyle Türklere kapılarını kapattığı için, Alaçatı'daki yaz düğünü iptal edilen ilk torunumuzun Cenevre'deki nikâh törenine de gidememiş, nikâhın videosu ve fotoğraflarıyla yetinmek zorunda kalmıştık. Biz yaştakilerin sokak izni de sabah onda başlayıp saat birde bitiyordu. Tıkıldık apartman dairemize. Yapacak başka iş bulamadığımızdan düşüncelere daldık!

Ülkenin bu hale gelmesinde bizim kuşağımızın hiç mi suçu yoktu?

Hem de nasıl vardı! Umursamazlığımızla, uyurgezerliğimizle, tembelliğimizle, bencilliğimizle, '*Bana dokunmayan yılan bin yıl yaşasın*', '*Gemisini yürüten kaptan*', '*Devletin malı deniz, yemeyen keriz*' gibi deyimleri atasözü sayıp ahlaksızlığı marifet kabullenmemizle, kamufle edilmiş terör elini her kurumun içine sokmuş, sızdığı kurumları kurt gibi kemirirken görmezden gelmemizle, yurttaşlık görevini sadece seçim sandığında oy kullanmak zannedip, bıçak kemiğe dayanana kadar onu dahi yapmaya üşenmemizle... evet, biz suçluyduk!

Ben pişmanlıklarım, tasalarımla baş etmeye çalışırken pes etmiyor, 2020'nin mart ayından beri elimde sakız gibi uzayan kitabı iyimser bir mesajla bitirebilmek için, güzel bir olayın haberini bekliyordum... ki... güzel bir haber yerine, bir yürüyüş haberi geldi!

Yürüyüşler hiç bitmez zaten bu cennet vatanda!

Cumhuriyet tarihinin en uzun yürüyüşünü, muhalefet lideri Kılıçdaroğlu'nun peşine takılanlar yapmış, Ankara'dan ta İstanbul'a kadar yürümüşlerdi. Dört yıl sonra, mesafe olarak değil ama sayı olarak sanırım en bol yürüyüşlü yıl 2020 oldu.

Barolar yürümüştü. Kocalarıyla sevgilileri tarafından öldürülen kadınlar için tüm kadın örgütleri yürümüştü. Çiftçiler kendi hakları için traktörleriyle yollara dökülmüştü. Madenciler yürümüştü. Mimarlar yürümüştü.

Şimdi de 2020 yılının 25 Ekim'inde, maliyeciler Ankara'ya yürüyordu.

Ne demişti Süleyman Demirel, yollar yürümekle eskimez!

Yollar eskimez de pabuçlar eskir!

Nitekim tam da o sırada alt ve orta gelir grubu; pabuçta, ilaçta, çocuk bezinde, su ve elektrikte, ayrıca eğitim artık evlerde yapılacağı için tablette indirim bekliyordu!

Ve herkes bir değişim istiyordu!

Madem herkes değişim istiyordu, buyurun size yeni vergi düzenlemesi demişti hükümet. İyi de kimin işine yarayacaktı acaba bu yeni düzenleme?

Yeni düzenleme, Varlık Vergisi miydi yoksa Varlık Barışı mı, belli değildi.

Bizim ülkede vergi sadece iki kaynaktan, ÖTV ve KDV'den toplanırdı. Ama biz bu vergileri ödeyen vatandaşlar, bırakın bu yüzden gururlanmayı, vergi rekortmeninin aslında kendimiz olduğunu dahi hiç bilemedik ki! Örtülü ödenekten tutun sarayın masraflarına, Cumhurbaşkanımızın korunmasına kadar tüm bu ödemeler bizim cebimizden çıkıyor diye böbürlenir insan değil mi? Yok, gururlanacağımıza sızlanıp durduk! Nankörlük kemiklerimize işlemiş ki, yeni vergi düzenlemesinin de sokaktaki sıradan vatandaşı ilgilendiren hiçbir yanı olmadığını düşünmüştük yine!

Çünkü *Mali Barış* adını taşıyan bu yeni düzenleme, parasını yurtdışına çıkaranlar için geçici olarak düzenlenmişti. Getir paranı memlekete, yüzde beş vergi öde!

Beğenmedin mi? Tamam, yüzde iki öde!

Onu da mı beğenmedin ey zengin, yüzde bir vergi öde!

Yine mi olmadı? Sıfırladım vergiyi, sen yeter ki getir dışarı çıkardığın paranı, memleketinde değerlendir!

Fakir fukaranın hamisi diye oy toplamış olan iktidarın vardığı nokta buysa, demek ki AKP yolda fikir değiştirmiş, yoksulun yerine zenginin hamisi olmayı tercih etmişti!

Sadece ölüler fikir değiştiremezdi madem, diyecek lafımız yoktu elbette.

Bu arada akıllar da fena karışıyordu. Çünkü tecrübeyle biliyorduk ki her vergi affından altı ay sonra seçim olmuştu... hem de tam dokuz tanesi, son on sekiz yılda olmak üzere! Durum böyle olunca biz sıradan insanlar bu vergi affını bir erken seçim sinyali olarak gördük. İyi de 2021 yılında gelmesi kesin olan yeni vergileri beklerken, seçim nasıl yapılacaktı? İşin raconu önce seçim, sonra vergiydi... pardon yaşlılık hali işte, unutmuşum sevgili okur... önce seçim sonra hemen ardından meclisteki ilk oturumda her şeyden önce milletvekillerine zam! Sonra diğer zamlar... ben kendimi bildim bileli böyleydi sıralama.

Her neyse, Engin'le ben, işte tam da aramızda bu konuları tartışıp dururken, 9 Kasım akşamı, Maliye Bakanlığı'nın koltuğunda oturan Hazine'den de sorumlu Damat Bakan Berat Albayrak'ın hüzünlü istifa metni düşmüş sosyal medyaya! Ben sosyal medyayı takip etmediğim için bu önemli haberi daha sonra, televizyonda akan altyazıda gördüm. Çok fazla heyecanlanmadım çünkü bir süre önce bir başka önemli bakanın istifası, Cumhurbaşkanı tarafından kabul görmediğinden, sadece yirmi dört saat sürmüştü. Biz vatandaşlar, nefesimizi tutup Damat Bakan'ın koltuğuna iadesini bekledik. Beklenen olmadı! Güleç yüzlü genç adam muhtemelen stresten kaynaklanan tikiyle gözlerini kırpıştırarak arenadaki yırtıcı kaplana yenik düşmüş gladyatör gibi bir anda siyaset sahnesinin ön saflarından çekildi!

Birileri hemen bu istifanın Fetöcüler ile Pelikancıların hesaplaşması olduğu dedikodusunu yaptılar. Ben tarikat ve cemiyet işlerinden hiç anlamadığım için ilgilenmedim. Rabbimin benim gibi tarikatsız ve imtiyazsız kullarına ancak damadın işbaşı yaptığı tarihle işten ayrıldığı tarih arasındaki süreçte, Türk lirasının dolar karşısındaki kaybını hesaplamak düştü. Vallahi kötü niyetle değil, yakıttan ekmeğe, satın aldığımız her nesnenin fiyatı dolara göre saptanıyor ya... sadece o yüzden.

Damat gitmişti fakat hayat devam ediyordu ve ben kitabımın son cümlesi için hâlâ hayırlı haberimi bekliyordum. O günlerde duymak istediğim haber, neden içeride olduğunu bir türlü anlayamadığım Osman Kavala ile tutuklu gazetecilerin serbest bırakılmasıydı. Osman Kavala ile hiç tanışmamıştık. Konserlerde ve sergilerde sık rastladığım, yakışıklı bir genç adamdı. Kitabımı, onun özgürlüğüne kavuştuğu gün bitirmeye karar vermiştim çünkü o haberle, ülkemde nihayet vicdanın devreye girdiğine dair bir işaret almış olacaktım. Daha iyi günler için umut besleyecektim.

Yuh olsun bana ki o haberi beklemekten vazgeçtim! Yoksa ne zamandır elimde savsaklanan kitabın teslimini bekleyen yayıncım benden vazgeçecekti!

Mecburen başka hayırlı haberler peşine düştüm. Öyle fazla bir şey de istemiyordum... hani Türk lirası değer kazandı, Korona kontrol altına alındı, benim yaştakilerin sokak yasağı kaldırıldı, esnafın yüzü güldü, öğrenciler okullarına döndü, turizm umut vaat ediyor gibi herhangi bir tatlı habere razıydım.

Oysa her gün bir başka tatsız haber vardı!

Boğaziçi Üniversitesi'ne atanan kayyım, ay pardon dilim sürçtü, rektörden sonra direnişe geçen Boğaziçili öğrencilere haşin polis baskını yetmemişti, gözaltındaydılar, terörist muamelesi görüyorlardı.

Haydi dedim, bu iş tatlıya bağlansın o gün bitireyim bari kitabı.

Günler geçiyor, öğretim üyeleri yağmur, rüzgâr, kar altında protestolarını sürdürüyor, öğrencilerin tutukluğu devam ediyordu.

Boşnak değil miyim, inatçıyım elbette! Bir konçertonun son bölümü nasıl bir *grande finale* ile biterse, ben de kitabımı illa bir *optimist finale* ile sonlandırmak istiyordum fakat gelin görün ki, iyi bir şey olmuyor, olamıyordu!

Sonunda beklentilerimde indirim yapmak zorunda kaldım!

Bugünü en azından olaysız atlattık, akşam haberlerinde de bir felaket haberi yoksa, son cümlemi yazarım artık dediğim günün akşamı, televizyondaydı Cumhurbaşkanımız.

Ülkede tüm lokanta kafe ve kahveler kapatılmışken, öğrenciler okullarına devam edemiyor, altmış beş yaş üzerindeki sekiz milyon insan günde ancak 10-13 arası sokağa çıkabiliyorken, Cumhurbaşkanımız partisinin bir kongre toplantısında, verdi coşkuyu, verdi coşkuyu!

Nutkum tutulmuştu! Bu toplantıya katılanlardan kaç kişi Korona'ya yakalanacak, kaç kişi bulaşı kendi köyüne, kasabasına, ailesine taşıyacak endişesi yüzünden kitabımın son cümlesini o gün de yazamadım!

Niyetlendiğim bir başka gün, Gara'da öldürülen rehinelerle şehit düşen askerlerin acı haberi geldi. Yine içimiz yandı. Yine televizyonu izlerken yaşlar indi gözlerimizden. Yapanları lanetledik, ölenlere rahmet diledik de acaba kendimizi, şehitlerimizin ana-babalarının, kimi hamile gencecik eşlerinin yerine koyabildik mi? Her zaman olduğu gibi ateş düştüğü yeri yaktı! Evime düşmüyor ama beni çok fena yakıyor şehit haberlerinin ateşi, belki de dördü benden doğma beş erkek evlat, iki de erkek torun sahibi olduğumdan, şehit analarıyla görünmez bir bağ vardır aramızda!

Günler geçmeye devam ediyordu, ben inatla tınısı hoş bir nota duymak için bekliyordum. Heyhat, iyi haber yoktu ufukta... derken... kulakları diktim, Cumhurbaşkanımız hukuk reformu yapacağını müjdeliyordu!

Geç olsun da güç olmasın diyerek umutlanırken ufak çapta bir müjde beklentisi daha belirdi, biz altmış beş yaş üstü canlar için!

Pandemi yasakları kaldırılmak üzereydi!

Cumhurbaşkanının bu müjdeyi bizzat vereceği gün, akşam haberleri başlar başlamaz, televizyona yapışıp bekledik Engin'le. Ekranda günün kadın cinayetleri ve trafik kazaları haberlerini seyrettik. Muhabirlerin esnafla sohbetlerini dinledik. Reklamlar başladı bitti. Hava durumunu izledik. Nihayet çıktı ekrana Cumhurbaşkanımız, itiraf etmeliyim pek şıktı! Kravat seçimine on üzerinden on verdim!

Cumhurbaşkanı önce Cumhuriyet tarihinin tüm darbelerini sıraladı, darbelerden sorumlu tuttuğu ana muhalefet partisine fırça attı, ayar verdi. Her kötülüğün ardında muhalefetin olduğuna ikna edildik. Yarım saati böyle doldurduk. Sonra sıra, bir o kadar zaman da son günlerde yapılan müspet ve müthiş icraata geldi.

Dünyanın kıskandığı ülke olduğumuz için kollarımız kabardı. Türkiye'nin salgınla mücadeledeki başarılarını ve diğer ülkelerin başarısızlıklarını dinlerken, Engin pes etti! Müziğini dinlemek üzere kulaklıklarını taktı, Cumhurbaşkanı yasaklarla ilgili değişiklikleri söyleyecek olursa bana işaret et, diyerek kitabına gömüldü.

Yayının son dakikalarında sıra nihayet yeni pandemi kurallarına geldi!

Kulaklıklar kulağındayken beni duyamaz diye, el sallayıp duruyordum Engin'e ama kitabına dalmıştı, görmüyordu!

Boş verdim! Görmesin, duymasın, varsın müziğini dinlesin, kitabını okusun o, çünkü haritadaki açık renkli kentlerde yasaklar hepten kaldırılmış, koyu renkli kentlerde belli ölçüde kaldırılmıştı. Biz koyu renkli kentin sakinleriydik ve altmış beş yaş üstünü yani bizi ilgilendiren bölümde sadece bir saatlik uzatma vardı!

Sabahları 10:00-13:00 arası olan sokak iznimiz, 10:00-14:00 olarak uzatılmış. Kısacası, eyvah bize yine esmer geceler düşmüş! Neyini haber vereyim bir saatlik uzatmanın?

Engin bir ara başını kitabından kaldırıp "Olumlu bir gelişme var mı? Sokağa çıkma yasağımız kalkmış mı?" diye sordu. Kulaklıklar hâlâ kulaklarında olduğundan duyamazdı beni. Bir saatçik fark için konuşmaya değmezdi, elimle bir işaret yaptım.

Göz göze geldik, şaşkın bir ifade geçti yüzünden, benden hiç beklemediği hareketi görmezden geldi, başını kitabına eğip okumasını sürdürdü.

Ben utandım ve niye yaptım böyle bir şey diye düşündüm. Hayatımda olmadığı kadar çok televizyon karşısında kalmaktan mıydı acaba?

Çünkü günün herhangi bir saatinde televizyonu açan insanların maruz kalacakları tek şey, ipini koparmış bir şirretlik, terbiyesizlik, hadsizlikti artık!

İnsan farkında bile olmadan demek ki, benzemeye başlıyordu sürekli seyrettiği şeye.

Ailelerin kaybolan çocuklarını veya eşlerini aradığı programlardan tutun, moda, yemek, macera ve tartışma programlarına kadar her kanalda, herkes birbirini yiyordu. Korona'nın biz yaştakilere ev sürgünü yaşattığı günlerde yemek yapmak başa düşünce, yöresel ve değişik yemekler öğrenmek, ayrıca başka ülkelere yaşayan altı kız toruna alışveriş ederken, gençlerin güncel modasına dair fikir sahibi olmak için, yemek ve moda programlarını izler olmuştum. Pandemi dönemine kadar hiç seyretmediğim gündüz programlarını meğer insanların sürekli birbirine laf sokması, kavga etmesi üzerine formatlamışlar! Yerel tatlar ve gençlerin modasını öğreneyim derken, ben de o dalgaya kapılmışım demek ki! Çünkü sözünü ettiğim programları izlerken gördüm ki, kadınlı erkekli ülke halkının terbiyesi de utanma duygusu da yok olmuş!

Orta yaş üstü kayınvalideler, Anadolu'nun o misafirperver, sevecen hanımefendileri, katıldıkları yemek yarışmalarında, konu komşunun kendilerini seyrediyor olmasından zerre kadar gocunmadan, birbirleriyle seviyesiz ağız dalaşına girdiklerinde ve yarışan gelinlerin afiyetle yalayıp yuttukları yemeklerine, hak etmedikleri en düşük notları verdiklerinde, zerre kadar utanmıyorlardı. Programı seyreden konu komşu, bu halimi görünce beni ayıplamaz mı endişesi hepsinden kuş olup uçmuş!

Bazıları da ona kadar olan sayıları dahi yazamadıklarından, mesela 2 sayısı yerine yan yana iki çubuk, 4 yerine yan yana dört çubuk çizdiklerinde sergilenen cehaletlerinden hiç utanmıyorlardı. Oysa çoğu benim çocuklarım yaşındaki hanımlar, Cumhuriyet Türkiye'sinde isteselerdi en azından harfleri ve yüze kadar olan sayıları yazmayı öğrenebilirlerdi. Okuryazar olmanın gerekmediğini kim soktu bir zamanların kız çocukları olan bu insanların kafasına? Elbette İslamı yanlış yorumlayan cahil merdiven altı eğitimcileri soktu!

Eğitimin kurumunun köşebaşlarını tutanlaradır, şimdi yazacaklarım:

Ona kadar olan sayıları dahi yazamayanları televizyonlara çıkararak cehaleti normalleştirmeyi seçenlerin toplumu, yirmi birinci yüzyılda ne yazık ki ancak topallayacak fakat asla yürüyemeyecek!

Yürüyemediği için de ilerlemeyecek!

Çünkü her insanın nasıl yürümek için iki bacağa ihtiyacı varsa, her toplumun da kadınlı erkekli eğitilmiş nüfusa ihtiyacı var. Bacağını kaybedenlere mükemmel bacak yapılabilen bir çağda, harfleri, sayıları yazamayan eğitilmemiş kadınlar, ait oldukları toplumun eksik bacaklarıdır. Ve bir toplum ilerleyemezse çöker. Örnek mi istiyorsunuz, kendi yakın tarihimize bakın! 1923 öncesi yıllara!

Moda programları derseniz, onlar da kavga etme üzerine formatlanmış. Moda yarışmalarına katılan kızlar, jüri karşısında yarışana kadar, iki saati aşkın bir zaman sürecinde, sürekli birbirleriyle atışıyorlar, çekişiyorlar bazen saç saça baş başa geliyorlar. Hayattaki en büyük hedefleriyse sosyal medyada tıklanmak!

Başarıyı, aldıkları tık sayısıyla ölçüyorlar. Haydi onlar ünlü olmak hevesiyle televizyon programlarına katılmış aklı havada gencecik kızlar, ya tık peşinde koşan sanatçılara, yazarlara ne demeli? Yaşını başını almışlara, her konu hakkında olur olmaz fikir saçan, bilgi sahibi olmadan fikir sahibi olup linç kampanyaları başlatanlara ne demeli?

Belki de kafaların bu kadar karışık olmasına neden, seksenli yılların sonunda başlayan o ucube televizyon hitabıdır. Yanılmıyorsam, İki Aile adlı dizi ile başlamıştı bu garip akım ya da ben ilk kez o dizide fark ettim; annelerin erkek çocuklarını *annecim*, babaların da kızlarını *babacım* diye çağırdıklarını.

Altmış yıllık hayatımda gerçekten ilk kez böyle bir hitapla karşılaştığım için ilk duyduğumda, ben yanlış duydum sanmıştım.

Yok, yanlış duymamışım, üstelik o kadarla da kalmadı, bıyıklı kara yağız erkekler abla, anne, teyze, yenge oldular; kız çocukları, genç kızlarla kadınlar ise abi, baba, amca, dayı ve dede! Sonra iş iyice çığırından çıktı. Şu anda oynamakta olan bir dizide, altı-yedi yaşlarındaki güzel kız çocuğuna hitap şekli *babam*'la başlıyor, *amcam, dayım, babaannem, halam, teyzem, yengem* diye devam ediyor. Yani, o anda çocuğa seslenen hangi akrabası ise çocuğu aile içinde kendi konumunu belirleyen adıyla çağırıyor.

Biz ki, aile içinde her bir kişinin konumunu ince ayrıntıyla saptamış bir toplumuz. Yenge, enişte, bacanak, elti gibi ayrıntılı kimlik saptamaları hiçbir Avrupa dilinde yoktur. Ailemizdeki her bir kişiyi titizlikle belirleyen biz, hangi akla uyarak çocuklarımızın üstüne tüm bu sıfatları bir anda bocalıyoruz? Çocuk, bir aile toplantısında aynı akşam; amca, hala, enişte, yenge, teyze, abi, abla olabiliyor? Bu tarz hitap hangi amaca hizmet ediyor? Mantıklı mı? Güzel mi? Sevgi mi ifade ediyor? Nedir bu, Allah aşkına? Cinnetten başka ne ifade edebilir, çocuklara bu hitap şekli?

Aynı anda baba, abi, dede, amca, enişte, anne, büyükanne, abla, hala, teyze ve yenge olabilen bir kuşak nasıl sağlıklı büyür?

Bu şekilde hitap edilen çocuklar kimlik karmaşası yaşamazlar mı?

Dünyanın hiçbir kültüründe olmayan bu saçmalığı biz, yurdumuzda Türkçe öğrenmeye çalışan bir yabancıya nasıl izah ederiz?

Edemeyiz! Edemiyoruz! Bizzat başıma geldiği için biliyorum. İstanbul'u mekân tutmuş Avusturalyalı bir yazar arkadaşım, televizyon izleyerek Türkçesini geliştirmeye çalışıyordu. Bana bu soruyu sorduğunda çok zorlanmıştım. Niye bir annenin oğluna ısrarla anneciğim, babanın da kızına babacığım diye hitap ettiğini anlayamıyordu. Bu sadece televizyon dili de diyemem, çünkü bir dizide başlayan bu iğrenç salgın tüm vatanı birkaç ayda sarmış, kıpkırmızı eylemişti. Ben bu satırlardan seslenmiş olayım senaryo yazarlarına, lütfen bundan vazgeçin. Çocuklara bu şekilde hitap doğru değil, güzel değil, sağlıklı değil, mantıklı değil!

Şikâyetlerim bitmedi... Sosyal medyadaki yazışma tarzı yüzünden gün gelecek yazı yazmayı da unutacak halkımız. Telefon yazışmalarında duygularımızı türlü şekillerle, sözcükleri de ünlü harfleri atlayıp kısaltarak ifade ediyoruz. Hatta biz yazmadan akıllı telefonlar yazıveriyor yazmak istediklerimizi. Adımızı dahi yazamaz hale gelmemiz yakındır!

Hazır söz sosyal medyadan açılmışken, benim sosyal medyayı neden sevmediğimi ve kullanmadığımı merak edenlere burada yanıt vermiş olayım:

Öncelikle yazışmalarda kullanılan kısaltmalarla Türkçeyi mahvettiği için, çoğu gitmiş azı kalmış ömrümün değere binmiş zamanını, her konuda fikir saçanlara harcamamak için, aşırı övgülerle şımarmamak, yersiz küfürlere ve linçlere üzülmemek için, tanıdık tanımadık herkesin nerde, nasıl ve kiminle ne yapmakta olduğunu, ne giydiğini, ne yediğini hiç merak etmediğim için yokum sosyal medyada! Nerelere gittiğimin ve neler yaptığımın hesabını vermemek için de yokum!

Ama telefonuma düşen mesajlara ve bilgisayarıma gelen postalara mani olamıyorum, ne yazık ki. Nitekim birkaç gün önce biri telefonuma, Zülfü Livaneli'nin bir yazısını yollamış. Ne zaman yazıldığını bilmiyorum fakat okuduğum günü ve içeriğini asla unutmayacağım!

Özetle şöyle diyordu Zülfü Livaneli yazısında:

"*... Kimse kendini aldatmasın, mevcut Cumhurbaşkanına oy veren sayısı kabarık kesim, ne olursa olsun hangi skandal patlarsa patlasın sonuna kadar liderini destekleyecek ve Cumhuriyete karşı çıkacaktır. Bu kesimin hayatta en çok nefret ettiği model uygarlaşma, kültür ve zarafet simgesi Atatürk'ün kanıyla canıyla kurduğu Cumhuriyettir. İstedikleri, ahlak ölçülerinden yoksun bir modernleşme sunan yeni bir oluşumdur. Erdoğan siyasi ömrünü tamamlasa bile, bu kitle kendine ona benzeyen yeni bir lider bulmakta gecikmeyecektir.*"

Gerçeklerden kaçmak için bazen bilir de bildiğini bilmezliğe gelirsin ya... ama nereye kadar kaçarsın? Sonunda gerçek bomba gibi elinde patlar!

Sanırım benim bombam, o yazıyı okuduğum gün patladı elimde.

Artık tek tesellim kendi kuşağımın Livaneli'nin anlattığı günleri göremeyecek olmasıydı. Oysa torunlardan henüz eğitimlerini tamamlamamış olanlarının üniversite mezuniyetlerini görmeye dikmiştim gözlerimi. Üç büyük kız, bitirmişlerdi üniversitelerini de sırada biri astrofizik diğeri mühendislik okuyan dört ve beş numaralı kızlar, üniversiteye yeni başlayacak bir oğlan vardı. En küçüklerse henüz ilkokuldaydılar. Hepsinin hayata sağlam adımlarla başladığını görmek için uzun yaşamak isteyen bende, ne üzücü bir değişiklikti bu!

Yaşlanmak, umutsuz kalmanın ve hiçbir şeyden keyif almamanın mı adıydı yoksa?

Birkaç gün önce Engin'le ikinci aşımızı olmuştuk. Aşı telaşının bitmiş olmasından memnuniyet duymamız gerekirken, rahatsızdık ikimiz de. Sağlık ocağının koridorunda beklerken, vallahi utanıyorduk azıcık, keşke aşılamaya yaşlılar yerine gençlerden başlasalardı diye düşünüyorduk. Milyonlarca insan aşı beklerken, biz zaten vademizi doldurmuş, uzatmaları oynamakta olan iki moruk, Kovid'i ha ertelemişiz ha tamamen bertaraf etmişiz, ne yazardı ki!

Evimize dönerken yolda konuşmuştuk aramızda, tamam biz seksenlikler ve üstü gidiciydik de kalanlara bıraktığımız dünya da yaşanır olmaktan çıkmıştı. Üstelik sadece bizim de değil, yeryüzündeki her ülkenin sorunu aynıydı. Biz insanlar denizleri, akarsuları kirletmiş, sualtındaki yaşamın canına okumuştuk. Yüz katlı beton binaları dikmek için yapılan derin kazılarla, demir temellerle yeraltı dünyasının da canına okumuştuk!

Diyeceksiniz ki, yerın altında ne var?

Ağaçların dört bir yana dağılmış kökleri var ki ben bitkilerin aralarında bu suretle konuşabildiklerine, irtibat kurduklarına inanırım. Tohumlar var, toprağı besleyen yenileyen börtü böcek, solucan var. Köstebek, yılan gibi yeraltında yaşayan onca hayvan var, yeraltı suları var, madenler var. Başlı başına bir dünya var yerin altında!

Ormanları imara açmak için yangınlar çıkararak ya da doğrudan keserek, kuşuyla hayvanıyla ormandaki yaşamın da canına okuyorduk.

Ya gökyüzüne ve kuşlara yaptıklarımız!

Ne kıymet bilmez, hoyrat bir mahluktu insanoğlu! Aymazlığımız ve doymazlığımızla, dünyanın sonunu getiriyorduk. Haliyle doğa da intikamını tayfunlar, hortumlar, yangınlar, depremlerle ve salgınlarla alıyordu. Bunlar yetmezmiş gibi yepyeni bir tehlike daha bekliyordu bizi, global ısı değişikliğinde erimeye başlayan buzullar yüzünden, dünyaya yepyeni virüslerin mikropların saçılacağını öngörüyor bilim adamları. Doğa ile insanlar, birbirinin kollarında can çekişmeye başladığı için teknoloji yeni gezegenlerin peşine düştü. Yeni yaşam alanları elbette bulunacak ama insanoğlu bu kafayla devam ederse, taşınacağı gezegeni de tez vakitte tüketeceği kesin!

İşte sırf bu yüzden, acaba insanoğlu işleri bir süreliğine insan-kızına mı bıraksa diyorum, çünkü insanoğlunun hükmettiği yerlerde sadece ot bitmiyor değil, savaş, talan, yalan da bitmek bilmiyor, acı da açlık da! İnsanoğlunun egosu, hırsı, açgözlülüğü gezegenimizin felaketini hazırlıyor. Henüz farkında olmayabiliriz ama bu adaletsiz sisteme isyan halindeki kitleleri idare edebilmek için, yönetimler de giderek daha otoriter bir çehreye bürünmekteler. Bir korku atmosferinde yaşamaya başladık bile. Bırakın ülkeden ülkeye geçerken gereken vizeleri, kendi ülkelerimizde pandemi yüzünden şehir değiştirirken ihtiyaç duyduğumuz HES kodlarına, aynı şehir içindeki toplu taşıma araçlarına binerken, hatta bir mağazaya girerken dahi muhtaç hale geldik! Vatandaşlık numaralarımızla, HES kodlarımızla tüm dünyalılar gözaltındayız.

Her an ortaya çıkabilecek çeşitli virüsler, hava kirliliği, aşırı ısınma, susuzluk tehlikesi gibi başlıklar, dünyanın tüm milletlerini aynı geminin yolcusu yapıyor!

Bu saydıklarım, ülke değiştirmekle etkisinden kaçamayacağımız global sorunlar.

Ya kendi ülkemizde olup bitenler?

Kendi sınırlarımız içinde sadece birkaç günde bakın neler oldu:

Cumhurbaşkanı İstanbul Sözleşmesi'ni iptal ettiğini duyurdu!

HDP'nin kapatılması için yargıya başvuruldu!

Taksim Parkı İstanbul Belediyesi'nden alınıp bir vakfa devredildi!

Okullarda andımızın okunması yasaklandı!

Madalyalardan Atatürk kabartmalarının silinmesi kararı alındı!

Orduda filizlenecek irticai faaliyetlerin cezası kaldırıldı!

İçmeye ayranı olmayan halka, İstanbul Kanalı Projesi, emlak rantına dönüştürülen yeni yüzüyle bir kez daha tanıtıldı ve dayatıldı!

Kovid'e yakalananların günlük sayısı kırk bini aştı!

Montrö Sözleşmesi tartışmaya açıldı!

Kanal İstanbul projesinin, Montrö Sözleşmesi'ne getirebileceği zararı eleştiren emekli amiraller gözaltına alındı.

Rus hükümeti kendi turistlerine Türkiye'ye gitmeyi pandemi yüzünden yasakladı.

Hiç mi iyi bir şey olmaz bu ülkede, Tanrım?

Olmuyor, olamıyordu işte!

Ben yine karamsar günlerimden birindeydim, moralim yerlerde sürünüyordu.

Telefonum çaldı. Açtım. Hatta Filiz Aygündüz.

Adı ve soyadı kulağıma taze bahar esintisi gibi gelen Filiz!

Uzun zamandır konuşmamıştık. Ne yaptığımı sordu. Ne yapmakta olduğunu söyledi

Sonra Oya Baydar'ın Korona günlerini anlatan yeni kitabından söz etti.

Çok beğenmişti, okumamı tavsiye ediyordu. Yeni kitabı çıktı mıydı okumaya elim mahkûm yazarlardan biridir Oya Baydar. Hemen alacağım diye söz verdim.

Yok, siz AVM'lere filan girmeyin sakın, ben size yollatırım, dedi. Nitekim ertesi gün elimdeydi kitap.

Filiz Aygündüz herhalde hiç bilmez beni iki kez karanlık kuyulardan çekip çıkardığını. İlki, maruz kaldığım sosyal medya linci sırasında hakkımda yazdığı bir yazıydı. Bu sefer de gönderdiği Oya Baydar'ın kitabıyla çekti aldı beni karanlığımdan.

Oya Baydar'ın kitabını, ben de Korona günlerine dair bir şeyler karalamakta olduğum için baştan sona keyifle ve çok dikkatle okudum ki, benzeri şeyler yazdımsa hemen değiştireyim diye. Aynı şeyleri yazmamışız ama ben o kitaptan bir alıntı arakladım, siz okurlarımla paylaşmak ve bir türlü bitiremediğim kendi kitabımı bu paylaşımla sonlandırmak için.

Zor bir ameliyat sonrasında kendimi Korona salgınının kucağında bulunca, pek çok sevgili dostumu art arda kaybedince, acılarımın üstüne bir de ülkemin gidişatı tuz biber ekince, ben hayatımda hiç olmadığım kadar mutsuz ve umutsuzdum ya, kitabının bir yerinde Ahmet Altan'ın bir anısını aktaran Oya Baydar, bana bin vatlık bir ampul yaktı. Kitabımı sonlandırmak için bekleyip durduğum mesaj, Oya Baydar'ın satırlarında saklıymış meğer! Zaten biz yazarların bir maksadı da bu değil midir, okuruna ihtiyacı olan teselliyi ya da umudu verebilmek!

Buyurun okuyun, size de umut olsun Oya Baydar'ın *80 YAŞ, ZOR ZAMANLAR GÜNLÜKLERİ* adlı kitabının 99. sayfasında, Ahmet Altan'ın Silivri'de kaleme aldığı bir yazıdan yaptığı alıntı:

"... *Kasım ayında bize yemekte turp vermişlerdi. Hücre arkadaşım turpu karton bir bardağa koyup çürümeye bıraktı. Şimdi ondan yeşil bir filiz çıkmaya başladı, büyüdü, büyüdü, filizin ucundan küçük beyaz çiçekler açtı. Turp oluyor, aynı zamanda canlanıyor. Kendi yok oluşundan çiçekler yaratıyor, ölürken geleceğe uzanıyor.*

Bir turptan daha umutsuz olmayacağız, değil mi?"

Madem *umut* hayatın olmazsa olmazı, madem her son bir yeni başlangıç; gönderdiği Oya Baydar kitabıyla elimdeki çalışmanın sona ulaşmasına vesile olan Filiz Aygündüz'e, kitabı için Oya Baydar'a, aydınlık vaat eden mesajı için Ahmet Altan'a teşekkür ediyor, şu günlerde içi kararmış herkese mutlu, müjdeli, aydınlık günler diliyor ve *Hazan*'ı,

"*Bir turptan daha umutsuz olmayacağız değil mi?*"

diyerek noktalıyorum. Çünkü hepimiz biliyoruz ki, ne kadar karamsar olursak olalım, dünya döndükçe her filiz er geç çiçek açmaya, güneş de illa doğmaya mahkûm!

1 Nisan 2021

HAYAL'DEN SONRA YAZILAN KİTAPLARIN DÖKÜMÜ

HANDAN

Handan niye yazıldı?

Öncelikle, *Gizli Anların Yolcusu* kitabımda, başkarakterlerden biri olan Handan adlı karakterin hatırı kalmasın diye yazıldı. Çünkü o romandaki diğer başkarakterler, değişik yönlere savrulmuş hayatlarıyla sonradan yazılan *Bora'nın Kitabı* ve *Dönüş*'te var olmayı sürdürmüşlerdi.

Gizli Anların Yolcusu'nun dört başkarakterinden biri olan Bora, *Bora'nın Kitabı*'nda doğumundan itibaren yaşadıklarını kendi sesiyle anlatıyordu. Dünyaya geldiği coğrafyada sadece eşcinsel çocukların değil, doğuştan engelli çocukların da maruz kalabilecekleri hoyratlığı, ayrıca aile içi cinsel taciz ve tecavüzleri göz önüne seriyordu. Kapalı ve tutucu toplumların kadınlarıyla çocukları, üzerlerindeki aşırı baskıdan dolayı tacizleri, tecavüzleri açık edemiyorlardı. Ustalıkla gizlenmiş nice suçun üzerindeki örtüyü, *Bora'nı Kitabı*'nda, ben sıyırmıştım. Bu kitap, *Gizli Anların Yolcusu*'nda kaleme aldığım aşkın, bu kez Bora'nın gözünden aktarılmış hali ve çok daha fazlasıydı.

Dönüş'te ise İlhami'nin darmaduman ettiği evliliğinden geriye kalan eşi Eda ile kızı Derya'nın hayata tutunmak için günahları ve sevaplarıyla verdikleri savaşı anlatıyordum. Bu serinin ilk kitabı olan *Gizli Anların Yolcusu*'nda İlhami, Bora, Eda ve Derya'nın arasında yaşamış, bu dört kişiden kimini sevmiş, kimine inanmış ve sonunda ortada kalakalmış bir de Handan vardı! Diğerlerinin maceralarını başka kitaplarda işleyip Handan'ın yaşamış olduklarını yazmamak, ona haksızlık olur diye düşünmüş, *Handan* üzerine kurulu romanımı, Halide Edip'in *Handan*'ına da göndermelerle, her iki Handan'ı karşı karşıya getiren hatta iç içe geçiren bir kurgu ile nerdeyse ortalamıştım ki, Gezi Parkı Direnişi devreye girdi. Siyasi hayatımızda çok önemli bir sayfa açan bu direniş, elimdeki romanı hiç aklımda olmayan bir boyuta taşıdı çünkü ben romanların ait oldukları dönemlerin aynası olduğuna inanırım. Bu yüzden romanın kurgusunda değişiklik yaptım; şöyle ki kurgu gereği üç yıla yakın bir süredir Amerika'da yaşamakta olan Handan ile İstanbul'a ilk kez gelen genç yeğeni Defne, İstanbul'a vardıkları gece, tamamen tesadüf eseri, kendilerini Taksim Meydanı'ndaki hengâmenin içinde buldular. Handan ile Defne'nin neler olup bittiğinden habersiz, kendilerini bir dehşet gecesinin içinde bulmalarından itibaren, roman Gezi'nin ekseninde kalarak devam etti ve Gezi Direnişi, duruma tamamen yabancı iki kişinin algısıyla yazıldı. Çünkü o günleri bizzat yaşamış bir yazarın, şahit olduklarını kayda almaması mümkün olamazdı.

TUTSAK GÜNEŞ

Tarihi belirsiz bir geleceği anlatan *Tutsak Güneş*, Türkiye'nin bildiğim kadarıyla ilk distopyasıdır.

Hikâyemiz, Ramanis Cumhuriyeti isimli hayali bir ülkede, hayali bir zaman diliminde geçer. Güneş ışınlarının elli yıl süreyle bu ülkeye ulaşması, dünya ile arasına yerleşmiş bir gök cisimden dolayı mümkün değildir. Zamanımızdan kaç yıl ötede olduğu kesin sayıyla belirtilmemiştir ama güneşin ancak bulutların gerisinden solgun bir gölge gibi göründüğü ülkedeki tüm nebat ve çiçeklerin plastik olduğu, lokantalarda robot garsonların servis yaptığı ve halkın selametinin yine robot polislere ve robot askerlere bırakılmış olduğu bir dönemi anlatır. İnsanlar çok küçük boyuttaki evlerinde yaşarlar, suyla bulamaç haline getirdikleri tozları et, balık, sebze niyetine yerler, yurtiçi yolculukları izne tabidir ve halkın sadece giysilerini değil, davranış biçimlerini de Rama denilen din adamları tayin eder. Beş çocuktan az çocuklu aileler mesleklerinde ilerleyemez. Çocuk doğuramayan kadınları mahkemeler otomatik olarak boşar. Hiçbir anne, çocuğu on iki yaşına basmadan önce çalışamaz. Zaten, çalışma hakkını kazandığında dahi, erkeklerin yanında söz hakkı ve itibarı olmayacağını bildiğinden çalışmayı tercih etmez. İşte böyle kodlanmış bir ülkede, başkahraman olan Yuna, kadın olmasına rağmen çok önemli bir mucit olduğu için hem çalışmakta hem de saygı görmektedir. Boynuna doladığı eşarbın rengi, onu tanımayanlara dahi önemli ve itibarlı biri olduğunun işaretini vermektedir.

Yuna'nın Ramanis Cumhuriyeti'ndeki macerasını ve güneşin neden tutsak olduğunu öğrenmek isterseniz, zaman zaman nefes kesen bir polisiyeye dönüşen bu distopyamızı okumanızı tavsiye ederim.

KANADI KIRIK KUŞLAR

Kanadı Kırık Kuşlar, sadece vatansız kalan Yahudi asıllı Alman bilim adamlarının değil, Türkiye'nin otuzlu yıllardan bugünlere, gerçek ve kurgu kişiler üzerinden anlatılmış toplumsal öyküsüdür. Roman 1930'ların Almanya'sında Hitler tarafından kürsülerinden atılan Yahudi asıllı bilim insanlarının, Atatürk tarafından üniversiteyi modernleştirmek, geliştirmek ve yeni kürsüler açmak üzere daveti ile başlıyor. Avrupa devletlerinin çoğunun Hitler korkusundan Yahudilere sırt çevirdiği bir dönemde, çok sayıda bilim adamı, aileleriyle birlikte İstanbul'a gelir, yerleşirler. Kimi ülkemize hayran kalır, Türk uyruğuna geçer, asla geri dönmez ve hatta İstanbul ile Ankara'daki mezarlarda uyumaktadırlar. Kimine buradaki hayat zor gelir, bir kısmı ilk yılın sonunda ABD'ye göçer, bazılarını da bürokratik sorunlar, Türk meslektaşlarının kıskançlığı, dedikoduları ve kumpasları kaçırtır.

Ben romanımda ülkemize yerleşmekle yetinmeyip Türk uyruğuna da geçen iki çocuklu gerçek bir aileyi roman kahramanlarım olarak seçtim. Gerçek adlarını Schilliman olarak değiştirdim. Bir hekim olan babayı belgelere dayanarak yazdım. Eşi ile bir Türk genciyle evlenen kızını, bu kızdan doğan torununu ve hatta torun çocuğu Esra'yı kurgulayarak yazdım.

Romanındaki her kuşak, kendi dönemin siyasi olaylarını okura bizzat yaşayarak iletti. 1950'li yıllarda öğrenci olan kızları Suzan 6-7 Eylül dramını, o gün Beyoğlu'ndaki evine gitmekte olduğu için bizzat yaşadı; 27 Mayıs'ı gördü. Suzan'ın kızı Sude, hippilerin dönemine rast geldiği için tam bir çiçek çocuğu oldu. Sude'nin kızı Esra ise Alman Yahudisi olan büyükbabası gibi hekim olmayı seçti.

Romanın her kahramanı, kendi kurgu hayatını yaşarken, okurlarını Türkiye'nin 1933'ten 2018'e kadar geçen yıllar arasındaki ayaklanmaların, siyasi gelişmelerin, toplumsal olayların ve çalkantıların içinden geçirdi.

Not: Romanın son sayfalarında, pratisyen hekim olan Esra, Gezi Direnişi sırasında yaralananlara Taksim'de kurulan seyyar hastanede yardımcı olmaya çalışırken, ilerde sevgilisi olacak gazeteci ile tanıştı. Bu çiftin öyküsünü merak edenler *Kördüğüm*'ü ve *Son*'u okusunlar.

KÖRDÜĞÜM

Kördüğüm, benim ilk polisiye denememdir. Toz bulutu içindeki ülkemde, yeraltı faaliyetlerinin süredurduğu, at izinin it izine karıştığı bir ortamda, bir genç kızın üzerinden anlatılan bir insanlık dramı.

Roman, ruhsal sorunlar yaşayanların tedavi gördüğü özel bir klinikteki Gizem'in geçmişini kurcalamasıyla başlar.

Aylar önce, bir gece yarısı Tepebaşı'nda bir arabanın çarpıp kaçtığı genç kız, yaralı halde acile getirilmiştir. Tüm vücudu kırıklar içindedir fakat üzerinde kimliğini belirten hiçbir belge yoktur. Bir süre sonra polise ifade verecek hale geldiğinde, anlaşılır ki kafasını çarpmanın etkisiyle hafızasını da kaybetmiştir. Adını dahi hatırlamadığı için hemşireler ona Gizem adını verirler. Klinik tedavisi tamamlandıktan sonra, hastaneden taburcu edileceği gün, doktoru gidecek yeri olmayan Gizem'i sokakta kalmaması ve belleği yerine gelene kadar psikolojik tedavisinin devamı için bir arkadaşının özel kliniğine götürür. Terapi seanslarında Gizem geçmişini parçalar halinde hatırlarken fark eder ki, geçirdiği kaza sırasında peşindeki katilden kaçmaktadır ve gerçek kimliği ortaya çıkarsa, hayatı tehlikede olacaktır. Sonunda her şeyi hatırlar ama kimseye belli etmez ve kendisine yardımcı olan doktorunun yardımıyla, katilinin sırrını çözene kadar, şehir dışında bir villaya yerleşir. Nefes kesici gelişmelerin sonunda, Gizem'in gerçek kimliği açığa çıkar. Kızın tek bir çaresi kalmıştır… yine kaçmak! Ama bu sefer kaçma planlarını yaparken yalnız değildir. Romanın sonunda *Kanadı Kırık Kuşları* okumuş olanlara, bir de sürpriz var.

SON

Son adını taşıyan roman da tıpkı *Kördüğüm* gibi polisiye yönü ağır basan bir çalışma.

Kördüğüm'de Gizem olarak tanıdığımız Esra'nın macerası bu kitapta son bulduğu için, kitaba *Son* adını verdim.

Esra, *Kördüğüm* boyunca yaşadığı onca travmadan sonra, dinlenmek için tek başına çıktığı yolculukta, bomboş bir sahilde güneşlenirken, kendi yaşlarında bir genç kadınla ve bebeği ile karşılaşır. Tesadüfen eş mayo ve pareoları giymekte olan genç kadınlar, ayaküstü sohbet ederler. Derya bebeğini beş dakikalığına denize dalıp serinlemek için Esra'ya emanet eder, yüzerek sahilden biraz uzaklaşır. Tam o sırada denizin üzerinde bir sürat teknesi belirir, tam hız Derya'ya doğru ilerler. Derya kendini fark ettirmek için elini kolunu boşuna sallar. Güneşin gözlerini kamaştırdığını varsaydığımız sürücü, teknesini üzerine sürdüğü Derya'ya çarparak geçip gider ve gözden kaybolur. Esra, sahilde adını dahi bilmediği bebekle baş başa kalmıştır. Kazada ölen genç kadınla aynı mayoları giydikleri için Esra, *Kördüğüm*'de peşine düşen katillerin hedef şaşırdıklarına inanır, tanımadığı genç kadının ölümünden kendini sorumlu tutar. Hemen bir önceki romanda (*Kördüğüm*'de) kendi olayını araştıran Komiser Vural'ı arar ve ölüm tehlikesinin devam ettiğini söyler. Komiser Vural, duruma acilen el koyar. Esra'yı, birkaç gün içinde Şanghay'a giden bir uçağa sahte kimlikle bindirerek tehlikeden uzaklaştırır, katilleri yakalayana kadar, Şanghay'da beklemesini ister. Kader ise ağlarını, hiçbirinin aklına gelmeyecek ayrıntılarla örmeye devam etmektedir.

Gizli Anların Yolcusu, *Bora'nın Kitabı*, *Dönüş* ve *Kanadı Kanadı Kırık Kuşlar*'dan tanıdığımız değişik karakterlerin buluştuğu *Son*, Esra'nın kazada ölen kadının ölümünden sorumlu olmadığını öğrenmesiyle son bulur.

HER YERDE KAN VAR

Her Yerde Kan Var, Sultan Abdülaziz'in bir siyasi darbe ile tahttan indirildiği gecenin sabahında, 30 Haziran 1876 tarihinde başlıyor.

Dört gün sonra Sultan'ın intihar mı, cinayet mi olduğu bugün dahi kesinleşememiş şaibeli ölümünü de anlatarak 15 Haziran 1876 tarihinde, kayınbiraderi ve aynı zamanda yaveri olan Çerkez Hasan'ın, hükümet toplantısını basıp darbecileri öldürmesiyle son buluyor.

Roman, her günün bir bölüm oluşturduğu yedi gün içinde geçiyor. Her bölümü olaya karışmış bir başka kişinin ağzından dinliyoruz. Darbeyi planlayan zamanın Genel Kurmay Başkanı Hüseyin Avni Paşa, darbe sonrasında tahta çıkan Sultan V. Murat, her iki padişahın anneleri Valide Sultanlar, devrik Sultan Abdülaziz'in ablası Adile Sultan, yüksek mevkideki damadı Nuri Paşa ve yaveri Çerkez Hasan, bu olağanüstü yedi günü bize kendi bakış açılarıyla aktaran kişiler. Onların şahitliği ile ilerleyen yedi günde, Osmanlı sarayının kalbine, ruhuna, hatta kılcal damarlarına giriyor, Osmanlı'yı batıran nedenlere yakından tanık oluyoruz.

Bu kitabı yazarken öğrendiklerimden tarihin tekerrürden ibaret olduğuna bir kere daha şahit olduğumu itiraf ediyor, okurumu yazdığım tarihi olayı değerlendirmede kendi kararıyla baş başa bırakıyorum.

TÜM ESERLERİN DÖKÜMÜ

ŞİİR
1) Babama
2) Saklı Şiirler

ÖYKÜ KİTAPLARI:
1) Güneşe Dön Yüzünü
2) Foto Sabah Resimleri
3) Geniş Zamanlar
4) Bir Varmış Bir Yokmuş

ve

Ağaçlar ve İnsanlar (Von Baumen Und Menschen)*

ÇOCUK KİTABI
Sit Nene'nin Masalları (Müjdat Gezen'in çizimleriye)

DENEME
1) İçimde Kızıl Bir Gül Gibi
2) Kardelenler

---

* Bu öykü 2014 yılında Sabine Adatepe tarafından derlenen ve Almanya'da Binooki tarafından basılan GEZİ adlı antolojide yer almıştır.

3) Taş Duvardır Benim Sevdam (Steinmauer&Offene Fenster)* derleyerek editörlüğünü yaptığımız kadın öyküleri antolojisi. Katkıda bulunan yazarlar: Nezihe Meriç, Elke Heidenreich, Ayla Kutlu, Rita Rosen, Ayşe Kulin, Gabriele Wohmann.

BİYOGRAFİK ROMAN

1) Bir Tatlı Huzur, Münir Nurettin Selçuk'un yaşamöyküsü.
2) Adı Aylin
3) Füreya
4) Türkan, Tek ve Tek Başına.

ROMANLAR

1) Sevdalinka
2) Köprü
3) Nefes Nefese
4) Gece Sesleri
5) Bir Gün
6) Tutsak Güneş
7) Her Yerde Kan Var

---

* 2007 yılında, yazar Rita Rosen ile birlikte üç Alman ve üç Türk kadın yazardan.

ANI SERİ ROMANLAR
1) Veda
2) Umut
3) Hayat/Dürbünümde 40 Sene
4) Hüzün/Dürbünümde 40 Sene
5) Hayal
6) Hazan

KURGU SERİ ROMANLAR
1) Gizli Anların Yolcusu
2) Bora'nın Kitabı
3) Dönüş
4) Handan
5) Kanadı Kırık Kuşlar
6) Kördüğüm
6) Son

GERÇEK OLAYLARDAN ESİNLENMİŞ BELGESEL ROMANLAR
1) Sevdalinka
2) Köprü
3) Nefes Nefese
4) Kanadı Kırık Kuşlar
5) Her Yerde Kan Var

* *Sevdalinka* ve *Aylin* kitaplarının Boşnakça çevirilerinin geliri Bosna'da yardıma muhtaç çocuklara yardım eden derneklere bağışlanmıştır.

* *Sit Nene'nin Masalları*'nın geliri UNICEF'in çocuk projelerine bağışlanmıştır.

* *Kardelenler* kitabının tüm gelirleri Çağdaş Yaşamı Destekleme Derneği'ne bağışlanmıştır.

* Türkan Saylan için sahnelenen tiyatro eserinde Ayşe Kulin'in kazanım payı ÇYDD'ye bağışlanmıştır.

* Türkan Saylan kitabının 200 adet masa boyu özel baskısı müzayedede değerlendirilmesi amacıyla Everest Yayınları ve Ayşe Kulin tarafından, o tarihte *Kardelenler* adıyla anılan, kırsalın kızlarını eğitme projesine bağışlanmıştır.

* Ayşe Kulin'in dergilere katkılardan, toplantı ve zoom toplantılarına katılımlardan doğabilecek olası hak edişleri doğrudan Çağdaş Yaşamı Destekleme Derneği'ne yönlendirilmektedir.

YAYINCILIK HAYATI

1967-69: Türkiye'nin ilk yerli otomobil dergisi olan OTOMOBİL DERGİSİ'nin yazı işleri müdürlüğü.
1967-69: Gelişim Yayınları dergilerinde yazarlık.
1983-85: Dünya Gazetesinde yazarlık.
1985-88: Etap Otelleri Pullman Dergisi yazı işleri müdürlüğü.
1988-88: Bir Numaralı Yayıncılık dergilerinde yazarlık.

ÇEVİRİLERİ

Milliyet Yayınları 20. Asır Dosyası kapsamında:

1) Anarşistler/Bir Dönemi Sarsanlar: Roderick Kedward,
2) Rusya Ayaklanıyor/1905 Çar'a Karşı İlk Ayaklanma: David Floyd
3) Bir İmparatorluk Çöküyor/Habsburgların Sonu: Zab Zeman Kayzerin Almanyası/Almanya Her Şeyin Üstünde: Harold Kurtz
5) Amerika Sahnede (Theodore Roosevelt Dönemi) A.E. Campell

ESERLERİNİN ÇEVRİLDİĞİ DİLLER
İngilizce/Fransızca/Almanca
Felemenkçe/İtalyanca/İspanyolca
Portekizce/Romence/Macarca
Sırpça/Boşnakça/Makedonca
Yunanca/Bulgarca/Lehçe/Çekçe
Gürcüce/Ukraynaca/Urduca
Farsça/Arapça/Çince/Tayca

SİNEMA, TİYATRO VE TELEVİZYONA UYARLANMIŞ, RADYODA SESLENDİRİLMİŞ ESERLERİ

1. Gülizar adlı öyküsü *Kırık Bebek* adıyla sinemaya uyarlanmış, Kültür Bakanlığı Ödülü'nü kazanmıştır.
2. Geniş Zamanlar/Dizi
3. Köprü/Dizi
4. Gece Sesleri/Dizi
5. Veda/Dizi
6. Türkan/Dizi, tiyatro
7. Sevdalinka/TRT'de radyofonik piyes
8. Füreya/TRT'de radyofonik piyes
9. Bir Gün/Almanya'da radyofonik piyes

AYŞE KULİN KİTAPLARIYLA İLGİLİ YAZILMIŞ TEZLER

2010: *Ayşe Kulin'in Hayatı, Sanatı, Eserleri,*
Vedat Yeşilçiçek, Doktora Tezi,
Onsekiz Mart Üniversitesi Sosyal Bilimler Enstitüsü.

2011: *Ayşe Kulin'in Romanlarının Tematik Açıdan İncelenmesi,*
A. Erdemci, yayımlanmamış Yüksek Lisans Tezi,
Van Yüzüncü Yıl Üniversitesi Sosyal Bilimler Enstitüsü.

2013: *Ayşe Kulin'in Romanlarının İncelenmesi,*
Gülhan Hündür, Yüksek Lisans Tezi,
Afyon Kocatepe Üniversitesi Fen-Edebiyat Fakültesi, Tük Dili ve Edebiyatı Anabilim Dalı.

2013: *Güzelliğin Çirkin Yüzü,*
Türkiye'de Bir İktidar Alanı OIarak Elitler Üzerinden Güzellik Anlayışına ve Bir Tüketim Nesnesine Dönüşen Kadın Sorununa Bakış,
Doç. Dr. Ebru Güzel.

2016: *Ayşe Kulin Yapıtlarında Toplumsal Sorunlar ve Eğitim,*
Dilek Yumnu, Yayınlanmamış Doktora Tezi,
Ankara Üniversitesi Eğitim Bilimleri Enstitüsü.

2016 : *Ayşe Kulin-Türkan,*
2000 Sonrası Türk Televizyon Dizilerinde Edebiyat Uyarlamalarının Aktarım Biçimlerine Eleştirel Bir Bakış ve Geçişimli Medya Uygulamaları,
Doğuş Demir, Yüksek Lisans Tezi.
İstanbul Arel Üniversitesi Sosyal bilimler Enstitüsü, Medya ve Kültürel Çalışmalar Programı.

2018: *A Descriptive Study on the Translation of Material Culture Elements in Ayşe Kulin's and Buket Uzuner's Novels,*
Betül Özcan Dost, Doktora Tezi,
Gazi Üniversitesi Sosyal Bilimler Enstitüsü.

2020: *Ayşe Kulin'in GECE SESLERİ Adlı romanında Kadına Yönelik Şiddet E. Akçora, makale,*
Asya Studies-Academic Social Studies/Akademik Sosyal Araştırmalar, yıl: 4./ no: 12 yaz, p.56-66.

Yazılmakta olanlar:

2021: *Veda/Umut Üzerinden Türk Dış İlişkiler Politikası Analizi*, Doktora Tezi,
Nuriye Sitare Kuraş,
Kadir Has Üversitesi Uluslararası İlişkiler Bölümü.

2021: *Ayşe Kulin Romanlarında Balkanlar ve Tarih*, Ortak Yüksek Lisans Programı,
Özlem Çevik,
Trakya Üniversitesi ve Tekirdağ Namık Kemal Üniversitesi.

KONUŞMACI OLARAK KATILDIĞI YURTDIŞI ETKİNLİKLERİ

2001
17 Ekim, Lahey Şehir Kütüphanesinde Konuşma
19 Ekim, 20:00, Roterdam, Kültür Evinde Konuşma
20 Ekim, Sıla Kitabevi'nde Konuşma

2002
14 Ekim, Bosna Kitap Fuarı Açılışında
16 Ekim, Mostar Kültür Merkezinde
17 Ekim, Gradaçatz Kültür Evinde Türk edebiyatı üzerine konuşmalar

2003
9 Ekim, Frankfurt Kitap Fuarı Açılışı, 20:00, Türk Alman Derneğinde okuma
10 Ekim, 15:00-17:00, Çağdaş Türk Romanı üstüne konuşma

2004
6 Aralık, Brüksel, Avrupa Parlamentosunda Is Turkey A European State According To History & Culture? (Tarih ve Kültür Açısından Türkiye Bir Avrupa Devleti midir?) başlıklı konuşma.

2005

3 Kasım, 15:00-17:30, Zürih, Türk Kitapçıda İmza ve Konuşma

30 Kasım, 16.00, Londra BBC'de konuşma

2007

8 Mart, Berlin, Berlin Türk Kadınlar Derneği Modern Türk Edebiyatı

30 Mart, Kosova/Priştina Edebiyat Fakültesinde Konuşma ve Radyo programı

2008

2 Haziran, 10:30, Frankfurter Neue Presse Gazetesi temsilcisi Matcus Hladek ile Basın görüşmesi/Yer: Hotel Intercontinental, Wilhem–LeuschnerPlatz

13-15 Haziran, İstanbul, First Passport Europe Seminar

15 Haziran, 09:00-10:30, İkinci Dünya Savaşı Sırasında Avrupa Kentlerinde Görevli Türk Diplomatlarının Gizli kalmış Öykuleri

2009

14-18 Ekim, Uluslararası Frankfurt Kitap Fuarı, Frankfurt Dinliyor

17 Ekim, 11:00-12:00, Okumalar: Ayşe Kulin, Mario Levi

17 Ekim, 14:00-15:30, Türk Edebiyatında Kültürel Tartışmaların Odağında Kadın/Konuşmacılar: Jaklin Çelik, Sibel Eraslan, Ayşe Kulin

2010

19-23 Mayıs, European Literature Goes to Turkey, Turkish Literature Goes to Europe YOLLARDA Projesi kapsamında Peç'te

20 Mayıs, 12:00, Szent Mor Iskolaközpont Lisesinde okuma

21 Mayıs, 12:00, Pesci Müveszeti Gimnaziuum Lisesinde okuma

22 Mayıs, 17:00, The House of Arts&Literature'da konuşma

23 Mayıs, 20:00, Gala Concert, Peç Üniversitesi Tiyatro Sahnesinde

23-26 Haziran, Gent, Brüksel, Amsterdam: Nefes Nefese Okumaları.

Unionsverlag Tarafından hazırlanan İsviçre, Almanya ve Avusturya'da

8-21 Eylül, arasında Der Schmale Phad (Bir Gün) Okumaları

8 Eylül, İstanbul-Munih- Cenevre-Basel

13-22 Eylül, 18:00-20:00, Zurih Kultur Literaturhaus Museumsgesellschaft' da

14 Eylül, Basel, 18:00-20:00, Literaturhaouse'da

15 Eylül, Zürih, 18:00-20:00, Literaturehaouse'da

16 Eylül, Stuttgard 18:00-20:00, Kültür Merkezi'nde

17 Eylül, 18:00-20:00, Lincoln Theater'da

20 Eylül, 18:00-20:00, Berlin House of World Culture'da

21 Eylül, Salzburg 18:00-20:00, Literaturhaus'da okumalar ve konuşmalar

25 Ekim: Essen Volkshochschule'de, Bosh Stiftung sponsorluğunda Türkische Bibliotek programı:
18:30, Kitap imzalama
19:00, Açılış Konuşması
19:30, Ayşe Kulin ve Murat Uyurkulak panel
Türk Edebiyatı'nın Başarı Öyküsü
29 Ekim-5 Kasım, Freiburg, Türkiye-Almanya Festivali
1 Kasım, 20:00'de Kleines Haus'da
Der Schmale Pfad (Bir Gün) Okuma

2011

30 Eylül, Üsküp, Kiril Metdoy Üniversitesi'nde Türkoloji öğrencileriyle buluşma, Türk-Balkan Edebiyatı üzerine konuşma
1 Ekim, 11-12, Yunus Emre Kültür Merkezi'nde basınla sohbet
12-14 Ekim, Toper Yayınevi ile okurlarla tanışma, imza
17-18 Ekim, Makedonya Devlet Radyo&TV'de Türkçe yayında canlı söyleşi
19-21 Ekim, Makedonya Yazarlar Birliği'nde yazarlar ve soydaşlarla söyleşi

2012

7 Ekim, 14:00-15:00, Kanada, Toronto Ankara Kütüphanesi'nde Konuşma
8 Ekim, 15:00-17:00, Toronto Üniversitesi'nde konuşma

2013

15 Nisan, 18:45, Londra Kitap Fuarı

Ayşe Kulin&Louis de Bernier; moderatör Aslı Perker. Türkiye üzerine edebiyat çeşitlemeleri

12 Ekim, USA, 78. Cadde, Sinagog'da Konuşma Last Train to Istanbul

13 Ekim, New Jersey Mama's Cafe'de konuşma, Kulin Romanları

14 Ekim, Strand Kitap Evi Last Train To Istanbul tanıtımı.

2014

06 Şubat, Stuttgard, Tarabya Çeviri Ödülü 2013 kazananı (The Winner of Tarabya Translation Prize of 2013) konuşmacısı

4-8 Eylül, Prizern Kalbi Balkanlar'da Kalanlar (TV Çekimi)

12-15 Ekim, New York, ABD Last Train To Istanbul

22-26 Ekim, Almanya Turnesi

22 Ekim, Düsseldorf

23 Ekim, Amsterdam

24 Ekim, Den Hag

25 Ekim, Düisburg

26 Ekim, Essen'de, Şehir Kütüphanelerinde Türk Edebiyatı okumaları.

2015

8 Mayıs, Bled, Slovenya

13 Mayıs, Hollanda Amsterdam Üniversitesi'nde Edebiyat Akşamı

16 Mayıs, Brüksel'de Üniversite Libre de Bruxelle'de Prof. Xavier Luttin ile İkinici Dünya Savaşı üzerine konuşma

2016

24 Haziran, İtalya, Roma, Roma Ödül Töreni
18 Ekim, Bosna, Saraybosna Kitap Fuarında konuşma
19-23 Kasım, Milano Literary Festival, Sforza Sarayı'nda konuşma

2017

26-31 Mayıs, Londra Kitap Fuarı, Louis de Bernier ile Sohbet
9-12 Kasım, Prag Writers Festival, seminer ve konuşma

2018

19-26 Mart, Şahghay Edebiyat Festivali
22 Mart, SISCE Üniversitesi'nin Türkçe Bölümünde Nefes Nefese ve Veda
23 Mart, 15:00, Glam'de Work-Shop
24 Mart, 12:00, Türk Edebiyatı ve Nefes Nefese üzerine konuşma
19-22 Nisan, PEN New York, ABD konuğu olarak katılım
20 Nisan, Westhbeth Center for Arts'da Okumalar
21 Nisan, Dixon Place'de Göç konuşmaları
31 Ekim-5 Kasım, Tahran, Basın Toplantısında Modern Türk Edebiyatı ve Kadın yazarlar üzerine konuşma

20 Kasım, Essen-Almanya, 14. Enternasyonal Literatürk Festivali, 19:30'da Theater Freudenhaus,Grend' de KÖR-DÜĞÜM/DER GORDISCHE KNOTTEN okuması

2019

31 Mayıs-2 Haziran, İtalya, Roma'da SELF-EXPRESSION IN THE POST-TRUTH WORLD, IST. FEST. ROMA SANAT&KÜLTÜR FESTİVALİ

1 Haziran, Tutsak Güneş üzerine konuşma

21-28 Ekim, USA, Seattle, Washington University

22 Ekim, Near Middle East Studies Bölümünde Modern Türk Edebiyatı konuşması.

23 Ekim, Boşnaklarla Edebiyatta Balkanlar konulu konuşma.

26 Ekim, Turkish Academy'de değişik yaş gruplarındaki Türk çocuklarıyla Atatürk üzerine sohbet

2020

1-3 Şubat, Almanya, ÇYDD Derneği Baden-Württemberg Şubesi'nin düzenlediği Türkan Saylan Hoca'yı anma gecesinde konuşmacı

ÖDÜLLERİ

1988-89 / Tiyatro ve TV Yazarları Derneği, En İyi Çevre Düzeni Dalında Televizyon Başarı Ödülü

1995 / Haldun Taner Öykü Ödülü Birincisi

1996 / Sait Faik Hikâye Armağanı Ödülü

1996 / 3. UAT En Başarılı Yazar Ödülü

1997 / Oriflame Roman Dalında Yılın En Başarılı Kadın Yazarı Ödülü

1997 / Nokta Dergisi *Doruktakiler* Edebiyat Ödülü

1997 / İ.Ü. İletişim Fakültesi, Roman Dalında Yılın En Başarılı Yazarı Ödülü

1998 / Oriflame Edebiyat Dalında Yılın En Başarılı Kadın Yazarı Ödülü

1998 / İ.Ü. İletişim Fakültesi Roman Dalında Yılın En Başarılı Yazarı Ödülü

1999 / Oriflame Edebiyat Dalında En Başarılı Kadın Yazarı Ödülü

1999 / İ.Ü. İletişim Fakültesi Roman Dalında Yılın En Başarılı Yazarı Ödülü

2000 / Rotaract Yılın Yazarı Ödülü

2001 / Ankara Fen Lisesi Özel Bilim Okulları Yılın Yazarı Ödülü

2002 / Tepe Özel İletişim Kurumları Yılın En İyi Edebiyatçısı Ödülü
2003 / AVON Yılın En Başarılı Kadın Yazarı Ödülü
2003 / Best FM Yılın En Başarılı Yazarı Ödülü
2004 / İstanbul Kültür Üniversitesi Yürekli Kadın Ödülü
2004 / Pertevniyal Lisesi Yılın En İyi Yazarı Ödülü
2007 / Bağcılar Atatürk İ.Ö. Ok. & Esenler-İsveç Kardeşlik İ.Ö. Ok. Yılın Edebiyat Yazarı Ödülü
2007 / Türkiye Yazarlar Birliği *Veda* isimli romanı ile Yılın En Başarılı Yazarı
2008 / European Council of Jewish Communities Roman Ödülü
2009 / TED Bilim Kurulu Eğitim Hizmet Ödülü
2009 / Kocaeli, 2. Altın Çınar Dostluk ve Barış Ödülü
2009 / Kabataşlılar Derneği Yılın En İyi Yazarı Ödülü
2010 / Best FM 1998-2008, 10 Yılın En Başarılı Kitabı
2010 / Kabataşlılar Derneği Yılın En İyi Yazarı Ödülü
2011 / İTÜ EMÖS Yaşam Boyu Başarı Ödülü
2011 / Orkunoğlu Eğitim Kurumları, Yılın En Başarılı Yazarı Ödülü
2011 / ESKADER Kültür & Sanat Ödülleri, Hatırat Dalında *Hayat & Hüzün*
2011 / *Farewell* (*Veda*) ile Dublin IMPAC Edebiyat Ödülü Ön Adayı
2012 / Medya ve Yeni Medya En İyi Yazar Ödülü
2013 / Kültür ve Turizm Bakanlığı, Toplumsal Duyarlılığa Katkı Ödülü

2013 / Lions Başarı Ödülü

2014 / 22. İTÜ EMÖS Ödülü; Yılın En Başarılı Kitabı - *Handan*

2015 / Eryetiş & Balkanlar Eğitim Kurumları / Yılın En İyi Romanı: *Tutsak Güneş*

2016 / *Permio Roma Ödülü* / Çeviri Dalında En İyi Roman / *Nefes Nefese.*

2016 / İstinye Rotary Kulübü Meslekte Üstün Hizmet Ödülü

2016 / İTÜ İşletme Mühendisliği Yazarlar Kategorisinde Sosyal Medya Ödülü

2017 / Izmir Rotary Kulübü Meslekte Üstün Hizmet Ödülü

2018 / Rumeli'nin En'leri, Yılın En İyi Yazarı

2018 / Işık Okulları, Yılın En İyi Yazarı

2018 / İTÜ, Yılın En İyi Yazarı

2019 / Kristal Lale Ödülü, Prof. Dr. Mümtaz Turhan S.B.L

2019 / UKKSA Yaşam Boyu Onur Ödülü

2019 / Mevlana Ödülü

2020 / İTÜ İşletme Mühendisleri Kulübü Sosyal Medya Ödülü

ÜYESİ OLDUĞU DERNEKLER

1978: Uluslararası Af Örgütü Türkiye kurucu üyesi (Aynı yıl örgütün Cambridge yıllık toplantısında Türkiye'yi temsil etmiştir.)

1984-89: Resim Heykel Müzeleri Derneği yönetim kurulu üyeliği

995-97: Robert Kolej Mezunları Deneği Toplumsal Konular faal üyesi.

1995-96: Reşitpaşa Kültür Evi kurucu üyesi.

2007: UNICEF İyi Niyet Elçisi

2009: GİF Global İlişkiler Forumu

2012: PEN Yazarlar Derneği üyesi.

SEÇİCİ KURUL ÜYELİKLERİ

2002-2007: Afife Jale Tiyatro Ödülleri jüri üyeliği

2009: İstanbul Uluslararası Film Festivali jüri üyeliği

2010-2011: Ratem Radyo Televizyon Yayıncıları Meslek Birliği Korsanla mücadele amaçlı "Aklıma Bir Fikir Geldi" Yarışması jüri üyeliği

2011: Antalya Altın Portakal Film Festivali jüri üyeliği

FİLM VE TELEVİZYON ÇALIŞMALARI

1978-83: Tunca Yönder ve Ali Tara'nın yönettiği 100'ü aşkın reklam filminde sahne yapımcılığı ve sanat yönetmenliği

1984: Danish Metronome Film Co.'nun Ürgüp/ Avanos bölgesinde çektiği konulu filmde yapımcı asistanlığı

1987: Gülizar adlı öyküsünden uyarladığı KIRIK BEBEK sinema filminin senaryo yazarlığı (Bu sinema filmi aynı yıl Kültür Bakanlığı Sinema ödülünü almıştır)

1989: AYAŞLI İLE KİRACILARI adlı televizyon dizisinde sahne yapımcılığı ve sanat yönetmenliği (A.Kulin Tiyatro ve TV yazarları Der. En İyi Çevre Düzeni Ödülü'nü almıştır)

1992: 17 Bölümlük Aktualite ve Sağlık Programı "Kalplerden Kalbe" senaryo yazarlığı

1993: 17 Bölüm boyunca "Coke'n Roll" gençlik programında sahne yapımcılığı

HALKLA İLİŞKİLER ÇALIŞMALARI

1984-86: Nadir Şirketler Grubunda PR

1986-87: Süzer Holding'de PR

1988-90: Ayşe Kulin-Sara Koral birlikteliğinde açılış, basın toplantısı, bayi toplantısı, konferans, seminer düzenlemeleri

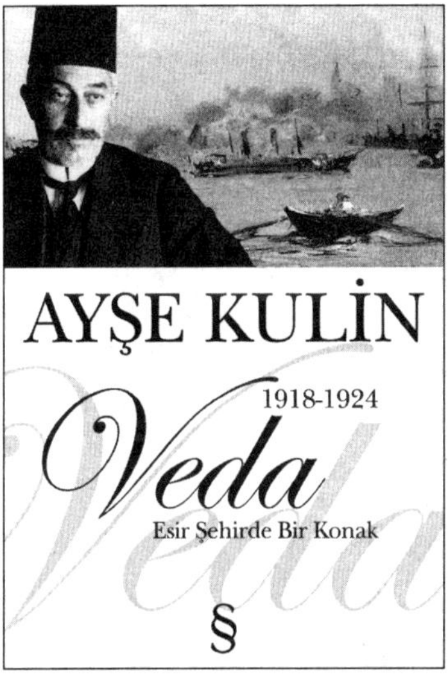
AYŞE KULİN
1918-1924
Veda
Esir Şehirde Bir Konak
§

AYŞE KULİN
1928-1941
Umut
Hayat Akan Bir Sudur
§

AYŞE KULİN
1941-1964
Hayat
Dürbünümde Kırk Sene
§

AYŞE KULİN
1964 -1983
Hüzün
Dürbünümde Kırk Sene
§

AYŞE KULİN
Hayal
"İnsan âlemde hayal ettiği müddetçe yaşar."
YAHYA KEMAL BEYATLI
ROMAN
§